Moralverkehr

JANA WINSCHEK

Moralverkehr

EROTISCHER ROMAN

ANAIS

Inhalt

1

Seifenblasen

Ist das alles? 47,11 – für einen Vierer? Das ist ja lächerlich! Es fehlen gerade mal zwei Zahlen für sechs Richtige. Wenn die Gewinnsumme für einen Sechser im Millionenbereich liegt, kann ich doch bei vier Treffern nicht mit diesem Jammerbetrag abgespeist werden – rein rechnerisch.«

Auch wenn ich nicht Mathematik studiere, sondern Jura – was für mich persönlich schlimm genug ist –, bis sechs zählen kann ich gerade noch.

Die Frau an der Kasse, deren auftoupierte Lockenfrisur bei jedem Blick auf meinen Spielschein die Ränder der Markise ihres Lottostands ins Wanken bringt, schaut mich nur mitleidig an und beteuert: »Mehr wird's nicht!«

Prima, dumme Sprüche kann ich gerade gut gebrauchen. Mir ist selbst klar, dass ich hier nicht bei einer Hilfsorganisation für notleidende Studenten gelandet bin. Die Dekoration der Glücksspieltheke erinnert viel mehr an eine billige Schaustellerbude. Bunte Wimpel, gestreifte Markise und von der Decke baumelnde Nummernbälle sollen gute Laune verbreiten. Fehlen nur aufgespickte Pferdchen, die im mechanischen Galopp um den Gnadenschuss betteln. In meiner mordlustigen Verfassung würde ich wahrscheinlich sogar mit geschlossenen Augen ein abgerissenes Plüschohr *er-schießen* – den ganzen Teddy gibt es natürlich erst bei sechs erlegten Kirmesgäulen.

»Wenn Sie … 2,89 klein haben, kann ich Ihnen immerhin einen 50-Euro-Schein rausgeben, das ist doch auch was.«

Das hektische, um Zustimmung heischende Nicken der alternden Lottofee sorgt ausschließlich für ein bedenkliches Schlottern ihrer nach Keratin dürstenden Kehlläppchen als für Begeisterungsstürme meinerseits.

Klar! Die Form des Geldes steigert erheblich seinen Wert. »Ich möchte lieber alles in Fünfern plus Kleingeld.«

Wiegt schwerer und auch die Anzahl der Scheine macht einfach mehr her. In Zeiten der guten alten D-Mark bräuchte ich jetzt fast eine Hebebühne für meine Münzen.

Ich stopfe meinen Gewinn lose in die Hosentasche und klimpere demonstrativ mit den Fingern darin herum. Hört sich gut an! Ein einsamer Fuffi würde niemals ein derartiges, Reichtum vortäuschendes Geraschel und Geklimper erzeugen.

Tja, dumm gelaufen, war wohl nichts mit einem halbwegs sorgenfreien Leben für, sagen wir mal, wenigstens sechs Monate.

Mein Gewinn reicht nicht mal, um einen Spendenfonds für angehende Studienabbrecher einzurichten, für dessen Vorsitz ich hiermit vorausschauend plädiere.

Noch gehöre ich zum Kreis derer, die sich einst regelgerecht um einen Studienplatz beworben haben. Mit Erfolg. Seit fast zwei Jahren fülle ich diesen hart erkämpften Platz mit stumpfer Anwesenheit oder glänzender Abwesenheit aus. Für Rechtswissenschaften hatte ich mich entschieden, oder »Jura« – wie auch immer man es großspurig nennen mag.

Ich habe es mir freiwillig ausgesucht, weil ich schon immer Scheidungsanwältin werden wollte. Die Betonung liegt auf »wollte«! Leider habe ich inzwischen sogar vergessen, was mich jemals zu diesem Wunsch bewegt hat, und wie es dieser Wunsch schaffen konnte, sich in meinem Hirn derartig zu manifestieren, dass ich keine griffbereite Alternative parat habe. Keinen Plan B für die Momente, in denen ich merke, wie wenig von meinem Wunsch übrig geblieben ist außer den feuchten Tropfen der zerplatzten Seifenblase, die nach jedem quälenden Tag Uni aus meinen Augen quellen.

Ja, ich werde gequält, mit Verfassungsfragen, Bundesrat und Bundestag, mit Öffentlichem Recht. Das finde ich so ungerecht. Wenn ich mich dafür interessieren würde, hätte ich Politikwissenschaften studiert. Habe ich aber nicht. Ergo, was will ich damit? Auch wenn ich mit den zahlreichen Scheidungen in Politikerkreisen sicher schon reich geworden wäre.

All das will ich nicht mehr. Ich will die Scheidung – von der Uni! Ich will raus, raus aus diesen engen, muffigen Hörsälen, aus dieser Uni, die in mir nur Klinik- oder Turnhallengefühle weckt anstatt Kreativität und Energie. Was soll man auch erwarten, wenn der Weg zum Hörsaal durch das Krematorium führt? Der Geruch von eingelegten Leichenteilen in Formalin behindert jeglichen Lebensmut.

Eigentlich müsste ich mich in diesem Moment wieder in eine der engen Sitzreihen begeben, um dem sonoren Brummen der Gelehrten zu lauschen. Aber ich bin müde. Traurig. Verzweifelt. Ich mag nicht mehr. Ich setze ich mich auf eine Steinmauer und lasse jede Menge geplatzte Seifenblasen über meine Wangen laufen. Eins weiß ich mittlerweile ganz sicher: So kann es nicht weitergehen.

Etwas Neues muss her! Nur was?

Viel fällt mir nicht ein. Ich habe mich nicht ausreichend auf diese Situation vorbereitet, ein Studienabbrecher zu werden. Warum gibt es kein *pro familia* für Studenten, die keine mehr sein wollen? Dem Ganzen haftet so eine unsittliche Note an, als würde mir ein

Stempel aufgedrückt: Studien-VERBRECHER! Aber warum? Mein Hirn gehört mir!

Ein unangenehmes Gefühl beschleicht mich. Haste nix, biste nix. Was kann ich schon groß vorweisen, außer meinem umwerfenden Talent – fragt sich nur wofür?

Was ist wohl am Ende wichtiger? Studium, Talent oder Leidenschaft – wie würde Justizia entscheiden?

Meine Ungeduld spielt mir mal wieder einen Streich. Sie hält mich davon ab, zehn oder mehr Semester auf einen Abschluss hinzuarbeiten.

Ich würde viel lieber etwas Praktisches machen. Ich brauche Ergebnisse, und zwar möglichst schnell. In diesem Punkt bin ich stets verlässlich: Ich weiß garantiert, was ich nicht mehr will, aber selten, was ich will.

Das Einzige, was mir spontan einfällt, ist, dass ich eventuell gerne für eine Zeitschrift arbeiten würde. *freundin* oder so. Doch selbst dafür braucht man heutzutage ein Studium.

Ein Teufelskreis.

2

Traumjobs zu vergeben

Die Sonne blendet mich. Ich schütze meine empfindlichen blauen Augen mit einer großen Dior-Sonnenbrille aus meinem letzten Spanien-Urlaub. CE-geprüft, immerhin.

Die Brille ist nicht nur Schutz, sie ist vielmehr Tarnung. Ich möchte lieber anonym bleiben. Wie sieht das denn aus, wenn ich am helllichten Tag auf der Parkbank sitze, so, als hätte ich nichts zu tun?

Geschäftig falte ich das Trostpflaster der Kiosktante auseinander. Die Tageszeitung von gestern. Meine Wunden verarzten kann ich mit dem Altpapier zwar nicht, aber mich zudecken – im Ernstfall. Ich hoffe inständig, dass es niemals so weit kommen wird und ich diese Parkbank noch vor Eintritt der Dämmerung wieder verlassen werde, um Platz zu machen für ihre nächtlichen Stammkunden. Ich will gar nicht wissen, bei wie vielen von ihnen die Vita mit einem abgebrochenen Studium verhunzt ist.

Mit angefeuchtetem Zeigefinger blättere ich bis zu dem Stellenteil durch, der mittwochs, also gestern, immer besonders dick ist. Mal sehen, was sich darin finden lässt.

Bankkauffrau? Nein! Banken sind noch langweiliger als Universitätsbibliotheken.

Beim Finanzamt suchen sie. Zahlen? Graue Bürogebäude? Auch nichts für mich. Das wäre allenfalls etwas, was den Wünschen meines Vaters entspräche, dicht gefolgt von der Empfehlung, eine Bankausbildung zu machen.

Es inserieren jede Menge Zeitarbeitsfirmen und eine dubiose Firma, die Vertriebsprofis, für ein sensationelles Produkt ohne Konkurrenz, eine Traumprovision verspricht.

Und natürlich werden wieder zuvorkommende, gut aussehende Damen für den Begleitservice bei bester Bezahlung gesucht. Ich kann mir beim besten Willen nicht vorstellen, wie sich ein halbwegs intelligentes Mädel freiwillig für so einen Job hergeben kann.

Aber was haben wir denn hier …

Das ist Ihre Chance! Traumjobs zu vergeben!
Wir suchen junge Leute, die Ideen haben!

Arbeiten Sie mit an »Star-Illu«, der erfolgreichen Illustrierten für junge Leute. Der Klaus Hartlieb Verlag, einer der führenden Zeitschriftenverlage, sucht ab sofort ***mehrere Volontär(e)/innen*** *zur Ausbildung als Redakteur/in, die schon immer bei einer Zeitschrift arbeiten wollten!*

- *Bringen Sie Ihre eigenen Ideen ein!*
- *Lernen Sie die Kunst des Schreibens!*
- *Sie werden ausgebildet in einer jungen, motivierten Redaktion!*
- *Sie werden topfit gemacht im Journalismus!*
- *Sie können direkt nach dem Abitur, Studium oder der Ausbildung bei uns einsteigen!*

Nicht lange überlegen! Senden Sie uns am besten sofort Ihre Bewerbung mit den üblichen Unterlagen.

Das hört sich ja fantastisch an! Der Verlag ist mitten in der Stadt – wie praktisch. Und der Titel *Star-Illu* klingt vielversprechend. Eben wie eine junge Illustrierte. Das muss ein Wink des Schicksals sein! Ich glaube an Schicksal. Alles hat seine Zeit. Und jetzt ist die Zeit gekommen, um sich beim Klaus Hartlieb Verlag als Volontärin zu bewerben.

In nur einer Stunde schaffe ich es, meine Unterlagen komplett fertigzustellen mit einem Anschreiben, das niemanden daran zweifeln lässt, wie prädestiniert ich für diesen Job bin. Nicht umsonst hatte ich als Leistungskurs Deutsch und habe für meine Aufsätze immer eine Eins kassiert. Das muss jetzt belohnt werden. In absoluter Hochstimmung, so gut gelaunt wie selten in den letzten 15 Monaten Studium, fahre ich zur Post, um meinem Schicksal den nötigen Stempel aufdrücken zu lassen.

*

Es ist ein erhebendes Gefühl, endlich den Schritt in eine neue, hoffentlich richtige Richtung getan zu haben. Natürlich beschleichen mich zwischendurch einige Ungewissheiten. Ob sich viele bewerben? Vielleicht auch welche mit mehr Erfahrung? Aber ich schlucke meine Selbstzweifel hinunter. Wird schon werden! Die Hoffnung stirbt zuletzt! Mit diesen Motivationsklassikern konserviere ich meine gute Laune.

Höchste Zeit, einen Blick in die Hefte zu werfen, für die ich in Zukunft eventuell arbeiten werde. Aber was soll der Geiz? Wieso nur eventuell? Wenn man eine Situation erreichen will, muss man daran glauben, sich in den Erfolgsmoment hineinversetzen, felsenfest davon überzeugt sein, dass es klappt.

Ich halte bei meinem Stammkiosk, dem Lädchen mit der Schießbudenfigur als Besitzerin.

Meine ganze Kindheit hindurch hat mich dieser kleine Laden begleitet, mich sozusagen beim Erwachsenwerden unterstützt.

Ob mit bunten Radiergummis, leuchtenden Filzstiften, die nur im Dunkeln funkeln, Sammelbildchen und Glitzeraufklebern. Meine einzige Barbie habe ich hier nach langem Quengeln gekauft bekommen. Ich konnte nie verstehen, wie andere über 30 Stück von diesen Puppen haben konnten. Alle sehen sie gleich aus und trotzdem ähnelt keine der weiblichen Wirklichkeit. Ich hatte es eh nie so mit Puppen. Aber man will ja kein Barbie-Außenseiter sein. Fernbedienbare Autos fand ich viel interessanter.

Lesetechnisch war ich absolut mainstreamtauglich. Jeden Donnerstag verschlang ich die *Micky Maus*, hin und wieder ein *Yps*-Heft oder *Fix und Foxi*. Später dann auch meine erste *Bravo*, obwohl meine Schamgrenze damit schon fast erreicht war, weil ich mir einbildete, man könne mir ansehen, dass ich das Heft nur wegen den Rubriken *Liebe, Sex und Zärtlichkeit* und *Sprich dich aus* ... kaufte. Wie soll man denn sonst die richtige Technik für den perfekten Zungenkuss lernen?

Für den Konsum weiterer bravouröser Aufklärungsliteratur suchte ich vorsichtshalber die Anonymität eines Supermarktes, um hämischen Blicken zu entfliehen.

Obwohl die abgehalfterte Kiosk-Crew eigentlich auch dann dumm geguckt hat, wenn wir Kinder uns stundenlang nicht zwischen Sammelbildchen oder Wundertüte entscheiden konnten. 20 Pfennig wollten gut angelegt sein. Insgeheim fühlte ich mich auch immer beobachtet und verdächtigt, mir den ein oder anderen Radiergummi gesetzeswidrig anzueignen.

Bis heute ist mir nicht richtig klar geworden, welche von den drei Hobbyobservistinnen eigentlich die Chefin in dem Laden ist. Ich gehe mal davon aus, dass es die fette Matrone ist, die stets im Hinterzimmer hockt und mit ihrem Gehstock Anweisungen dirigiert. Das ist auch die Einzige, auf die der zum Inventar gehörende Yorkshirekläffer annähernd hört.

Mittlerweile müsste der Miniköter auch schon mindestens 20 sein, zumindest habe ich das Gefühl, als wäre er immer dort gewesen und mit mir groß geworden – altersmäßig. Ja, alles, was mein kleines Herz begehrte, konnte ich hier entdecken. Aber ich hätte nie gedacht, dass ich in diesem kleinen Laden mal den Schlüssel zu meiner Zukunft finden würde.

Etwas seltsam ist es schon, dass mir die *Star-Illu* bisher nie aufgefallen ist. Es sei der Flut an bunten Blättern geschuldet, die einst übersichtliche Zeitschriftenregale zu einem vollgeramschten Wühltischdschungel verwildern ließ. Wie soll man bei diesem Überangebot jeden Titel kennen?

Die Wände sind voll mit bunten Illustrierten, von deren Covern etikettenlose Adelige und aufgeblasene Möchtegernpromis um die Wette grinsen oder heulen – je nachdem, was gerade mehr Quote macht. Von *Star-Illu* keine Spur. Die Hefte scheinen so gut zu laufen, dass sie schon ausverkauft sind. Perfekt! Mal nachfragen. »Haben Sie die *Star-Illu*?« Die Ladenbesitzerin guckt mich entsetzt an, so als hätte ich sie gerade aufgefordert, sich nackt auszuziehen und auf der Theke zu tanzen. Kopfschüttelnd, mit abschätzig hochgezogener Augenbraue greift sie suchend unter die Ladentheke.

»Sind Sie überhaupt schon 18?« Eigentlich müsste ich ihr ja dankbar für diese Frage sein. Mit 22 habe ich gerade den Zenit überschritten, ab dem man sich wieder freut, jünger geschätzt zu werden. Außerdem sollte sie wissen, dass ich volljährig bin, sonst hätte mir ihre Kollegin meinen horrenden Lottogewinn gar nicht auszahlen dürfen.

»Ja, sicher, wollen Sie meinen Waffenschein sehen?«, füge ich stirnrunzelnd hinzu. Seit wann muss man mündig sein, um ein Unterhaltungsmagazin zu kaufen?

Der Yorkshirefloh wetzt aufgeregt hinter den, vermutlich mit spröder Hornhaut verkrusteten, Fersen seines Frauchens hin und her, als wolle er mit seinem sirenenhaften Gekläffe ein drohendes Unheil ankündigen.

»Hier. Wollen Sie 'ne Tüte?« Mit angeekelter Miene knallt die feiste Alte das Heft auf den Tresen und schiebt es demonstrativ von sich weg in meine Richtung.

Ich verstehe ihre negative Haltung überhaupt nicht und schaue immer noch bemüht freundlich in ihre zusammengekniffenen Augen, bevor ich meinen Blick in freudiger Erwartung auf die *Star-Illu* schwenke.

Da liegt es, das Heft, meine Hoffnung, meine Zukunft – meine persönliche Horrorvision. Das Cover, es ist … schrecklich. Es starrt mich an. Dieser splitterfasernackte Verschnitt aus Pamela Anderson meets Barbie. Die mit 100 Prozent Wasserstoffperoxid gebleichte Blondine hat ihre makellosen und schlanken Beine weit geöffnet. Zu weit für meinen Geschmack. Demonstrativ liegt eine Hand im Schritt. Mit der anderen greift sich Super-Pam an ihren übermächtigen, mit Tonnen von Silikon gefüllten Busen und zwirbelt sich die nuckeldicken Brustwarzen.

Ein Bild des Jammers, nicht für Männer, aber für mich und alle Emmas dieser Welt. Damit will ich keine Lanze für feministische Amazonen brechen, aber was zu viel ist, ist auch für mich zu viel.

Was soll das bitte sein? Oh Gott, es ist so peinlich! Wie komme ich aus der Nummer nur wieder raus?

»Ähem, die ist für einen Freund, der hat Geburtstag!«, höre ich mich sagen, indem ich mühevoll ein Wort nach dem anderen ausspucke. Was für eine einfallslose Ausrede. Die Kiosktante kneift ein letztes Mal ihre ohnehin zu klein geratenen Augen zusammen.

Mit hektischen, glühenden Flecken am Hals und verschämt unter den Arm geklemmter Plastiktüte verlasse ich den Laden.

Passanten mustern mich. Ich presse meinen Arm noch fester an meinen Körper, bis meine Rippen schmerzen. Was gucken die mich plötzlich alle an? Ich fühle mich gelöchert, nackt, als wäre ich die Barbusige auf dem Titel, nur ohne Busen.

Wie konnte ich so blauäugig sein und mich bewerben, ohne genau zu wissen, worum es geht? Junge Illustrierte – pah!

Star-Illu – was für ein harmloser Titel. Kommt einfach besser, als wenn man nach der *Fick-Illu* oder *Titten für ihn* fragen muss.

Ein Blick auf die Uhr sagt mir, dass es zu spät ist, um den Postbeamten zu terrorisieren und meine Unterlagen herauszufordern. Meine persönlichen Daten sind längst auf dem Weg nach Sodom und Gomorrha. Mir bleibt nichts anderes übrig, als nach Hause zu fahren und mich in Selbstmitleid zu baden.

3

Die Star-Illu

Ich schließe mich in meinem Zimmer ein und setze mich im Schneidersitz auf mein Bett, das von meiner Mutter frisch mit der »Die-ist-doch-noch-gut, warum-sollen-wir-die-wegschmeißen«-Biene-Maja-Bettwäsche bezogen wurde.

Na, das passt doch wie Arsch auf Eimer: Noch auf der Kinderbettwäsche lese ich mein erstes Sex-Heft. Ich wohne noch zu Haus bei meinen Eltern. Die Wahl zwischen einem Auto und einer eigenen Wohnung fiel damals eindeutig aus. Ich liebe Autos. Ich hasse Busfahren. Inzwischen hasse ich auch mein Kinderzimmer.

Ich atme tief durch, muss mir die *Star-Illu* genauer anschauen, diese Bildungslücke schließen. Zögerlich öffne ich die Tüte und ziehe das Magazin ganz langsam heraus, so als hätte ich Nussschalen darauf gesammelt, die nicht herunterfallen dürfen. So vorsichtig, als könnte ich mir die Finger daran verbrennen.

Echt heiß! steht ja auch in dicken, roten Lettern auf dem Cover, das einen nicht an akuter Brandgefahr zweifeln lässt. Außerdem noch auf dem Titel: *Tabuloser Sex mit Orgasmus-Garantie, Wildes Rammel-Rodeo, Die längsten Schwänze der Welt, Ficken für Anfänger.*

Das ist echt harter Tobak. Im Innenteil geht es noch härter weiter. Ich kann gar nicht hingucken. Lauter nackte Leute, die es übereinander, untereinander miteinander machen. Und die Kamera hat die schönsten Szenen festgehalten. Mit Tausendfach-Zoom auf die intimsten Stellen. Vaginen und erigierte Glieder in Nahaufnahme. Ich muss lachen. Zu etwas anderem bin ich momentan nicht fähig. Was soll ich auch sonst tun? Ich könnte mich noch übergeben, aber ich habe keinen Hang zur Bulimie, obwohl das meinen Schenkeln nicht schaden würde. Das, was da vor mir liegt, finde ich bedenklich grenzwertig. Neben den Bildern stehen Texte. Ob die einer liest?

Man mag es zwar nicht glauben, aber die Geschichten sind ganz unterhaltsam, die Wortwahl ist mir fremd. Bevor ich einschlafe, habe ich jede Seite ganz genau unter die Lupe genommen, manchmal mit leichtem Ekel, manchmal aber auch mit erschreckender Neugierde.

Am nächsten Morgen wache ich gerädert auf. Ich habe schlecht geträumt. Von Biene Maja, die sich ihre Locken gebleicht und die Lippen aufgespritzt hat, um Willi für eine heiße Liebesnacht in ihre mit roten Samtvorhängen ausgekleidete Wabe zu locken. Ich weiß nicht, was neurotischer ist. Meine Träume oder dieses Magazin, das mir nicht mehr aus dem Kopf geht. Bis mitten in der Nacht habe ich die Geschichten gelesen und mir die Bilder immer und immer wieder angeschaut.

Schon jetzt leide ich unter diesem Überangebot nackter Penisse und rosiger Venushügel, übrigens fast alle ohne Haare, die auf 52 Seiten um die Gunst des Lesers wetteifern. Leser? Oder Leserinnen? Wer nur kauft das? Und was sind das für Menschen, die in so einer Redaktion arbeiten? Zuhälter und Prostituierte?

Solche wie ich, konservativ erzogen, wohlbehütet? Wohl kaum.

Wahrscheinlich werden die sich dort im Verlag köstlich über meine Bewerbung amüsieren. Jurastudentin, die nach einer neuen Herausforderung sucht. Wenigstens kann ich die Sache damit abhaken.

Ich könnte schon aus fachlichen Gründen nicht in dieser Redaktion arbeiten. Von Sex habe ich kaum Ahnung. Das wäre ja so, als solle einer ohne Führerschein für eine Autozeitschrift schreiben.

Ich habe nichts gegen Sex, nur leider komme ich irgendwie nicht oft in die Verlegenheit, ihn zu vollziehen. Woran das liegt? So richtig weiß ich das auch nicht. Wahrscheinlich bin ich einfach nicht der klassische Männertyp. Welcher Kerl schaut schon gerne zu einer Frau auf. »Liebling, kann du mir bitte das Buch aus dem oberen Regal reichen?« Oder: »Schatzi, verstell doch nicht immer den Fahrersitz, ich komm sonst nicht mehr an die Pedale!« Das starke Geschlecht und seine Komplexe. Mit meinen 1,80 Metern bin ich einfach zu groß für die niedlichen Püppchenträume der Männer. Hier, ich hab's ja rot auf weiß vor mir liegen. Zu viel unterscheidet mich von dem Vollblutvamp auf dem bunten Titel.

Es ist nicht nur allein die Körpergröße. Auch meine Haare sind nicht in hellem Platin gefärbt, sondern aschblond. Mondäne Wellen habe ich in meinen ansonsten glatten Haaren höchstens nach einem Friseurbesuch, und dann auch nur für einen Mikromoment, bis der nächste Tiefdruck alles wieder plättet.

Auch das eine oder andere Pfündchen an mir ist zu viel. Aber als dick würde ich mich deshalb noch lange nicht bezeichnen, obwohl ich damit, seit ich mich erinnern kann, aufgezogen werde. Kinder können ja so gemein sein und Erwachsene erst recht!

Fettfrei sind hingegen meine Lippen. Bestimmt wecken sie keine oralen Männerfantasien im Gegensatz zu der aufgespritzten Schlauchbootschnute vom Pin-up-Girl auf Seite eins. Auch sonst zweifle ich daran, es jemals auf ein Titelbild zu schaffen, außer auf *Ein Herz für Tiere*, weil ich ein Feldhasenbaby vor dem Feuertod gerettet habe.

Silikon kenne ich nur, um die Wanne abzudichten, auch wenn meine Brüste davon einiges vertragen könnten. Was ich von meinem Hintern leider nicht behaupten kann. Aus dem Füllmaterial meiner vier Buchstaben kann ein geschickter Schönheitschirurg Busengebirge für eine ganze Frauenkompanie modellieren. Alles in allem nicht die besten Voraussetzungen, um ein Männerherz höherschlagen zu lassen, geschweige denn die Macher eines Sex-Magazins zu überzeugen, oder?

Frustriert über die neuen Erkenntnisse und über den ungewissen Verlauf meiner Zukunft, verkrieche ich mich unter Maja, Willi und Flip und versuche, die Aussichtslosigkeit im Schlaf zu ersticken. Tatsächlich schlafe ich bis zum nächsten Morgen durch.

Auch der neue Tag bewegt mich nicht zum Aufstehen, obwohl es schon kurz nach zwölf ist. Viele Vorlesungen sind in den letzten Monaten meiner Im-Bett-ist-es-viel-schöner-Stimmung zum Opfer gefallen. Ich war noch nie ein Kind, das mit den Hühnern aufstehen konnte. Wie sagte mein Vater immer zu mir: »Der frühe Vogel fängt den Wurm!« Ich sage nur, der frühe Vogel kann mich mal.

Oft habe ich mich gefragt, woran das liegen könnte, dass ich so schwer aus den warmen Federn komme. Ist es Willi mit seinem dösigen Blick, der mich hypnotisch ans Kopfkissen fesselt oder ist es der aus periodischen Gründen durch meine Venen fließende Eisenmangel, der mich wie Blei ins Bett drückt?

Das Handy klingelt. Diesem verheißungsvollen Ton kann ich nicht widerstehen. Ich bin süchtig nach der Melodie, die bei mir fantastische Erwartungen weckt. Jeder Anruf kann der Anfang einer neuen Liebe sein oder wenigstens von einem neuen Date. Es könnte sich ja jemand verwählt haben, ein Mann mit aufregender Stimme oder Mister »Ich melde mich bei dir« von der letzten Studi-Fete. Besser Luftschlösser bauen, als gar keine Immobilien zu besitzen. Ich muss einfach rangehen.

»Ja«, melde ich mich mit leicht heiserer Stimme.

»Frau Schwick?« Ich nicke verschlafen.

»Klaus Hartlieb Verlag, Pilsberger mein Name, wir würden Sie gerne zu einem Vorstellungsgespräch einladen, passt es Ihnen morgen um 11 Uhr?«

Wie lange nur hatte ich geschlafen? Eine Woche oder einen Tag? Die können mich doch nicht jetzt schon anrufen und schon gar nicht so schnell einladen.

Wie soll ich denn in dieser Zwangslage reagieren? Panik steigt in mir auf. Ich fühle mich wie ein Verbrecher, der gerade seinen Haftbefehl erhalten hat. Ich weiß nicht, was ich sagen soll. Ich kann der guten Frau ja schlecht um die Ohren hauen, dass ich erst jetzt herausgefunden habe, für welches Schweineblatt ich mich beworben habe. Ich entscheide mich spontan für die Hinhaltetaktik und sage erst einmal zu. Frau Pilsberger bedankt sich und freut sich auf morgen.

Freue ich mich auch?

Ehrlich gesagt, bin ich schon ein bisschen stolz darauf, dass meine Bewerbung anscheinend einen guten Eindruck hinterlassen hat. Wahrscheinlich hat sich sonst kein Wahnsinniger für dieses Heft beworben. Jemand, der nur halbwegs seine Sinne beisammen hat, würde sich doch niemals für so einen Schund hergeben, oder?

*

Wie aber soll ich mit meinem zweifelhaften Erfolg umgehen? Ich könnte den Termin platzen lassen und einfach nicht erscheinen. Aber das ist nicht meine Art.

Absagen? Aus welchen Gründen? Mit der Wahrheit würde ich ja extrem dumm dastehen. Und eine Notlüge? Ich kenne mich. In solchen Momenten neige ich dazu, mich derart zu verstricken, dass mein Lügengerüst einstürzt, bevor ich es richtig aufbauen konnte.

Am besten gehe ich einfach hin und höre mir an, was sie zu sagen haben. Das kann ich, hab ich in der Uni genauso gemacht.

Was soll mir schon passieren? In meinem Kopf beginnt sich alles zu drehen. Wahrscheinlich sitzt die Redaktion in der letzten

Klitsche und ein kupierter Dobermann mit fletschenden Zähnen beschützt den Hinterhof vor neugierigen Nasen. Unweigerlich spüre ich die Hauer des Hundes, wie sie sich in meinem Knöchel verbeißen. Ich greife mir ans Bein. Ich liebe Hunde. Ich hatte selbst jahrelang einen Pudel. Doch dieses blutige Szenario lässt meine Tierliebe schnell schwinden. Diese Kampfhunde sind bestimmt nicht geimpft, leiden unter Zecken, Staupe und haben Tollwut. Kommt auch besser. Schaum vor dem Maul macht sie noch gefährlicher. »Blutjunge Studentin von ausgehungerten Kettenhunden zerfleischt« – Horrorvisionen attackieren wie *Bild*-Schlagzeilen meinen sonst so sachlichen Verstand.

Ach, alles Unfug! Oder? Ist es gefährlich, zu dem Termin zu gehen? Es könnte ja auch der Treffpunkt eines organisierten Mädchenhändlerrings sein, der diese Zeitschriften finanziell unterstützt und immer auf der Suche nach Frischfleisch für die Nacktbilder ist. Wenn die spitzkriegen, dass ich kaum Ahnung von Sex habe, schicken die mich erst noch einen Monat zum Praktikum in den Ostblock auf den Straßenstrich, bis ich ausreichende Erfahrungen am lebenden Objekt gesammelt habe.

Alles kann, nichts muss! Bei meiner paranoiden Fantasie geht der Welt am Ende noch eine große Schreiberin verloren. Und ein bisschen anrüchige Unterweltluft zu schnuppern ist ja auch spannend.

Außerdem ist meine Sollseite an möglichen Zukunftsoptionen erschreckend leer. Wie heißt es doch so schön: Lieber den Spatz in der Hand als die Taube auf dem Dach, auch wenn es ein Dreckspatz ist. Die haben das in der Anzeige schon richtig formuliert: *Das ist Ihre Chance!*

4

Falsche Vorstellungen

Ich bin 15 Minuten zu früh, um mir einen Überblick über die Lage zu verschaffen. In der Manteltasche habe ich ein Wiener Würstchen – für den tollwütigen Dobermann.

Die Hausnummer ist nicht zu finden. Das fängt ja gut an. Klar, welche Hinterhofgarage hat schon eine Nummer? Dabei ist die Gegend reich an mit Spiegeln verglasten Bürogebäuden. Wo nur verschanzt sich diese Schmuddelredaktion? Von außen sehe ich in einem der modernen, schicken Häuser einen Portier sitzen. Den werde ich mal nach der Adresse fragen. Per Summer öffnet er mir die Tür.

»Ich suche den Klaus Hartlieb Verlag. Wissen Sie, wo der sitzt?«

Der Empfangschef macht einen netten Eindruck. Über einem hellblauen, frisch gebügelten Hemd trägt er einen dunkelblauen mit Rubbelknötchen gespickten Pullunder. Sein Namensschild glänzt frisch poliert. »Herr Hansmann« steht darauf und er sagt: »Da sind Sie hier genau richtig, Frau …«

Überaus freundlich lächelt mich Herr Hansmann an.

»Nein, Sie haben mich falsch verstanden, ich suche den Klaus Hartlieb Verlag!«, wiederhole ich lauter. Es scheint, als wäre Herr Hansmann etwas schwerhörig, der Jüngste ist er ja nicht mehr, etwa Ende 50.

»Ich habe Sie schon richtig verstanden, junge Frau, zu wem wollen Sie denn?«

Der ist witzig. Ich kann mich doch nicht outen. Hier, in dieser hellen Eingangshalle mit dem blank polierten Marmorboden, der mich an mein letztes Urlaubshotel erinnert. Nur der tief hängende Lüster besteht nicht aus endlosen aneinandergereihten Kunststoffringen wie in Spanien, sondern aus funkelnden Glaskristallen. Und hier soll ich sagen, dass ich zum Rotlicht-Hinterhofmagazin möchte? Allerdings weiß man in diesen seriösen Geschäftshäusern wahrscheinlich gar nichts von seinen Nachbarn mit den dubiosen Machenschaften unterhalb der Gürtellinie.

»Zu Frau Pilsberger«, sage ich nur – das muss reichen. Damit wird er eh nichts anfangen können. Herr Hansmann schaut auf einem Zettel nach.

»Dann müssen Sie Frau Schwick sein. Sie sind aber früh dran! Setzen Sie sich doch bitte noch ins Foyer und füllen diesen Zettel aus. Frau Pilsberger wird Sie dann abholen.«

Ich verstehe nicht ganz, was er mir sagen will. Die Worte des Portiers klingen in meinen Ohren nach. Ich schaue auf den Zettel, den mir Herr Hansmann in die Hand gedrückt hat. Darauf steht mein Name und der Name des Verlages *Klaus Hartlieb.*

Erst mal setzen. Ich bin verwirrt und sprachlos. Kein blutrünstiger Kettenhund, kein dunkler Hinterhof, noch nicht mal eine rote Laterne.

Der Zettel! Was steht auf dem Zettel? Eine Wegbeschreibung in die düsteren Katakomben des Hauses? Ich atme auf.

Bitte kreuzen Sie die Attribute an, die Ihr Wesen am besten beschreiben. Ein Persönlichkeitstest? Ob das normal ist? Das ist mein erstes Vorstellungsgespräch. Ankreuzen kann ich. Und zwar nur die Sachen, die mich als besonders fähigen Mitarbeiter auszeichnen. Anhand meiner akkurat gesetzten Kreuzchen bin ich jetzt extrovertiert, ordentlich, kreativ, teamfähig, fleißig, flexibel, spontan und natürlich ehrlich.

Man tut, was man kann …

*

Frau Pilsberger reicht mir die schmale Hand. Sie sieht ganz ordentlich aus. Weder nackt noch in Strapsen, stattdessen mit schmalem Rock, weißer Bluse und sogar einem Dutt. Fast spießig, was mich beinahe schon ein bisschen enttäuscht.

Die Personalleiterin führt mich die Treppe hinauf in ein Konferenzzimmer. Die Einrichtung ist klassisch, Flipchart, Bürotische und Stühle. Es gibt Kaffee aus der Edelstahlkanne und Wasser aus kleinen blauen Flaschen. Alles wirkt ziemlich professionell. An dem raumeinnehmenden Tisch sitzen außer Frau Pilsberger noch zwei Damen, die mir als Frau Brenner und Frau Kohl vorgestellt wurden. Alles Frauen, alle nur ein paar Jahre älter als ich, ungefähr Mitte bis Ende 20.

Das Gespräch verläuft ganz gut. Irgendwie seriös. Kompetent. Professionell. Es kommt die Frage auf, ob ich früher schon mal für eine Schülerzeitung geschrieben habe oder woher meine schriftstellerischen Fähigkeiten sonst stammen.

Was soll ich jetzt nur sagen? Dass ich Schülerzeitungen doof finde und keine Lust hatte, mich auch noch in meiner Freizeit mit den Nasen aus meiner Schule herumzuschlagen? Besser, ich lenke ihre Neugier auf meine exzellenten Deutschaufsätze und meine Leistungskurse, in denen ich schließlich Deutsch und Englisch hatte. Die Damen nicken zustimmend, nachdem ich ihnen von den Belobigungen meiner Lehrer und Verwandten erzählt habe.

Ob ich nicht einen Probetext schreiben möchte?

Panik! Dann nehme ich doch lieber den Dobermann! An alle Unannehmlichkeiten habe ich gedacht, daran jedoch nicht.

Ja, natürlich möchte ich das – was soll ich sonst sagen? Mit dieser Zustimmung endet dann auch das Gespräch. Ich bin erleichtert, dass ich den Probetext zu Hause schreiben darf. Den Aufsatz soll ich am nächsten Tag einfach bei Herrn Hansmann am Empfang abgeben.

Die sind lustig! Und eilig haben die es wohl auch immer. Was für ein Tag. So viel Aufregung schlägt bei mir gleich auf den Magen. Ich habe Hunger und greife zurück auf den Notvorrat in meiner Manteltasche.

5

Es gibt nichts Gutes, außer man tut es

Worüber soll ich nur schreiben? Am einfachsten ist es doch, man schreibt über eine wahre Begebenheit oder über etwas, von dem man gern hätte, dass es so gewesen wäre. Wie war das noch mit dem Autoverkäufer, der mir meinen Corsa verkauft hat?

Wenn ich das Ganze etwas ausschmücke und hier und da etwas hinzudichte – vor allem Sex –, dann könnte doch eine schöne Geschichte daraus werden. Oh ja, ich werde richtig ins Detail gehen müssen. Ich muss beschreiben, was passiert wäre, wenn ich mich auf der Probefahrt nicht so geziert hätte, wenn ich generell etwas hemmungsloser wäre und wenn ich mich einfach mal hätte gehen lassen. *Hätte der Hund nicht geschissen, hätte er den Hasen gekriegt!* Hätte, wäre, wenn – ich sollte diese Worte aus meinem Leben streichen und durch Tatsachen ersetzen.

Nachdem ich mir über den Inhalt meiner Geschichte im Klaren bin, lege ich los. Mit meinen Zeigefingern bewaffnet, hacke ich auf die Tastatur meines Laptops ein und sehe zu, wie sich die weißen Seiten langsam, aber sicher mit schwarzen Buchstaben füllen. Ein gutes Gefühl. Ich habe einen Lauf. Ja, es geht mir wirklich leicht von der Hand. Die Story entwickelt sich besser, als sie in Wirklichkeit gelaufen ist. Ein bisschen rot werde ich schon, als ich bei der Stelle mit den umklappbaren Liegesitzen hängen bleibe und natürlich rein zufällig den falschen Schaltknauf zwischen meinen Händen reibe …

Also, ich find's gut. Abwarten, was die Profis dazu sagen. Jetzt muss ich meinen geistigen und sonstigen Erguss nur noch ausdrucken und abgeben. Beschwingt fahre ich erneut zu dem Verlag und gebe meinen Probeentwurf persönlich bei Herrn Hansmann ab, der mich wieder auf seine bekannt liebenswürdige Art empfängt. Ach, eigentlich sind das ganz nette Menschen, die dort arbeiten. Ich habe einen Enthusiasmusflash und könnte die ganze Welt umarmen. Da ich aber nicht so große Arme habe, muss eben Herr Hansmann dran glauben, der mich nach spontaner Liebkosung etwas ungläubig anguckt. Aber er lächelt immer noch, kann also nicht so schlimm gewesen sein.

Ich bin schon ganz gespannt, wie das Feedback der Fachleute zu meiner Geschichte ausfallen wird. Hoffentlich muss ich nicht zu lange auf eine Antwort warten. Aber bis jetzt ging alles schnell, schneller als erwartet. Von meinen anfänglichen Zweifeln dem potenziellen Arbeitgeber gegenüber und von meinen eigenen Selbstzweifeln ist momentan nichts zu spüren. Ein gutes Gefühl.

Potenziell bin ich gerade genau in der richtigen Stimmung, um dem vermeintlichen Helden meiner Geschichte einen Besuch abzustatten. Wir könnten gemeinsam die Sachen nachholen, die bisher nur auf dem Papier passiert sind. Habe ich dazu die Traute? Einfach zu Mr. Opel zu fahren und ihn um eine erneute Probefahrt mit vollendetem Körperkontakt zu bitten? Natürlich nicht! Flash hin oder her, insbesondere mein Enthusiasmus hat Grenzen, wenn es um realen Geschlechtsverkehr geht. Also wieder nichts. Ich frage mich ehrlich, was sich diese Frauen denken, die wahllos mit jedem ins Bett steigen. Wahrscheinlich gar nichts. Das ist mein Problem. Ich denke einfach zu viel und stehe mir damit selbst im Weg. Obwohl ich bis jetzt auch noch nicht so viele Möglichkeiten hatte, mir selbst im Wege zu stehen. Allerdings ist es ja nun auch nicht so, als hätte ich noch nie Sex gehabt.

*

Auch ich hatte mein erstes Mal. Vor zwei Jahren. Damals war ich 19 und hatte keine Lust mehr zu warten. Das klingt schwer nach Spätzünder. Klingt aber nur so. Ich wollte ja, aber die Gelegenheit dazu hat sich nie ergeben. Ich hatte wirklich Angst, es würde nie passieren. Ich konnte und wollte nicht mehr länger »auf den Richtigen warten« und hatte keine Lust, mich später, Mitte 40, in einem Forum für »Absolute Beginner« unter dem Nickname *Keinerwillmich* mit anderen Sex-Unfähigen über Selbstbeschäftigungstaktiken auszutauschen. Oder von einer B-Moderatorin im Fernsehen bei *Schwiegersohn gesucht* als schwer vermittelbar bloßgestellt zu werden.

Ich wollte endlich wissen, wie *es* ist. Und die Gelegenheit dazu war nicht schlecht.

Michael hatte ich abends in einem Bistro kennengelernt. Ob er sich zu uns an den Tisch setzen dürfte, fragte er. Uns – das waren zu dem Zeitpunkt meine beste launische Freundin Isabelle und ich. Auf Isabelles bekannt abschätzige Art gab sie Michael zu verstehen, dass sie aber auch gar nichts davon hält, ihm und seinem Kumpel die noch zwei freien Plätze an unserem Tisch anzubieten, wo doch noch das halbe Bistro frei sei. Ja, die liebe Isabelle. In Sachen Männer ist sie eben ungelenk hoch drei und noch unerfahrener als ich. Wahrscheinlich schon aufgrund ihrer schroffen Art.

Ich hatte zwar zu diesem Zeitpunkt auch noch nicht viel Erfahrung mit Männern, aber ich war nicht so naiv, mir Möglichkeiten dazu entgehen zu lassen. Lächelnd nickte ich Michael zu, der augenmerklich nicht unattraktiv war. Sein Kumpel ging auch, war aber im Verhältnis zu ihm nur eine blasse Gestalt, was meine Freundin ihn auch spüren ließ. Ach, Isabelle, du wirst es nie lernen, dass man zu Männern erst mal nett sein muss, um an sie ranzukommen. Zickig und abweisend sein, das kommt später.

Michael war sehr nett, und er gefiel mir wirklich. Da gab es auf den ersten Blick nichts auszusetzen. Dunkelblonde Haare, blaue Augen, etwas größer als ich und vor allem älter – er war 27 Jahre. Das mochte ich, sollte doch seine Erfahrung mein Unwissen ausgleichen.

Jungs in meinem Alter waren mir noch nie gewachsen. Die sahen nicht nur aus wie Schwächlinge, sie waren es auch. Was will ich mit so einem Jungmann? Ich brauche einen Beschützer, einen Mann, an dessen Schulter ich mich anlehnen kann. Ja, sogar einen, der mir etwas überlegen ist, aber nur etwas. Und er muss wissen, was er will. Schließlich weiß ich das ja nie so genau. Aber eins wusste ich sicher: Michael, den wollte ich.

Er war genau der Richtige für mein Experiment »erstes Mal«. Eine Mischung aus Coolness und Freundlichkeit, der anziehend wirkende Zwiespalt aus Zurückhaltung und der Suche nach Nähe, umgab ihn. Er war zärtlich und verständnisvoll, aber keineswegs ein Frauenversteher. Und er war nicht auf der Suche nach einer Beziehung. Solche Sätze hört man ja oft von Männern und glaubt doch jedes Mal daran, diese Meinung sicher noch ändern zu können.

Gehofft hatte ich das vielleicht auch, erwartet nicht. Schon nach dem zweiten Treffen war alles geregelt. Ich hatte Michael gleich gesagt, was ich mit ihm vorhatte. Er war natürlich begeistert. Eine Jungfrau zu kriegen, das ist wohl der Traum vieler Männer, warum auch immer? Jeder Mann will der Erste im Leben einer Frau sein und jede Frau die Letzte im Leben eines Mannes. An dieser Weisheit mag Wahres dran sein. Ich weiß nicht, was so toll daran sein soll, eine unerfahrene Frau vor sich zu haben, die nicht weiß, was sie mit sich und ihrem Partner anfangen soll, und im schlimmsten Fall noch anfängt zu heulen. Geheult habe ich nicht, aber geblutet. Das ganze Bettlaken voll. Sicher lag das mehr an der Tatsache, dass ich meine Tage hatte, und nicht am Durchstoßen des Jungfernhäutchens.

Selbstverständlich haben wir ein Kondom benutzt, auch wenn es gerade mal ganz knapp über Michaels Penis gepasst hat. Fürs erste Mal hatte ich wohl ein besonders großes Exemplar erwischt. Deshalb wusste ich auch nicht genau, ob es normal war, sich beim Sex regelrecht aufgespießt zu fühlen. Mir kam es so vor, als würde sein Schwanz an meinem Po wieder herauskommen. Ob das so sein musste? Wer weiß das schon genau, wenn er keine Vergleiche hat. Aber es war trotzdem nicht unangenehm und Michael sehr einfühlsam. Ich hatte Vertrauen zu ihm und das war das Wichtigste.

Von einem Orgasmus kann ich allerdings nicht reden, da ich mich viel zu sehr auf die Sache an sich konzentriert habe. Alleine die neuen gespürten Gefühle einzuordnen war Anstrengung genug.

Michael hatte diese Probleme nicht. Er hatte das sicher schon öfter gemacht. Ich sah ihm in die Augen, während er sich rhythmisch auf mir bewegte. Klar, dass ich in diesem Moment nicht die Führungsposition übernommen hatte. Trotzdem bemühte ich mich um Aktion. Das obligatorische Brett im Bett wollte ich auf keinen Fall simulieren. Also presste ich zumindest meine Oberschenkel gegen seine Hüften und krallte mich mit meinen Händen in seinen warmen und muskulösen Rücken. Ich spürte seine nackte Haut an meiner. Vorgestellt hatte ich mir das schon oft, wie es wäre, einen fremden, nackten Körper zu berühren, zu spüren. Und wie es ist, wenn auch ein Mann dieses Verlangen an mir stillt. Meine Haut ist besonders weich und zart. Das weiß ich. Oft genug habe ich mich in einsamen Nächten in den Schlaf gestreichelt und war verständnislos darüber, dass es keinen gab, der diesen samtigen Schutzmantel ertasten wollte.

Endlich hatte ich ihn gefunden, einen, dem das alles zu gefallen schien. Ein gutes Gefühl. Das allerdings hielt nicht ewig. Auch das erste Mal ist irgendwann vorbei.

Michael und ich gingen danach gemeinsam unter die Dusche. Das fand ich schön und unangenehm zugleich. Ich war es nicht gewohnt, mich jemandem komplett nackt zu präsentieren. Nicht die Möglichkeit zu haben, eventuelle Schwachstellen mittels Betttuch oder übergroßem Pullover zu verdecken. Doch in diesem Moment schaffte ich es, meine Bedenken zu verdrängen. Michael machte nicht den Anschein, als würde ihm etwas an mir nicht gefallen. Ich fühlte mich sicher und gemocht. So viel von mir preiszugeben, ohne Angst vor Verletzungen zu haben, das war ich nicht gewohnt.

Ich habe Michael nach diesem Abenteuer nie wieder gesehen.

Es gibt nichts Gutes, außer man tut es, wusste schon Erich Kästner. Und ich stimmte ihm in diesem Fall gerne zu. Ohne philosophisch werden zu wollen, habe ich meine unverbindliche Das-erste-Mal-Sex-Aktion nie bereut.

*

Seit der Zeit hatte ich sogar noch ein paar Mal Sex. Das war echt mein Jahr! Allerdings habe ich in den meisten Fällen davon nicht viel mitbekommen. Wenn man Sex hat und sich trotzdem unbeteiligt fühlt, ist das eine ziemlich blöde Geschichte. Allerdings fast noch besser als die Momente, in denen man sich lieber auf den Mars wünscht, als auf der Matratze zu bleiben.

Frederick war zum Beispiel so einer, der mich meiner Astronautenkarriere näher und meinem Körper ferner brachte. Wie soll ich es sagen, ich habe einfach nichts gespürt, außer sein Becken, das nur den flickenden Nähmaschinennadeltakt kannte – tack-tack-tack-tack-tack-tack …

Ob es wohl auch daran gelegen hat, dass ich währenddessen mit dem Gesicht im Kissen lag? Sex von hinten hatte ich mir irgendwie anders vorgestellt. Nicht so unpersönlich.

Während er hörbar schnaufend sein Vergnügen hatte, versuchte ich krampfhaft, seinen wilden Attacken standzuhalten. Meine Hände umklammerten den schwarzen kühlen Stahl des Ikea-Bettes und anstatt in zwei liebevolle Augen zu schauen, blickte ich in zwei leuchtende Rubinsteine, die seinem gestörten Stubentiger gehörten. Ich kann Katzen nicht ausstehen, und Männer mit Katzen – vergiss es!

In den sieben Semestern Medizin hat der Typ garantiert in allen anatomisch wertvollen Stunden gefehlt. Zu seinem Glück hat er mich nicht gefragt, wie er war. Das Urteil im Namen aller Frauen wäre vernichtend ausgefallen: lebenslanges Sexverbot mit anschließender Sicherheitsverwahrung.

Inzwischen gehe ich davon aus, dass Frauen durch solche Situationen reicher werden, reich an Erfahrung und Wissen. Das Wissen darum, dass der Mann, der gerade auf einem liegt garantiert der Falsche ist. Der will nicht mich, sondern nur meinen Arsch. Und der ist mir dafür echt zu schade.

Ich habe es nie ernsthaft in Erwägung gezogen, dass ich die eine von zweien sein sollte, die »schlecht im Bett« ist. Aber wie soll man auch gut sein, wenn der andere es nicht ist? Ich glaube fest daran, dass zu gutem Sex immer zwei gehören. Der Wille dazu ist bei mir ungebrochen und der Wille zählt. Männer sind so willenlos.

Wo sind sie nur, die einfühlsamen Liebhaber, über die es unendliche Filme und noch mehr Romane gibt? Alles nur Klischee? Erwarte ich zu viel von einem Mann oder jage ich gar einem Phantom hinterher?

Das kann ich nicht, das will ich nicht glauben. Ich habe eine andere Vorstellung von Männern und von dem, was ich von ihnen fordere, sogar verlange. Von Männern kann man mehr erwarten als heiße Luft. Ich bin an dem Punkt angelangt, an dem ich einen erfahrenen Partner suche und keinen leidenschaftslosen Egoisten.

6

Nichts zu verlieren

Ich bin guter Hoffnung, alles über Sex zu erfahren, und was ich schon immer darüber wissen wollte. Als Volontärin für ein Erotikmagazin muss ich mich schon ziemlich ungeschickt anstellen, um nicht in die Fußstapfen von Erika Berger zu treten. Das ist ein Aspekt, den ich nicht außer Acht lassen darf. Meine schnelle Auffassungsgabe sollte eventuell vorhandene horizontale Defizite schnell ausbügeln.

Hatte ich meine mentalen Fähigkeiten bei dem Vorstellungsgespräch überhaupt erwähnt? Jetzt war es zu spät. Ich kann nur noch darauf warten, wie meine Geschichte bei den Sex-Experten ankommt.

Drei Tage sind seit meiner Bewerbung vergangen und ich habe noch keine Nachricht bekommen. Sollte mich diese Tatsache beunruhigen? Ob sie soll oder nicht, sie tut es.

War mein Text am Ende zu schlecht? Zu harmlos? Zu unerotisch? Wahrscheinlich.

Meine Stimmung sinkt. Ich verfalle in eine Art Kurz-Depression. Das passiert mir häufiger. Gestern noch himmelhoch jauchzend und heute zu Tode betrübt. Mies gelaunt und von meiner Unfähigkeit überzeugt, schlage ich die aktuelle Tageszeitung auf. Ich sollte langsam anfangen, über ein Abo nachzudenken, wenn das so weitergeht.

Hoffentlich sucht jemand eine sexuell frustrierte, depressiv gestimmte Frau, die »mit der Gesamtsituation unzufrieden« ist. Die neuen Stellenanzeigen sind auf jeden Fall kein wirkungsvolles Antidepressivum. Nichts Neues, außer …

Was steht denn hier im Lokalteil? Oh! Das glaube ich ja nicht. Brand im Klaus Hartlieb Verlag. Mehrere Räume sind komplett ausgebrannt aufgrund eines Kurzschlusses im Serverraum. Meine Geschichte! Verbrannt! Kein Wunder, dass die sich nicht melden. Wahrscheinlich ist mein neuer Arbeitsplatz gleich mit abgefackelt.

Endlich habe ich einen guten Grund, um anzurufen und nachzufragen. Schnell krame ich die Visitenkarte der Personaltante aus meiner überfüllten Handtasche und wähle ihre Nummer. Hoffentlich funktionieren die Telefone noch. Ungeduldig warte ich auf das Freizeichen. Gott sei Dank – es klingelt. Frau Pilsberger meldet sich und erklärt mir, dass alles nur halb so schlimm ist.

Sie wollte mich auch schon anrufen, um mit mir die Formalitäten zu besprechen. Formalitäten? Ja, sie würden mich gerne nehmen, wenn ich denn noch Interesse an der Stelle hätte. Oh, mein Interesse. Natürlich. Das spielt ja diesmal eine beachtliche Rolle. Ich fühle mich überrumpelt. Eben noch hatte ich damit gerechnet, dass außer einem Häufchen verkohlter Überreste nichts mehr von meiner möglichen Zukunft übrig bleibt. Und im nächsten Moment schon soll ich bei dem Pornoverlag anfangen, der eben mal wie Phönix aus der Asche auferstanden ist.

Frau Pilsberger schickt mir den Vertrag zu, damit ich mir alles in Ruhe durchlesen kann. Das lässt mich hoffen, ein kleiner Zeitaufschub. Wenn mir etwas an den Klauseln nicht gefällt, dann habe ich immer noch einen guten Grund abzusagen.

Nervenblitze spielen mit den Wendungen der letzten Minuten Ping-Pong in meinem Schädel. Als Gedankenjunkie habe ich es selten schwer, an neuen Stoff zu kommen. Vernunft und Gefühl sind zwei starke Gegner; wenn man zwischen die Fronten gerät, führt das leicht zu Kopfschmerzen und Magengrummeln.

An und für sich habe ich nichts zu verlieren, wenn ich den Job annehme. Was steht schon zur Wahl? Ein zermürbendes Studium oder eine Zukunft in der Sex-Industrie? Für das Letzte bekomme ich wenigstens noch Geld. Wie viel eigentlich?

Na ja, wird ja sicher in dem Vertrag stehen. Der liegt schon am nächsten Tag in dem mit Werbung vollgestopften Briefkasten. Mein geschultes Rechtsauge spürt keine offensichtlichen Vertragsfallen auf. In der Beziehung hatte mein Jurastudium doch Vorteile.

Hört sich alles nach ordnungsgemäßem Standard an, fast schon langweilig: 40-Stunden-Woche, 26 Tage Urlaub und vor allem ein festes Gehalt – das wäre mein erstes selbst verdientes Geld, von dem ich mir endlich eine eigene kleine Wohnung leisten könnte. Das ist für mich ein unschlagbares Argument für eine Unterschrift. Nicht mehr abhängig sein von dem Konto der Erziehungsberechtigten – was sie auch im fortgeschrittenen Alter des Kindes zweifelsohne bleiben, so lange man die Füße unter den familiären Eichenholztisch steckt.

Endlich raus hier aus dem Elternhaus!

7

Mann mit Brüsten

Es ist für mich das erste Mal, in einer Bilddatenbank zu recherchieren. Das Archiv des Verlages ist wirklich groß und verwaltet über eine Million Schnappschüsse und Screenshots, also diese Fotos, bei denen gezielt auf das Wesentliche draufgehalten wird. Um das richtige Motiv zu finden, bediene ich mich der Schlagwortsuche, die direkt zum Ziel führen soll. Also gebe ich in das leere Suchkästchen Wörter ein wie *er_steckt_ihn_rein; von_hinten; schwanz_steif; 3_frauen_1_mann; blasen_und_sperma.* Die Vorschlagliste hält noch viele solcher Registrierungen parat: *große_brüste; dicke_frauen; transvestiten; sado_maso.* Was das Leserherz begehrt, findet sich hier garantiert. In meinem virtuellen Leuchtkasten kann ich die besten Bilder sammeln und genauer ansehen. Andere würden für das, was ich hier auf meinem Monitor sehe, sicher fristlos entlassen.

Mein erster Arbeitstag ist mehr als in jeder Hinsicht gewöhnungsbedürftig. Seit 9 Uhr morgens sitze ich in einem Großraumbüro mit zwei Frischluft fürchtenden Kettenraucherinnen. Wie war das noch mal mit dem Rauchverbot? Als Arbeitsanfänger kann ich es mir leider nicht leisten, gleich am Anfang auf die Barrikaden zu gehen und einen Betriebsrat zu gründen. Lieber gehe ich auf die Toilette, um wenigstens ein paar halbwegs qualmfreie Atemzüge machen zu können. Außerdem ist mir schlecht und ich habe Hunger, weil ich den ganzen Tag noch nichts gegessen habe. Mittlerweile ist es schon 15 Uhr. Mittagspause scheinen die hier nicht zu kennen. Zumindest ist keiner auf die glorreiche Idee gekommen, mir davon zu erzählen, geschweige denn von seinem Drehstuhl aufzustehen, um sich ein Sandwich oder sonstige Nahrung zu beschaffen.

Im Grunde müsste mir der Appetit bereits gehörig vergangen sein, denn meine erste Aufgabe als Volontärin ist für einen Anfänger eine ganz schöne Schocktherapie. Ich darf eine Liste von Transsexuellen abtelefonieren, da der Verlag gerade eine Spezialausgabe über Penisfrauen plant. Ladyboys, Transen, Shemales, Mannfrauen – ich habe viele Begriffe dafür gelernt und doch meinen sie alle das Gleiche: Kerle mit Brüsten.

Ich habe ja nichts dagegen, ins kalte Wasser geworfen zu werden, aber mit Handfesseln und einem Zementblock an den Füßen? Es ist nicht gerade ein leichter Einstieg, wenn man sich an seinem ersten Arbeitstag »Frauenprobleme« von Männerstimmen am Telefon anhören muss.

Ich schaue in den Spiegel und frage mich ernsthaft, ob meine Entscheidung richtig war. Zum Glück habe ich sechs Monate Probezeit, in der man grundlos kündigen kann. Aber dann müsste ich meine neu gewonnene Freiheit wieder aufgeben. Meine eigenen, wenn auch nur gemieteten, vier Wände. Dafür sollte es sich doch lohnen, durchzuhalten.

Frisch motiviert, mit dem Gedanken an meine zerknitterte Bettwäsche, mache ich mich auf den Weg zurück zu meinen gut bestückten Mannsweibern.

Ich öffne die Toilettentür und will auf den Flur treten, als mich ein dumpfer Aufprall fast zu Boden streckt. Ich reibe mir die Nase. Eine männliche Schulter ist ein ziemlich harter Airbag.

»Na, na, junge Frau, suchen Sie Anschluss? Davon sollten Sie hier noch genug kriegen. Ah, Sie sind sicher Frau Schwick, die neue Volontärin. Sie hängen am Schwarzen Brett aus. Schön, schön. Dann wünsche ich Ihnen viel Spaß und wenn Sie Lust auf Sex haben, dann nur keine falsche Scham. Mein Büro ist einen Stock höher. Kommen Sie ruhig zu mir, wenn Ihnen danach ist!«

Wirkt der Zusammenstoß noch nach oder war das eben ein unmoralisches Angebot, das in jedem anderen Betrieb eine Anzeige wegen sexueller Belästigung am Arbeitsplatz nach sich ziehen würde? Was geht denn hier ab? Wahrscheinlich sollte das mit dem Sex nur ein Witz sein, eine Art Berufsvokabular hier in dem Laden. Wer war dieser seltsame Typ überhaupt?

Zurück in der Räucherkammer, auch Büro genannt, liegt ein großes, weißes Päckchen auf meinem Schreibtisch – ungefähr doppelt so groß wie ein Schuhkarton.

»Ist das für mich?«, frage ich in die Runde, schließlich habe ich nichts bestellt und es kann ja auch noch keiner meine neue Büroadresse haben.

»Ja, nimm's mit heim und probier's aus«, ruft mir Sonja über den Computer hinweg zu, während sie auf die Tastatur hämmert und im linken Mundwinkel eine qualmende Zigarette balanciert.

»Was ist denn da drin?«, frage ich neugierig und schüttele vorsichtig. Ein paar schwere Teile rutschen in dem Paket hin und her.

»Rezensionsexemplare zum Testen«, erklärt Frau Brenner und rollt mit ihren weit aufgerissenen Augen, die gar nicht wirklich aufgerissen sind, aber immer so aussehen als ob, wie zwei große, heraustretende Murmeln.

Vorsichtig ziehe ich mit der Schere den Klebestreifen entlang und klappe den Karton auf. Zwischen rotem Seidenpapier liegen verschiedene Packungen. Große und kleine und ein paar Tuben.

»Du, Sonja«, frage ich, während ich die Tube Superglitsch in meinen Händen drehe, »ich bin gerade mit so einem komischen Kerl zusammengestoßen. Groß, blond, blaue Augen, apathischer Blick – wer ist das denn?«

»Hatte er ein weißes Hemd an und die Ärmel hochgekrempelt?« Ich nicke.

»Ach, das war Herr Hartlieb, der Verleger!«

Aha!? Wo bin ich hier nur gelandet?

Ich stopfe das Gleitgel in das Paket zurück und beschließe, für heute Feierabend zu machen. Die restlichen Überraschungen hebe ich mir für zu Hause auf. Meine staunenden Blicke muss ja nicht gleich jede Kollegin mitbekommen. Außerdem habe ich brüllende Kopfschmerzen wegen des vielen Rauchs und der neuen Einflüsse, der fehlenden Pause und schrecklichen Hunger. Das ist alles zu viel für mich. Um 19 Uhr frage ich vorsichtig, ob ich eventuell nach Hause gehen darf.

»Ja, selbstverständlich!«, nickt Barbara Brenner, der es sichtlich unangenehm ist, dass sie mich selbstvergessen so lange hat sitzen lassen. Man merkt gleich, dass diese Frau kein ausgefülltes Privatleben hat. Mit Mitte 20 sieht sie aus wie Ende 30. Schmales, fast etwas eingefallenes Gesicht, fahle, grobkörnige Haut mit einem leichten Grauschimmer – ja, der Zigarettenqualm sucht sich seinen Weg, und wenn's sein muss durch die Poren. Tiefe Nasolabialfalten, also die Dinger, die sich wie zwei Klammern (Klammer auf, Klammer zu) um Nase und Mund ranken. Dünne Fusseln, die notdürftig zu einem schmalen Pferdeschwanz zusammengebunden sind, simulieren eine Frisur. Das Volumen ist wirklich ungemein gering, sodass selbst der engste Haargummi schon nach einigen Kopfbewegungen Richtung Haarspitzen rutscht.

Beim Laufen beugt sich Frau Brenner immer nach vorne wie eine alte Frau, deren steifes Kreuz sie in diese Position zwingt. Dabei steht ihr Hintern etwas raus, was aber auf die schlechte Haltung zurückzuführen ist. Über ein großes Gesäßvolumen kann ich mich ja schlecht lustig machen. Damit mir außer einem vielsagenden Po nicht noch andere Makel zu eigen werden, gehe ich schnell nach Hause. Alt werden kann ich auch noch morgen.

*

An diesem Abend, meinem ersten richtigen Feierabend, muss ich mich zuerst mal übergeben. Ich bin total fertig. Zehn Stunden Arbeit am Stück, das ist für eine Exstudentin nicht gerade einfach. Aber ich hoffe auf den nächsten Tag und darauf, dass ich mich noch einleben muss. Der Mensch ist ein Gewohnheitstier. Das wird schon. Immerhin habe ich heute Geschenke bekommen. Bettfertig hocke ich auf meiner ungebügelten Bettdecke und mache mich endlich über den weiteren Inhalt meines Päckchens her. Neben dem Gleitgel finden sich darin noch rote Liebeskugeln, ein türkisfarbener Vibrator mit zusätzlichen Hasenöhrchen und eine pinkfarbene … Ja-was-denn-eigentlich? Ich suche auf der Rückseite der Verpackung nach einer Gebrauchsanweisung – die es nicht gibt. Allein eine zweizeilige Beschreibung sagt mir, dass es sich um eine Analkette handelt. Ich dachte, Ketten hängt man sich um den Hals? Es ist auch weniger eine Kette als mehr ein Stab mit unterschiedlich großen Bällchen, so wie eine Art Schaschlikspieß, nur ohne Fleisch. Die Kugeln sind fest, also keine Gefahr, dass sie bei Gebrauch runterpurzeln könnten wie die Stückchen vom Spieß in die feurige Soße.

Im Moment kann ich mir die Anwendung der Kette weder plausibel vorstellen, noch habe ich Lust, sie auszuprobieren. Der Big-Bunny-Vibrator allerdings wirkt so, als wollte er unbedingt getestet werden. Netterweise liegen die passenden Batterien gleich mit dabei. Ich lege Plus- und Minuspol fachgerecht ein und drücke auf den Knopf der ersten Stufe. Das Penis-Imitat rotiert. Stufe zwei. Jetzt vibrieren die zwei kleinen Hasenöhrchen, die den Kitzler stimulieren sollen, mit. Stufe drei. Die Rotation ist so stark, als könnte der Hasenpenis jetzt abheben, wenn ich ihn loslasse. Stufe drei fräst einem locker die Muschi weg.

Das Thema Selbstbefriedigung habe ich bisher aus reinem Protest ausgeschlossen. Die kläglichen Versuche, es mir selbst zu machen, sind meistens aufgrund Fingerfaulheit oder Sonstigem gescheitert. Zumindest hat es mir nie annähernd etwas gebracht. Außerdem bin ich der Meinung, dass zum Sex mindestens zwei gehören, maximal vielleicht drei ... Schließlich ist Sex mehr als die reine Befriedigung. Und ein Vibrator kann sicher schlecht küssen, vermutlich würde er einem eher die Zähne dabei ausschlagen.

Ob es wohl auch Knutschzungen zu kaufen gibt? Das wäre doch mal eine Recherche wert. Und zum Streicheln gibt es vielleicht ein kaltes Händchen mit Aufzugschraube oder diese Schuhanzieher mit Rückenkratzer dran könnten es auch tun, falls es noch keine ausgefeilteren Tätschelwerkzeuge gibt.

Der Vibrator rumort in meiner Hand. Das Gummimaterial klebt leicht unter meinen Fingern, als ich darüberreibe. Also wirklich echt fühlt es sich beim besten Willen nicht an. Gespannt lege ich mich auf mein Bett und nehme mir vor, an etwas Schönes zu denken. Besser etwas Animierendes. Hmm? Ich versuche, mir irgendeinen imaginären Traumtypen in den Kopf zu fantasieren. Wie soll er nur aussehen? Sex mit dem Chef kommt mir in den Sinn, aber Herr Hartlieb ist nicht wirklich mein Typ, auch wenn er blond und blauäugig ist, aber der leichte Silberblick stört mich. Meine Versuche, in Stimmung zu kommen, können doch nicht schon an mangelnder Vorstellungskraft scheitern?

Ich könnte es ja noch mal mit dem Autoverkäufer probieren. Herrje, sogar in meinem Kopf herrscht chronischer Männermangel! Dieses Problem kann zwar Big Bunny jetzt auch nicht lösen, aber wer weiß, was er mechanisch draufhat? Ich schiebe die Spitze des vibrierenden Schafts in mein Höschen. Aha! Aha? Na ja, es brummt, aber viel mehr tut sich nicht. Langsam schiebe ich das Teil ein Stück mehr zwischen meine Beine und presse die Schenkel zusammen. Jetzt spüre ich die Vibration im Unterleib. Ganz angenehm, aber sonst?

Irgendetwas fehlt da. Dieses Gefühl, das ich mir vorstelle. Ich scheue mich aber davor, das Gerät vorerst komplett zu gebrauchen. Erst mal begnüge ich mich damit, es eine Zeit lang brummend zwischen meine Beine zu pressen. Seltsames System. Welcher echte Penis besteht schon aus kleinen Perlen, die wie unter einer dicken Kunstwurstpelle hin und her rotieren? Trotz allem spüre ich nach ein paar Minuten, wie mich das Zittern doch nicht ganz kalt lässt. Aber der Kick fehlt noch. Das kann doch nicht alles gewesen sein. Irgendetwas muss ich falsch machen, oder das Ding ist ein mangelhafter Import aus China. Ich stelle die höchste Stufe ein und halte es direkt an meinen Kitzler. Interessant, aber nicht aufregend. Der Schaft bringt es absolut nicht, jetzt müssen die circa zwei Zentimeter langen Hasenöhrchen ran. Ich drehe den Vibrator so, dass mein Kitzler genau zwischen ihnen liegt. Okay, das nenne ich mal Einsatz. Die Hasenöhrchen flattern regelrecht wie in einem Wettkampf darum, welches mich zuerst zum Höhepunkt bringt, und wirklich merke ich von Sekunde zu Sekunde, wie es mehr kribbelt. Es ist kaum auszuhalten, immer fester drücke ich mich den wedelnden Freudenspendern entgegen. Was für ein Gefühl. Es zieht in meinem Schoß, es grummelt in meinem Magen, es scheint, als würde das Prickeln mich in der Körpermitte komplett durchdringen. Meine Hand wird schon ein bisschen lahm vom Halten, die Finger kribbeln jetzt auch. Die Maschine läuft sich langsam heiß. Aber es tut gut. Stück für Stück kämpfen die zitternden Mikrovibratoren für mich auf dem Weg zu was auch immer.

Frankie goes to Hollywood kommt mir in den Sinn. »Relax, don't do it, when you wanna come«.

Das ratternde Geräusch des vermeintlichen Freudenspenders ist wenig betörend. Ich schmeiße die Bettdecke darüber, um den Geräuschpegel zu minimieren. Jetzt hört es sich an wie eine elektrische Zahnbürste. Ein bisschen vor, ein bisschen zurück. Viel mache ich mit den Hasenöhrchen nicht. Besser ist es, in der Position zu verharren, wie ich merke. Das Gefühl wird immer intensiver, meine Beine spannen sich an, es geht mir durch und durch. Der Vibrator schlackert unaufhörlich mit seinen Öhrchen, es ziept und fängt fast ein bisschen an zu schmerzen. Mir wird heiß, ich schwitze. Es rauscht durch meine Adern, meine Füße werden warm, ich drücke den Kopf ins Kissen … I'm coming, I'm coming, yeah, yeah …

Wer hat noch mal behauptet, es käme auf die Größe an? Zwei Zentimeter sind manchmal mehr als genug …

8

Schmutzige Fantasie

Das Büro von Herrn Hartlieb entspricht genau dem, was man sich unter einem Chefbüro so vorstellt. Großer Schreibtisch, dicker Chefsessel aus Leder, ausgefallenes Designermobiliar, teure Gemälde an der Wand, ein Golf-Puttingset auf dem Boden und eine mannshohe Skulptur, die mit ein wenig schmutziger Fantasie ein gewaltiges Phallussymbol darstellen könnte. Fehlt nur noch eine Massageliege mit thailändischem, bevorzugt weiblichem Fachpersonal für die schnelle Entspannung in der Mittagspause – frisch eingeflogen, so wie andere ihre Pekingente am Mittagstisch beim Chinesen bestellen.

»Frau Schwick, wie schön, dass Sie kommen konnten!« Charmant lächelnd eilt mir Herr Hartlieb entgegen und rückt mir den Stuhl zurecht.

»Setzen Sie sich doch! Oh, hoppala.«

So ein Scherzkeks. Ich habe mich auf seine Hand gesetzt. Was macht die auch unter meinem Hintern? Wahrscheinlich wollte er mir das Kissen aufklopfen …

Fällt das schon unter den Tatbestand der sexuellen Belästigung? Na ja, damit nehmen die es hier sicher nicht so genau.

»Ich möchte Ihnen nur mitteilen, dass Sie heute Abend noch einen Fototermin haben. Am besten gehen Sie gleich mal zu unserem Fotografen, Hans Pitti Dollerhein, und besprechen alles Weitere mit ihm. Und lassen Sie sich am Anfang nicht zu viel gefallen, unser Pitti ist – sagen wir mal so – ein bisschen frech, was junge Frauen angeht. Aber Sie werden sich schon zu helfen wissen. Ansonsten klopfen Sie ihm einfach auf die Finger, nicht wahr.«

Fototermin, ich? Ich lasse mich nicht fotografieren und von irgendeinem schmierigen Knipser betatschen. Was glauben die denn, wer die hier sind? Okay, ein Pornoverlag. Das ist aber noch lange keine Rechtfertigung dafür, sich alles gefallen lassen zu müssen.

Ich sacke noch ein Stück mehr in dem butterweichen Ledersessel ein. Ich kann gerade noch mühselig über meine Knie hinwegschauen. Wie soll ich hier jemals wieder rauskommen – aus dem Sessel und dieser unheimlichen Situation? Ganz sicher werde ich keine Nacktfotos von mir machen lassen. Nie, niemals, jamais, mai, nein. Das steht auch gar nicht in meinem Vertrag. Gerade will ich zum Aufschrei ansetzen, da fügt Herr Hartlieb mit einem Augenzwinkern hinzu: »Und sagen Sie Herrn Dollerhein, er soll ein bisschen auf Sie aufpassen, wenn Sie heute Abend in den Puff gehen.«

In den Puff! Jetzt reicht's aber! Ich werde genauso wenig mein Gehalt in einem Bordell verdienen, noch werde ich in irgendeiner Art und Weise meinen Körper zur Verfügung stellen. Ich hab's doch gleich gewusst. Das ist hier alles nur ein gut getarnter Mädchenschieberring.

»Herr Hartlieb, ich sage Ihnen mal eins, ich bin vielleicht noch jung und etwas unerfahren. Aber ich bin nicht blöd und keine von denen, die Sie auf den Strich schicken können, damit sie das Geld für Sie nach Hause bringt und Sie Ihre fingerfertige Thaimaus davon bezahlen können. Ich werde in keinem Puff arbeiten, ich weiß um meine Rechte. Und Sie brauchen gar nicht erst zu versuchen, mich jetzt einschüchtern zu wollen!«

Mit aller Kraft presse ich mich aus meinem Lederverlies und will mich gerade vorne über auf den Schreibtisch stützen, um Herrn Hartlieb noch mal richtig die Meinung zu geigen, als er beschwichtigend erklärt: »Aber, aber, Frau Schwick. Keiner verlangt von Ihnen etwas Unmoralisches. Ihre Fantasie geht wohl etwas mit Ihnen durch?« Herr Hartlieb zwinkert mir wohlwollend zu mit einem schwer zu deutenden Kopfnicken in Richtung seiner Genitalien. »Sie sollen doch nur mit unserem Fotografen in das Bordell gehen, um darüber eine Reportage zu machen. Das ist bei uns ein Standard im Heft. Ihnen passiert dabei nichts, machen Sie sich da mal keine Gedanken. Der Dollerhein macht die Fotos, und Sie gehen mit, um etwas von der erotischen Luft zu schnuppern. Schließlich müssen Sie am nächsten Tag darüber schreiben. Also, viel Spaß heute Abend und nur keine falsche Zurückhaltung.«

Ach so …? Zurückhaltung wäre vielleicht doch angebracht, allerdings eher in Sachen falsche Vermutungen. Noch so einen peinlichen Fauxpas darf ich mir nicht leisten. Hinterher entlassen die mich noch wegen renitenter Prüderie, und diese Blöße will ich mir nicht geben.

Gegen einen Bordellbesuch habe ich ja an und für sich nichts einzuwenden – insofern ich nur als stille Beobachterin fungiere. Welche Frau, wenn sie nicht gerade dem Gewerbe angehört, hat schon mal die Gelegenheit dazu, so ein halbseidenes Etablissement von innen zu sehen? Ich finde die Angelegenheit eigentlich sogar ziemlich spannend. Schließlich habe ich ein Faible für schwere Typen – insgeheim …

*

Was zieht man eigentlich an, wenn man einen Puff besucht? Ich habe nichts »Nuttiges«. Ich möchte den echten Prostituierten auf keinen Fall Konkurrenz machen, aber ich will auch nicht als biederes Mauerblümchen auffallen.

Was trägt eine Professionelle überhaupt während der Arbeit? Sicher kein Businesskostüm, außer sie hat einen Bürohengst vor sich. Der fände das sicher ganz heiß.

Also, Kostüm und Hosenanzug fallen aus.

Jeans? Nee, zu plump. Lange, schwarze Hose? Auch nicht, schließlich gehe ich nicht zu einer Konfirmation – eher ganz im Gegenteil. Bleibt noch das Schuhproblem. Mein Schuhregal sieht aus wie bei Deichmann nach dem Sommerschlussverkauf – leergebombt bis auf ein paar Ladenhüter, die perfekt zu einem Nonnenkostüm passen würden – schwarz, flach, bequem. In Schuhgröße 43 ist die Auswahl eben stark begrenzt. Und hohe Absätze habe ich mich bei meiner Schuhgröße bisher nicht getraut zu tragen.

Nur ein einziges fabrikfrisches Pärchen Notfallstiefel verstaubt ganz hinten in meinem Kleiderschrank und wartet auf seinen Einsatz. Gekauft und aufbewahrt für spezielle Anlässe – wie diesen …

Wie gut, dass ich heute schon etwas früher gehen darf, um mich auf den Abend vorzubereiten. Zu Hause durchwühle ich meinen neuen Kleiderschrank, um mich passend für den Ausflug in den Tempel der Lust zu präparieren.

Das Prädikat »neu« trägt so gut wie alles in meiner Wohnung inklusive des umbauten Raums, in dem ich mich seit geraumer Zeit befinde. Es ist gar nicht so leicht, in weniger als einer Woche eine Wohnung zu finden, aber machbar.

Der Besitzer hat vorzugsweise eine Frau als Mieterin gesucht und war mit mir auf Anhieb zufrieden und ich mit den Parametern auch: zwei Zimmer, Küche, Bad, Balkon. Altbau. Zweiter Stock. Mit Blick auf den Hinterhof. Ich finde es idyllisch. Und das Beste: Biene Maja durfte nicht mitziehen, auch wenn meine Mutter noch so sehr für ihr Aufenthaltsrecht plädiert hat: »Kind, kauf dir für das Geld doch lieber eine orthopädische Matratzenauflage.«

Nö.

»Deine neue Bettwäsche hat bestimmt Knöpfe und ist nicht bügelfrei.«

Aber sicher hat sie das und ist sie das nicht. Bügelfreie Bettwäsche mit Reißverschluss ist was für ergrauende Generationen, die orthopädische Matratzenauflagen brauchen. Für Eltern. Für meine Eltern. Aber sicher nicht für mich.

Etwas Wehmut beschleicht mich dennoch. Jahrelang waren sie mir immer treue Begleiter und jetzt lasse ich sie einfach alleine zurück. Tschüs Maja, Adieu Willi. Mein neues Zuhause bleibt streifenfrei.

Und in meinen eigenen vier Wänden habe ich mich bewusst für das schwedische Ordnungssystem mit zwei imposanten Schiebetüren aus formaldehydfreien Spanplatten entschieden, um meine angeborene Desorganisationsproblematik unter Kontrolle zu bringen. Vergebens – der Schrank ist Spitze, mein Ordnungssinn nicht. Wo habe ich bloß das Top, das meine magere Oberweite akzeptabel fraulich erscheinen lässt? Ah, da ist es ja, hinter meinem Hello-Kitty-Pyjama.

Jetzt brauche ich nur noch meine schwarze Dreiviertelhose, die so einen tollen, kleinen Hintern macht – sogar aus meinem – und meine roten Textilschlangenstiefel. Ich krame sie aus der letzten Ecke meines Kleiderschranks. Trotz Umzugs ist der Staub auf der Schuhschachtel noch erhalten geblieben. Getragen habe ich sie noch nie. Sie sehen schon ein bisschen billig aus, also billig im Sinne von verrucht. Aber das ist im Moment genau das Richtige! Also, her damit!

Vor dem Spiegel überprüfe ich mein Outfit. Sicher sehe ich nicht aus wie eine Professionelle, aber auch nicht schlecht. Es muss reichen, ich will ja nicht den Freier des Monats abschleppen, sondern nur eine Reportage machen.

*

20 Uhr. Der Fotograf holt mich mit seinem Wagen ab, der sehnlichst auf die nächste Abwrackprämie wartet. Ein verratzter Zweiergolf. Wir haben uns vor dem Verlag verabredet. Ich gebe ja nicht irgendeinem schmierigen Knipser meine Privatadresse.

Ich steige zu ihm ins Auto. Hätte er den Wagen nicht wenigstens von seinen ollen Bierdosen befreien können? Etwas angewidert ziehe ich eine halb zerknüllte Burger-King-Tüte vom Sitz und schieße sie in den Fußraum, in der Hoffnung, dass nicht noch ein halber verwester Whopper einen Fettfleck auf dem Sitz hinterlassen hat, in den ich mich fallen lasse. Meine Füße nehmen auf der Tüte Platz und treten sie platt.

»Hallo Johanna, gut siehst du aus!«, begrüßt mich Hans »Pitti« Dollerhein grinsend und wirft seine Kippe aus dem Autofenster. Immer diese Raucher! Von den Zigaretten hat er schon ganz gelbe Finger, die er lässig ums Lenkrad legt. »Lässig« ist sowieso das beste Wort, um ihn zu beschreiben. »Antik« passt auch noch.

Oder wie sagt man sonst zu diesen Leuten, die sich in ein vergangenes Jahrzehnt verliebt und noch nicht bemerkt haben, dass es schon seit mindestens 20 Jahren vorbei ist?

Vielleicht muss ein Fotograf auch so aussehen? Dunkelblonde Haare zur Meckifrisur gestutzt, nur die Spitzen stark blondiert. Zähne, für die er beim Zahnarzt sicher viel bezahlt hat und die deshalb so ein Mundraum einnehmendes Wesen haben. Bei jedem Wort, das er sagt, muss ich befürchten, dass mir seine verkronten Beißerchen gleich allesamt ins Gesicht hüpfen. Wahrscheinlich hat er sich aus dem übrig gebliebenen Zahnaltgold die beeindruckende Panzerkette schmieden lassen, die er um seinen Hals trägt. An ihrem tiefsten Punkt baumelt ein toter, goldener Panther. Ob das ein Symbol ist? So etwas Hässliches habe ich noch nie in einem Schmuckladen gesehen, nicht mal in der Schnäppchenecke. Sicher gibt es zu dieser Kette eine dramatische Geschichte. Ich hoffe, bei Gelegenheit mal mehr über dieses Schmuckstück zu erfahren, um es dann genauso würdigen zu können wie sein Besitzer.

Der tote Panther touchiert mit seinen hängenden Pfoten bei jeder Bewegung nur ganz knapp den Baumwollrand des Rippunterhemdes, das Pitti unter dem bleached stonewashed Jeanshemd trägt. Das Hemd hat er in seine hautenge, schwarze Lederhose gesteckt und sicherheitshalber durch einen Gürtel mit silberner Adlerkopfschnalle vor dem Herausrutschen gesichert. Wow!

Wir fahren los. Das Bordell liegt 20 Minuten von uns entfernt. Pitti und ich verstehen uns auf der Fahrt unerwartet gut. Er ist wirklich witzig, das gefällt mir. Und er macht mir ständig Komplimente. Das ist total ungewohnt für mich.

Als wir ankommen, bin ich ganz benebelt von seiner lustigen Art, der verqualmten Räucherkiste und der angespannten Vorfreude, die sich angesichts der Ankunft langsam, aber sicher in Angst verwandelt. Wir halten auf dem Parkplatz direkt neben dem Puff.

Dicke S-Klassen und flache Sportwagen stehen hier bereits in Reih und Glied. Der Gesamtwert der Luxuskarossen übersteigt bei Weitem meine Einmaleinskenntnisse. Es ist wirklich, wie man es aus dem Fernsehen kennt. Tiefer, breiter, schneller. So wie die Autos sind, halten es diese Typen wahrscheinlich auch mit dem Sex. Und genau deshalb sind sie hier.

9

FKK im Streichelzoo

Ich gehe da nicht rein!«, platzt es aus mir heraus. – »Warum denn nicht?«, fragt Pitti verdutzt. – »Weil, weil … Ich weiß gar nicht, was ich sagen soll.«

Pitti nimmt meine Hand und versucht mich zu beruhigen. »Ich mach das schon. Solange ich bei dir bin, kann dir nichts passieren!«

Ich vertraue ihm, was bleibt mir auch anderes übrig. Pitti zieht mich die beleuchteten Stufen zum Eingang hinauf, die vor einem orientalischen Tor à la »Sesam öffne dich« enden.

Lust-Oase steht in blinkenden Lettern über der Tür. Ob das eine Oase auch für mich sein wird, das wird sich erst noch herausstellen. Pitti schubst mich durch die Schwingtür.

Zu meiner Überraschung sieht erst mal alles aus wie in einer normalen Sauna. Es gibt eine Rezeption und eine beneidenswert gut aussehende Frau, die hinter dem Tresen steht und eine Batterie an blauen Badeschuhen mit der Sprühdose einnebelt. Sie trägt ein Dirndl, weil heute bayrischer Abend ist, was man unschwer an den einlaminierten »Heute bayrischer Abend«-Schildern, die über der Rezeption prangen, und den bedenklich schwankenden Monsterbrezeln, erkennen kann. Darunter stapeln sich etliche graue Filzhüte mit blauweißer Kordel am Rand, die sich jeder Besucher aufsetzen darf, natürlich nur leihweise.

Während ich die ersten Eindrücke auf mich wirken lasse, verhandelt mein Vertrauensmann gerade mit der Rezeptionistin. Soll er mal machen. Ich setze mich auf ein Lederrondell, das in der Mitte des Eingangsbereichs steht. Erstaunlicherweise wirkt alles gar nicht so fremd, ähnlich wie in einer gewöhnlichen Wellnessanlage.

Doch plötzlich, als hätten sie meine Ernüchterung gespürt, kommen sie aus ihren Löchern. Lauter Männer, nur mit einem Handtuch um die Hüften bekleidet, strömen an mir vorbei und drängeln sich durch einen schweren dunkelroten Samtvorhang.

Freier? »Meine« ersten Freier! Live und in Farbe, nur wenige Zentimeter von mir entfernt. Eine röhrende Meute in freier Wildbahn, die den Brunftlauten der läufigen Hirschkühe folgt.

Für routinierte Saunagänger ist das wahrscheinlich kein besonderer Anblick, für jemanden mit FKK-Phobie, wie ich sie habe, ist der Anblick von einem Haufen fast textilfreier Männer durchaus gewöhnungsbedürftig.

Wenn heute bayrischer Abend ist, wäre doch eine fesche Lederhose oder ein Trachtenhemd viel ansprechender.

Vor allem die Männer, die wie ich eben noch durch das Eingangsportal schreiten, scanne ich von oben bis unten ab.

Eigentlich sehen sie alle ganz »normal« aus. Von keinem hätte ich gedacht, dass er in den Puff geht, wenn ich ihm auf neutralem Boden begegnet wäre. Es gibt wirklich nichts, was das Geheimnis dieser Männer verraten würde,

Sie sehen akzeptabel aus, sind ordentlich gekleidet, teilweise sogar überdurchschnittlich gut. Ein paar Stammkunden aus der P&C-Exklusivabteilung sind garantiert dabei.

Die meisten würden, rein objektiv betrachtet, im gewöhnlichen Tagesgeschäft problemlos eine Frau kennenlernen. Warum nur gehen diese Männer in den Puff?

Ich drehe mich zum Empfang, weil ein neuer Besucher an der Rezeption steht. Er hat einen Regenschirm in der Hand. Seltsam. Nach Niederschlag sah es vorhin wirklich nicht aus. Überschwänglich begrüßt er die attraktive Dirndlfrau. Sein Gehabe wirkt sehr vertraulich, anscheinend ist er nicht zum ersten Mal hier. Ich schnappe einen seiner Sätze auf.

»Weißt du, meine Schwiegereltern sind zu Besuch. Da habe ich zu meiner Frau gesagt: ›Schatz, ich geh mal ’ne Runde spazieren‹ …«

Spazieren gehen nennt er das also! Ganz schön gewieft, der durchtriebene Lustwandler – der Schirm soll bloß die vorgeschobene Absicht glaubwürdiger machen. Unglaublich! Wenn das seine Frau wüsste und erst die Schwiegereltern …

Ich stelle mir die Frage, ob ich ab jetzt jedem meiner zukünftigen Freunde misstrauen muss, falls er mal alleine spazieren gehen will, geschweige denn joggen. Nach dem Laufen fällt es nicht mal auf, wenn er mit hochrotem Kopf und durchgeschwitzt nach Hause kommt. Mein Gott, Abgründe tun sich auf. Man darf aber auch nicht zu misstrauisch werden, oder doch? Spazieren – das klingt so verdammt harmlos.

Wieder kommt ein potenzieller Spaziergänger an mir vorbei, so ein kleiner, untersetzter Kerl, dessen Bauch über den Rand des umgeschlagenen Handtuchs hängt. Ich schaue hoch, er lächelt mich an. Höflich wie ich bin, lächle ich zurück. Das hätte ich wohl besser bleiben lassen. Sein Grinsen dehnt sich bis über beide Ohren aus. Er dreht sich vor mir hin und her, verlegen wie ein Kind, das gerne noch ein Eis hätte und genau weiß, dass Süßigkeiten schlecht für die Zähne sind.

Fragend schaue ich ihn an, aber er schweigt beharrlich. Plötzlich macht er sein Handtuch auf und wippt weiter.

Oh, mein Gott! 30 Zentimeter von meinem Gesicht entfernt baumelt etwas, was ich gar nicht sehen will. Ich mache die Augen zu.

Jemand greift mich am Arm und reißt mich hoch. »Komm mit!«

Es ist Pitti, der mich aus meiner Starre des Entsetzens und aus der Situation befreit. Danke!

Mit meinem Erlöser an der Hand betrete ich die Höhle des Löwen oder besser gesagt: Die Höhle der Löwinnen. In einem orientalisch anmutenden Raum mit den Ausmaßen einer Großraumdisco schwirren sie umher. Blonde, Brünette, Rothaarige, Gelockte und Kurzhaarige – sowohl oben als auch untenrum.

Marokkanische Metalllampen verbreiten durch kleine Löcher gedämpftes Licht, das ein märchenhaftes Sternenmeer an Wände und Decke zaubert.

Die Eindrücke sind überwältigend. Im Gegensatz zu dem puristischen Eingangsbereich finde ich mich nur ein paar Meter tiefer im Inneren der Liebeshöhle fern des Alltags in Tausendundeiner Nacht wieder. Ich fühle mich wie auf einer Erlebnisreise in das farbenprächtige Morgenland der aufgehenden Sonne und zu meinem Erstaunen gar nicht mehr unwohl.

Das Einzige, was die gelungene Atmosphäre empfindlich stört, sind die Filzhut tragenden Seppel, die nicht so ganz mit dem morgenländischen Flair harmonieren.

Die meisten der Haremsdamen tragen einen Hauch von Nichts. So können die lauffaulen Herren von ihren dekadenten Diwanen aus genau sehen, wo sie ihr Geld hinstecken, und müssen nicht die Muschi im Sack kaufen.

Die Mädchen sind durch die Bank weg hübsch, mit ein paar wenigen Ausnahmen. Was mir besonders auffällt, sind die vielen Silikonbrüste, die sie vor sich herschieben. Muss ja ein ganz einträgliches Geschäft sein – so eine Brust ist doch sicher teuer?

Pitti macht mir jedoch klar, dass es die Gummiknödel in ihrem Heimatland zum Vorzugspreis gibt. Die meisten der Frauen sprechen mit unverwechselbar osteuropäischem Akzent und sehen mich verächtlich an. Wahrscheinlich denken sie, ich sei von der Sitte. Dabei sehe ich für meine Verhältnisse überhaupt nicht sittsam aus. Was mir auch einige Männer mit freundlichem Kopfnicken bestätigen. Mit einer dieser gut bestückten Damen dampft Pitti ohne Vorwarnung plötzlich ab und lässt mich mit den Worten zurück: »Ich schieße mal ein paar Fotos, bleib du am besten hier, dann kann dir nichts passieren!«

Passieren kann mir hier also auch noch was, toll. Was denn eigentlich? Man wird mich doch wohl nirgends hinschicken, wo gleich ein Sondereinsatzkommando der Polizei hineinstürmt und alles festnimmt, was weiblich und vielleicht illegal hier ist?

Meinen Perso habe ich doch dabei, oder? Um unauffällig in meiner Handtasche danach suchen zu können, dränge ich mich an die Bar, die gleich neben dem Eingang beginnt. Einer der Barhocker soll meiner sein, und das am besten für den Rest des Abends. Ich habe nicht vor, ihn wieder zu verlassen.

Rings um mich herum sitzen Männer. Die weißen Handtücher, die sie um ihre Lenden geknotet haben, schaffen es leider in einigen Fällen nicht ganz, ihr Heiligstes zu verdecken. Das Gesäß- und Bauchvolumen mancher Endvierziger sprengt die 90x150-Standardbaumwollmaße.

Vor mir tanzt ein Besucher mit angewachsenem Bauchladen zum Grönemeyer-Hit *Männer*. Wie passend.

An keinem Platz der Welt ist dieses Lied wohl zutreffender als hier! Jetzt weiß ich auch, wo der gute Herbert auf die Idee zu dem Text gekommen ist …

Ein paar der besungenen Exemplare schwingen ihre in Weiß gehüllten Hüften zum Takt der Hymne im Gegensatz zu den versteinerten, fast unfreundlichen Mienen der – ich sag's jetzt mal der Einfachheit halber so – Nutten. Heißt es nicht immer, wer ficken will, muss freundlich sein? Wenn die Servicewüste Deutschland sich bis in ihr tiefes Tal ausbreitet, wird das für manchen Endverbraucher eine staubige Angelegenheit.

Fast hilflos lächelt mich manch männlicher Besucher an, der sich nicht in eine der gut gelaunten Gruppen von Stammkunden einsortieren kann, die sich gegenseitig anerkennend auf die Schulter klopfen.

Neben mir setzt sich ein Glatzenmann Mitte 30 auf den freien Hocker. Ich grinse schon wieder höflich, als er mich anschaut. Was soll ich auch sonst machen? Ich kann ihm ja schlecht die Zunge rausstrecken.

»Warum hast du denn so viel an?«, fragt er mich plötzlich, aber leise. Das habe ich jetzt davon. Wenigstens trägt er sein Handtuch immer noch geschlossen.

»Weil ich hier eigentlich nicht hingehöre!« Der Satz sagt einfach alles.

»Was machst du dann hier?« Schon wieder so eine gute Frage.

»Ich arbeite für eine erotische Zeitschrift und wir machen hier eine Club-Reportage.« Die Wahrheit kann manchmal so ernüchternd sein, vor allem, wenn man sich damit in einem Bordell befindet.

»Aha.«

Antörnend waren meine Antworten für ihn bestimmt nicht. Als Prostituierte würde ich keinen müden Euro verdienen. Ich weiß ja nicht mal, was ich ihm anbieten könnte außer einer angeregten Unterhaltung, oder nennt man das schon Oralverkehr?

Vielleicht kann er mir ja mehr dazu erzählen. Der erste Kontakt ist schließlich gemacht und der Typ sitzt immer noch neben mir. Verschreckt habe ich ihn also nicht. Das ist jetzt meine Chance, mal mehr von einem Mann zu erfahren, der in ein Freudenhaus geht. Mit Ausreden à la »Ich komm nur wegen des Biers her und halb nackt schmeckt das einfach ursprünglicher« kann er mir ja schlecht kommen …

»Und wie gefällt es dir so?«

Mit entschuldigendem Ton sagt er etwas kleinlaut: »Ich bin zum ersten Mal hier.«

Klar, und ich bin die Puffmutter der Nation, denke ich und ziehe imaginär mit dem Zeigefinger mein Unterlid nach unten.

Doch sein unschuldiger Blick wirkt so echt, dass ich ihm glauben muss. Was soll mir ein Mann auch vormachen, der in nichts außer einem fusselnden Frotteefetzen vor mir sitzt.

Also ich würde mir in der Aufmachung ziemlich dämlich vorkommen. Auch wenn es hier nur um das eine geht, spricht doch nichts dagegen, sich ordentlich zu kleiden. Welche Frau macht es schon an, wenn sie ein Kerl in frisch desinfizierten Adiletten und schlecht sitzendem Handtuch oder wahlweise braunem Plüschbademantel zum Sex auffordert?

Und auch die Huren bräuchten mal eine Typveränderung. Warum müssen Nutten eigentlich immer aussehen wie Nutten? Billig und willig und aufgebrezelt? Weil es Nutten sind und Männer auf so was stehen. Welcher Kerl würde schon in einen Puff gehen, um Frauen in Hello-Kitty-, Snoopy- oder Winnie-Puh-Pyjamas zu vögeln?

Stattdessen versuchen diese Mädels lieber, mit greller Schminke, gelangweiltem Blick, schlecht gefärbten Haaren, billigem Modeschmuck und Tussigehabe zu überzeugen. Wem's gefällt. Dazu kommt natürlich die Aufmachung oder besser gesagt das, was davon übrig geblieben ist. Transparente High Heels mit Extrem-Plateausohlen, bei denen man den Sehnenriss gleich mitkauft. Und dazu entweder ein Mikrostring oder Unterwäsche, die auch schon mal bessere Tage gesehen hat.

Ich meine, es spricht doch nichts dagegen, sich elegant und trotzdem sexy zu kleiden. Das wird den Umsatz schon nicht gefährden. Außerdem heißt es doch, dass das Auspacken beim Sex und bei Geschenken am meisten Spaß macht.

Aber zurück zu meinem Sitznachbarn.

»Warum bist du in diesem …« Wie nennt man einen Puff in einem Gespräch, das halbwegs seriös verlaufen soll? » … in diesem Etablissement?«, frage ich ihn und merke dabei, dass sich diese

Frage von selbst erübrigt. Aber Glatze versteht trotzdem, was ich meine.

»Ich hab echt 'ne beschissene Woche hinter mir und will mich einfach nur entspannen. Aber die Mädels hier sind so direkt und wollen immer gleich aufs Zimmer. Ich würde viel lieber erst mal ein bisschen reden und vielleicht ein bisschen kuscheln.«

Hallo! Wer ist hier eigentlich der Amateur? Wir sind in einem Puff und nicht im Streichelzoo!

Mit der Aussage kommt er bei mir nicht durch.

»Warum gehst du nicht in eine Bar, ein Café, ein Bistro – was auch immer – und lädst eine Frau zum Prosecco ein? Dann könnt ihr euch angeregt unterhalten und später ausgiebig ›kuscheln‹.«

Der Puff-Frischling winkt ab. »Nee, das funktioniert nicht. Da zahl ich für die Drinks mehr als hier für eine Nummer: Und am Ende will die Tante doch allein nach Hause und es heißt, außer Spesen nix gewesen.«

Das macht Sinn. Gerade als ich ihn darüber aufklären will, dass er auch hier keine zahmen Schäfchen, sondern höchstens kratzbürstige Zicken findet, wird mir seine Aufmerksamkeit von einer neuen »Gesprächspartnerin« genommen. Ich sehe zu, wie die beiden sich angeregt unterhalten und dann gemeinsam gen Ausgang verschwinden. Aha, ist wohl doch nicht so schlimm, gleich aufs Zimmer zu »müssen«. Männer!

Ich sitze derweil immer noch mit übereinandergeschlagenen Beinen auf meinem Barhocker, da sich Pitti verdrückt hat, um ein paar Mädels zu organisieren, die sich für unser Heft fotografieren lassen. Doch ich bleibe nicht lange allein. Ein hochgewachsener Mann Mitte, Ende 40 schleicht sich an mich heran. Sehr dicht. Ich spüre, wie sich mein Knie in seine Lendengegend drückt – so dicht drängt er sich an mich. Ich halte die Luft an.

»Bei all den Nackten hier ist es richtig antörnend zu sehen, wenn eine Frau ein bisschen mehr trägt. Ist dir nicht heiß, meine Süße?«

In der Tat steigt mir gerade die Hitze in den Kopf. Was wollen diese Männer von mir? In dem Raum laufen mindestens 30 Frauen herum, die eindeutig besser für die Belange der anwesenden Männer geschaffen sind als ich.

Das ist jetzt seit einer halben Stunde schon der Zweite, der mich anspricht. Anscheinend habe ich etwas, was die anderen nicht haben.

So sehr mich die Situation irritiert, so sehr gibt sie meinem versteckten Selbstbewusstsein gerade einen beträchtlichen Kick.

Was die Männer wohl an mir reizt? Am besten frage ich mal indirekt nach. Mit dem Betreten eines Puffs lässt man auch die förmliche Sie-Ansprache automatisch in seinem Spind. So ein »Du« ist doch gleich viel intimer.

»Warum gehst du nicht zu den beiden da vorne, die warten schon auf dich!«

Ich zeige mit meinem Finger auf zwei junge, nackte, etwas gelangweilt dreinschauende Nutten, die nebeneinander auf einer reich bestickten Ottomane liegen.

»Aber nein, die sind doch viel zu dürr, du gefällst mir viel besser.«

Danke für das Kompliment!

Zu dürr? Ich halte sie auch für zu dünn und zu klein. Sie sind genau das Gegenteil von mir. Auch wenn ich denke, dass ich für meine Größe nicht wirklich dick bin. Mein Körperbau ist eben nur etwas breiter als bei kleinen Frauen. Aber in meinem Umfeld habe ich schon öfter Bemerkungen dazu anhören müssen, dass ich ruhig ein paar Kilo abspecken könnte. Oder ich bekomme ungefragt Bemerkungen dazu, dass mein Gesicht zu lang sei, meine Nase zu groß und ich meine Haare besser nicht offen tragen sollte. Nach den Kommentaren meiner Mitmenschen zu urteilen, müsste ich eigentlich richtig schlecht aussehen. Zumindest schaffen sie es, dass ich mich durch diese Gehässigkeiten schlecht fühle. Ich persönlich glaube aber, dass ich eigentlich ganz attraktiv bin. Vor allem heute bin ich mit meinem Spiegelbild recht zufrieden. Meine mittelblonden, langen Haare trage ich offen (!) und gelockt – dem Lockenstab sei Dank – und auch der Rest ist ganz in Ordnung, finde ich und meine neue Bekanntschaft anscheinend auch. Eigentlich ganz sympathisch, der Typ.

»Diese kleinen Mädchen können doch gegen eine Frau wie dich gar nichts ausrichten«, bestätigt mein neuer Verehrer mein gerade frisch aufpoliertes Selbstbewusstsein.

»Weißt du, ich will ja was zum Anfassen haben und nicht aufpassen müssen, dass so ein Klappergestell unter mir zusammenbricht, wenn ich mal richtig loslege.«

»Das kann ich verstehen«, pflichte ich im lächelnd bei.

Er prostet mir mit seinem halb vollen Bierglas zu, neigt seinen Kopf nach vorne und spricht mir direkt ins Ohr: »Magst du es denn auch, wenn ich dich zuerst in den Arsch ficke, bevor du mir mit 'nem Umschnalldildo die Prostata massierst?«

Nein – mag ich nicht!

Urplötzlich hat sich meine Sympathie gelegt. Wie komme ich aus der Nummer nur wieder raus?

»Tut mir wirklich leid, aber ich bin nicht zu haben. Ich bin von der Presse …«

Kaum habe ich anscheinend das Anti-Zauberwort ausgesprochen, ist meine neue Fast-Eroberung auch schon außer Sichtweite gehuscht. Das ging ja einfach. Hätte ich gar nicht gedacht.

Was befürchtet der Kerl bloß? Ich habe ja nicht gesagt, dass ich beim Finanzamt arbeite oder in einem Detektivbüro, das sich auf die Fehltritte notgeiler Ehemänner spezialisiert hat. Auf jeden Fall hat er mit an Sicherheit grenzender Wahrscheinlichkeit etwas zu verbergen, sonst hätte ihn meine Information doch nicht sofort in die Flucht geschlagen. Wahrscheinlich zählt er zu den verheirateten Kandidaten oder er ist Chef eines großen, seriösen Unternehmens. Herausfinden werde ich das nach meiner tollen Ansage jetzt natürlich nicht mehr. So ein Mist! Beim nächsten Mal muss ich unbedingt feinfühliger an die Sache herangehen, wenn ich mehr über die Spezies der Puffgänger erfahren will.

*

Da kommt Pitti mit einer kleinen, zierlichen Blondine am Arm endlich wieder zu mir. »Johanna, das ist Nadine alias Sissy Love, sie ist Sex-Star und macht heute Abend die Gangbang- und Dildo-Show.«

Nadine grinst mich an und gibt mir ihre feuchte Hand. Was sie wohl vorher angefasst hat? Ich will's gar nicht wissen.

Lispelnd fügt Nadine hinzu: »Hi, ich bin Fiffy Love, aber du kannft auch Nadine zu mir fagen! Guckt ihr bei der Fhow auch zu? Ich muff gleich lof, mich fertig machen, Muffi dehnen und fo – du weift fon!«

Klar, weiß ich, »Muffi dehnen« mach ich jeden Abend, noch bevor ich mir die Schamlippenspreizer anlege ... Ich dachte immer, Oral-Sex trainiert die Zunge?

Auf ihren dünnen Beinchen hüpft Nadine davon.

»Du, Pitti, was genau versteht man unter Gangbang?«

»Ach, stimmt, du bist ja neu in dem Geschäft, hast du das denn noch nie vorher gesehen?«

Schon irgendwie komisch. Muss ich mich jetzt dafür schämen, dass ich Gangbang nicht kenne? Dabei hört es sich eher danach an, als sollten sich die Leute genieren, die es praktizieren.

»Nee, noch nie gesehen. Wahrscheinlich habe ich bisher immer die falschen Sender geguckt. Läuft das vor oder gleich nach *Welt der Wunder*?«

Pitti nimmt mich in den Arm. »Also gut, mein kleines Unschuldslamm, ich kläre dich gerne auf. Die Nadine legt sich gleich auf einen Tisch und dann kommen alle Männer, die Lust haben auf Sex, und rutschen über sie drüber. Sie kann denen auch reihum einen blasen. Im Grunde sind alle Sex-Techniken erlaubt, hauptsächlich geht es darum, dass möglichst viele Männer einer Frau alle vorhandenen Löcher stopfen – kapiert?«

Ich schüttle den Kopf rhythmisch im Takt.

»Wie, nicht verstanden?«

»Doch, doch«, jetzt nicke ich. »Alles klar. Nadine ist eine Mehrfachsteckdose zum Spannungsabbau!« Mein Kopfschütteln war ja kein Ausdruck der Verneinung, sondern vielmehr ein »Nein, nein, nein, das kann nicht sein!«

Aber es kann doch sein, was mir Nadine eine halbe Stunde später live vor meinen Augen, aber mit einem Sicherheitsabstand von mindestens fünf Metern beweist.

Buaaah, das ist eklig! Widerlich! Eklig! Baaah! Leicht angewidert schaue ich dem befremdlichen Treiben zu. Es ist wirklich so, wie Pitti gesagt hat. Neun Männer sitzen – nackt – auf zwei halbrunden Sofas, die gemeinsamen einen Kreis ergeben. Und Nadine hockt sich der Reihe nach vor sie und lutscht an den teilweise weichen, teilweise harten Genitalien der *wildfremden* Männer.

Eines der Mitglieder des elitären Gangbang-Kreises pirscht sich von hinten an Nadine heran, um ihr mit seinem erigierten Penis von oben nach unten durch die Pofurche zu fahren. Zweimal klopft er ihr mit seinem Ding noch auf die Pobacken, bevor er ihr die steifen 15 Zentimeter dazwischenpresst und anfängt, seine Lenden stoßweise nach vorne zu schieben.

Während der eine von hinten in ihr drinsteckt, nuckelt sie vorne an dem intimsten Körperteil eines anderen, ihr völlig unbekannten Menschen herum, mit dem sie vorab wahrscheinlich nicht ein einziges lispelndes Wort gewechselt hat. Kein Reden, kein Kuscheln – für meine Anfangsbekanntschaft von vorhin wäre das sicher nichts. Er befindet sich auch nicht unter den neun Auserwählten. Das gibt mir etwas Hoffnung, dass sich nicht zwingend jeder für dieses Freizeitvergnügen Gangbang begeistern muss.

Nadine scheint es zu gefallen. Sie liegt mittlerweile wie ein umgekippter Käfer mit dem Rücken auf einem Tisch in der Mitte der Runde. Ihr Kopf ist nach hinten geneigt und in ihrem Mund hängt – das beste Stück eines Teilnehmers. Ein anderer steht seitlich neben ihr und fährt mit seiner Eichel über ihre kleinen, spitz abstehenden Brustwarzen.

Ihre Beine werden von Mann Nummer drei mit den Händen an den Waden in die Luft gedrückt, sodass sie ihre Knie bis zum Bauch anziehen muss. Er steht vor ihr und führt sein bestes Stück aus Fleisch und Blut in ihre goldene Mitte. Vier andere stehen hinter ihm an und wedeln mit ihren Teilen, die sie gleich noch in Nadine versenken wollen. Ups! Der Letzte jetzt vielleicht nicht mehr, er hat bereits zu lange und zu heftig gewedelt. Das Ergebnis hat er seinem Vordermann gerade auf den Rücken gespritzt, der das im Eifer des Gefechts gar nicht mitkriegt.

Der kleinen Blondine scheint es tatsächlich zu gefallen oder tut sie nur so? Wie sollte man in so einer Situation was vortäuschen?

Nadines Körper wackelt unkontrolliert unter den Stößen der Männer hin und her. Ich kann mir das nicht länger anschauen und drehe mich mitsamt Barhocker zur Bedienung und bestelle einen Drink des Vergessens, was in meinem Fall eine Cola ist.

Ich halte mich an meinem Glas fest, wimmele zwei Anmachen ab und frage mich, wo Pitti eigentlich abgeblieben ist.

»Ich hab fo ’nen Durft, krieg ich ’nen Schluck?« Nadine steht auf Zehenspitzen neben mir und wischt sich mit dem Unterarm über den Mund. »War ganf fön anftrengend heute.«

Nickend schiebe ich der kleinen Raupe Nimmersatt mein Glas hin. Bekommt meine Cola eine milchige Färbung, während sie davon trinkt? Da ich keine Lust auf einen frisch gemixten Spermacocktail habe, überlasse ich ihr mit einer großzügigen Geste mein Glas komplett.

»Na, ihr zwei, versteht ihr euch?«

Endlich! Pitti hat sich wieder zu uns gesellt.

»Wo warst du denn die ganze Zeit?«, frage ich ihn und hoffe inständig, dass er meinen mütterlichen Vorwurfston überhört.

Er zieht den Gürtel seines Bademantels enger und ordert eine Whiskey-Cola. Mit einem wohlwollenden Augenzwinkern fragt er mich: »Du fährst zurück, okay?«

Wenn er mich schon wie eine Ehefrau behandelt, die ihren volltrunkenen Gatten nach Hause chauffiert, dann kann ich auch weiterbohren. »Nur, wenn du mir endlich sagst, was du die ganze Zeit getrieben hast!«

»Du hast es gerade selbst erraten!« Pitti grinst mich an und prostet, an mir vorbei, einer rothaarigen Nutte zu, die sich verräterisch über die Lippen leckt.

Ich will es gar nicht wissen. »Hast du die Fotos, die wir brauchen?«

»Klaro, erst die Arbeit, dann das Vergnügen.«

Fassungslos lege ich meinen Kopf auf den Tresen. Bin ich doch zu verklemmt für diese Welt? Alle haben ihren Spaß und ich sitze hier mit meiner Cola.

»Kopfschmerzen, Mädchen? Ich wüsste da ein Mittel gegen.« Ruckartig fahre ich mit dem Kopf hoch. Ein gar nicht mal so schlecht aussehender Mann steht neben mir und lächelt mich unschuldig an. Obwohl ich die Antwort eigentlich nicht wissen will, stolpert die Gegenfrage ungewollt aus meinem Mund.

»Welches Mittel denn?«

»Na, Aspirin vielleicht, oder wenn du das nicht verträgst, Ibuprofen?« Verdattert mustere ich den attraktiven Fremden.

»Ach so, ja klar, danke, aber mir geht's so weit gut«, sage ich irritiert.

»Sex hilft natürlich auch. Dafür musst du dich aber entspannen und mich machen lassen. Anstrengung schadet dem Kopf sonst nur zusätzlich.« Der neue Mann an meiner Seite prostet mir mit seinem Glas zu. Er hat blonde Haare, die er etwas länger trägt als die meisten Männer heutzutage, und ist frisch rasiert. Mit jeder seiner Gesten weht mir eine zarte, angenehme Duftwolke entgegen. Ich mag sein Aftershave oder Parfum oder Eau de Toilette – was auch immer er benutzt.

»Darf ich dich auf etwas zu trinken einladen oder Sonstiges, das deine Stimmung hebt?« Er hält mir augenzwinkernd die Karte hin.

»Eine Cola wäre super, ich muss noch fahren.«

Mein Getränkespender heißt Marius. Auf die Frage, was er hier macht, kommt Überraschendes.

»Ich bin Architekt.«

»Architekt?«

»Jupp, ich hab den Schuppen hier konzipiert und darf dafür ab und an hier ein Bierchen schlürfen.« Sagt's und nippt an seinem Jever alkoholfrei.

»Ein alkoholfreies Bierchen?« Das ist ja so, als wäre man im Bordell und würde nicht vögeln.

»Ich rauche und trinke nicht«, sagt Marius, als wollte er seine Abstinenz rechtfertigen.

»Oh, du willst mir jetzt nicht sagen, du wärst komplett frei von jeglichen Lastern?«, hake ich überrascht nach.

»Du willst wissen, warum ich ausgerechnet in den Puff gehe, um mein alkoholfreies Bier zu trinken und keine Zigaretten zu rauchen.«

»So ungefähr …«

Marius schaut sich im Raum um, als wäre er auf der Suche nach etwas. Seine Augen bleiben an den halb nackten Mädchen hängen, an den Bademänteln der Männer und bewegen sich dann an meinen übergeschlagenen Beinen hinauf, um meinen fragenden Blick einzufangen.

»Na ja, das ist hier mein zweites Zuhause. Und ich darf ja nicht nur umsonst was trinken.« Er zwinkert mir zu.

»Das heißt, du darfst auch kostenlos die Sauna nutzen und den Whirlpool?« Bei der Frage muss ich unweigerlich schmunzeln, aber ich würde es zu gerne aus seinem Mund hören, was er hier sonst noch macht, außer sich im Wellnessbereich zu »entspannen«.

»Außerdem bin ich Single – das heißt, ich darf auch Spaß haben, was natürlich nicht heißt, dass hier alle Männer alleinstehend wären.«

»Ach?« Ich gucke möglichst scheinheilig.

»Und was ist mit dir?«

»Mit mir? Ich bin auch Single«, platzt es aus mir heraus. Verdammt, das wollte ich gar nicht sagen!

»Das trifft sich ja gut«, findet Marius und prostet mir zu.

»Tut es das?«

»Aber sicher. Du und ich, wir beide, alleine und angezogen zwischen hormontriefenden Männern und zu allem bereiten Frauen – zwei Außenseiter im Sündenpool. Wir sollten zusammenhalten.«

»Oh, danke für das Kompliment«, gebe ich schmollend zurück.

»Ich denke, wir sollten die Location wechseln«, schlägt Marius vor und blinzelt mir entwaffnend über den Rand seiner Bierflasche zu.

»Sollten wir das?«

»Ja, hier klappt das schlecht mit dem Champagnerfrühstück am nächsten Morgen.«

Mein Mund klappt vor Überraschung auf und zu wie bei einem frisch gefangenen Fisch.

»Ich denke, du trinkst nicht.« Spielerisch ermahnend hebe ich beide Augenbrauen.

Er hebt ungefragt mein Top ein paar Zentimeter nach oben und betrachtet meinen Bauch, den ich reflexartig ein bisschen einziehe. Ein charmantes Lächeln entblößt seine fast perfekte Zahnreihe, aus der vampirfrech die Eckzähne ein bisschen hervorstehen.

»Aus deinem Bauchnabel schon …«

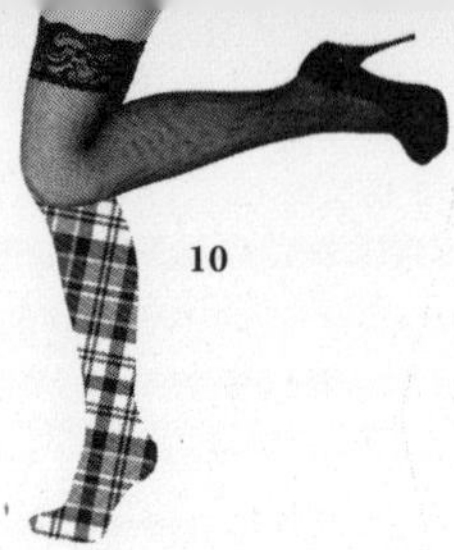

10

Alkoholfreies Champagnerfrühstück

Ich bin nicht hemmungslos. Aber ich kann es versuchen. Ich bin nicht mutig. Aber ich kann es versuchen. Ich bin nicht leichtsinnig. Aber ich kann es versuchen. Manchmal setzt der Verstand eben aus und der Bauch übernimmt das Handeln, vor allem dann, wenn er mit Schampus gefüllt wird, also zumindest ein Teil davon. Meine Neugier auf das, was kommen mag, siegt über meine Angst vor dem Unbekannten.

Der Champagner ist in der Tat alkoholfrei und schäumt wie Ahoi-Brause im Mund. Die Sektgläser klirren, als wir anstoßen.

»Hoppala«, sagt Marius und grinst. Er hat seinen Glasinhalt auf mir verschüttet.

»Es ist besser, wenn ich dir die nassen Sachen ausziehe, bevor du dich noch erkältest.«

Ein Schelm, wer Böses dabei denkt. Ich denke mir nichts, sondern lasse ihn machen und schließe die Augen. Richtig gesagt: Ich versuche, an nichts zu denken, um mich nicht selbst zu blockieren und mir den besonderen Moment nicht durch meine eigene Unsicherheit zu vermasseln.

Dabei fällt mir sofort Pitti ein und sein hämisches Grinsen, als ich ihm gesagt habe, dass ich uns leider doch nicht nach Hause fahren kann. Als er Marius lächelnd neben mir sitzen sah, war ihm alles klar, und ich hatte sofort seinen Segen und er Marius' Visitenkarte. Immerhin hat mich Pitti nicht gehen lassen, ohne zu wissen, wo ich bin und wo er mich am nächsten Morgen abholen kann. Pitti hatte sich sein Bettchen für die Nacht im Puff sowieso schon reserviert …

Ich versuche es noch mal mit dem An-Nichts-Denken und konzentriere mich aufs Fühlen. Mit klopfendem Herzen spüre ich Marius' sanfte Finger wie in Zeitlupe über meine Stirn kriechen, meine Wangen und meinen Mund. Meine Hände stehlen sich unter sein tailliertes Hemd, ich spüre warme, weiche Haut. Es fühlt sich besser an als jeder Teddybär von Steiff. Steif ist bei Marius bereits auch schon genug, was ich unweigerlich an seinem Hosenbund spüre, den ich neugierig mit den Fingerkuppen abtaste. Marius greift nach meinen Handgelenken und verschränkt meine Arme hinter meinem Rücken.

»Sei nicht so ungeduldig, lass mich erst mal machen«, raunt er mir zu und küsst mich.

Ich bin gar nicht ungeduldig, sondern aufgewühlt und kann nicht untätig herumstehen, will ich sagen, schweige aber der Harmonie wegen und weil es vermutlich ziemlich absurd klingt. Aber ein Mann, dessen Vergnügen es ist, mich zu verwöhnen, der ist mir bisher noch nicht über den Weg gelaufen. Ich kann mein Glück kaum fassen und lasse ihn machen, wie er es sich wünscht, diesen Gefallen kann ich ihm immerhin tun. Im Geiste verschränke ich die Arme hinter dem Nacken und versuche, mich zu entspannen … Entspannen! Das kann doch so schwer nicht sein! Aber mir fällt es schwer, sehr schwer. Ich bin angespannt, obwohl ich es wahnsinnig schön finde, wie Marius an meinem Hals entlangküsst. Mein Hals ist schon ganz feucht und nicht nur der.

Ob ich seine Haare zerwuscheln darf? Andererseits hält er immer noch meine Arme hinter meinem Rücken fest. Selbst wenn ich dürfte, ich könnte gerade gar nichts anderes tun, außer nichts zu tun. Quälend langsam lässt er meine Hände los, um mit seinem frei gewordenen Potenzial mein Shirt Stück für Stück hochzuschieben. Jeden gerade frei gewordenen Zentimeter meines Körpers bedeckt er mit Küssen, als würde ich Tropfen kostbaren Trüffelöls ausschwitzen. Für einen Moment kann ich nichts mehr sehen, weil er mir mein Oberteil über den Kopf und die Arme gezogen hat. Ich spüre aber auch nichts mehr. Was macht er nur? In Gedanken sehe ich mich selbst in Marius' durchdesignter Küche stehen, die Arme hochgestreckt und den Kopf von einem Stofffetzen verdeckt. Erst als ich selbst versuche, mich mit meinen Ellenbogen aus dem engen Top zu schälen, berühren mich seine Hände sanft an den Seiten meines Push-ups. Er lüpft mir das Shirt über den Kopf, steht einige Zentimeter von mir entfernt und betrachtet mich mit einem dezenten Lächeln. Seine Lippen zucken, als hätte sich eine Fliege darauf gesetzt. Ich kann seinen Gesichtsausdruck nicht richtig deuten und befürchte, dass er vielleicht einen Rückzieher macht, in Anbetracht meiner gepolsterten Unterwäsche oder wegen irgendeines sonstigen Makels, den er an mir entdecken könnte.

Marius macht eine wegwerfende Handbewegung und begutachtet mich weiter. Da haben wir den Salat.

»Das brauchst du doch nicht«, sagt er und zieht an meinem BH, um meine Brüste sehen zu können. »Ohne BH ist doch viel hübscher.«

Männer haben leicht reden. Erst wollen sie, dass Frauen nichts drunter tragen, und kaum läuft mal eine ohne Unterwäsche herum, wird sie gleich als Öko abgestempelt. Ganz zu schweigen von dem pennälerhaften Gegackere, wenn es kalt ist und sich die Brustwarzen ungeniert versteifen. Ein Hingucker ganz nach männlichem Geschmack.

Aber gut, lass ihn reden, anscheinend gefällt ihm ja, was er sieht, das entspannt mich. Und als ob der Worte zu dem Thema nicht genug gewechselt wären, ergänzt Marius seine idealen Brustvorstellungen noch um ein galantes: »Ich mag kleine Brüste sowieso viel lieber.«

Warum nur beschleicht mich das Gefühl, das Ganze hätte sich anders angehört, wenn ich mit einem satten C- oder D-Körbchen aufwarten könnte? Im Grunde brauche ich mir wirklich keine Gedanken mehr um Busengrößen zu machen. Bisher habe ich ausschließlich Männer getroffen, denen »kleine Brüste viel lieber sind«. So ein Zufall aber auch?!

»Lass uns losfahren!«, unterbricht Marius meine Brustgedanken mit seiner spontanen Idee.

»Losfahren? So spät noch? Wohin denn?«, frage ich verdutzt und schaue ihm in seine flaschengrünen Augen, die aufgeregt funkeln.

»Überraschung!«, verkündet er verheißungsvoll. Eigentlich will ich noch ein »eigentlich bin ich nicht so für Überraschungen von Leuten, die ich gerade erst kennengelernt habe« murmeln, aber das geht in Marius' aktiver Begeisterung unter, in der er sich mit der einen Hand meinen Arm schnappt und mit der anderen seinen Autoschlüssel. Ich kann gerade noch mein Shirt vom Boden aufsammeln, um nicht oben ohne aus dem Haus zu laufen.

*

Wir fahren nicht lange, höchstens fünf Minuten und halten vor einer Baustelle. Es ist stockduster, nur das diffuse Licht der Straßenlaternen schimmert ein wenig auf halbfertige Mauern. Marius stürzt aus dem Auto, einem nachtschwarzen X5, um das Auto herum und öffnet mir die Tür.

»Komm, Prinzessin, schau es dir an, das wird mein Meisterstück!«, haucht er theatralisch und greift sich an die gut bemuskelte Brust, was ich vor ein paar Minuten noch selbst ertasten durfte.

»Meisterstück?«, hake ich neugierig nach, auch wenn ich mir unter diesen einzelnen Steinen auf einem Haufen Sand beim besten Willen gar nichts vorstellen kann.

»Ja, das wird mein Meisterwerk, meine Traumvilla. Ich habe jahrelang daran konzipiert und alles genau durchdacht. Das wird der Wahnsinn, sage ich dir.«

»Und für wen baust du das Haus?«

»Für mich«, sagt Marius stolz und seine Mundwinkel zucken verzückt wie eine Glühbirne in ihren letzten Zügen.

»Ui, schick.« Mehr fällt mir im Moment nicht dazu ein.

»Komm.« Marius zieht mich an der Hand, vorbei an dem Schild »Betreten verboten, Eltern haften für ihre Kinder« über ein paar wackelige Holzbretter, die als Brücke dienen. Ich schwanke beim Darüberlaufen.

»Das hier wird das Wohnzimmer«, verkündet Marius stolz, als wir zwischen Betonmauern stehen, die vermutlich mal ein Raum werden sollen.

»Dort kommt der Kamin hin, da das Sofa, da die große Fensterfront.« Wild herumfuchtelnd wie ein Zauberer, formt er Fenster und Kamin in die Luft.

»Toll!« Die Welle der Begeisterung hat mich noch nicht ergriffen, aber ich finde es ganz süß, dass er mir sein Luftschloss zeigt, das langsam Formen annimmt.

»Und wo ist das Schlafzimmer?«

»Da oben.« Er deutet auf eine immens steile Leiter, die das Erdgeschoss provisorisch mit dem ersten Stock verbindet.

Ich stemme mich gegen ihn, als er mich die Leiter hinauf ziehen will.

»Danke, aber steile Leitern sind nicht mein Ding, ich kann es mir auch von hier unten aus bestens vorstellen«, wiegele ich ab, als er mich auch noch in das imaginäre Schlafzimmer verfrachten will. Dafür ernte ich wieder eine Schmolllippe.

»Okay, dann machen wir es eben hier«, sagt Marius und breitet einladend seine Arme im zukünftigen Wohnzimmer aus. »Am besten vor dem Kamin.« Marius macht ein paar Schritte auf ein Loch in einer der Wände zu und breitet die Arme aus.

»Was machen wir hier?«, frage ich ahnungslos.

»Na, ficken?!«

Ach so, na klar, was soll man auch sonst auf einer Baustelle mitten in der Nacht, im angedachten Wohnzimmer vor dem Kamin tun? Johanna, du bist manchmal aber auch so einfallslos! Nur schade, dass kein romantisches Feuer flackert. Marius zieht wieder an meiner Hand, diesmal lande ich aber in seinen Armen und ernte einen leidenschaftlichen Kuss, der nicht enden will. Die Kälte der Baustelle richtet meine Brustwarzen auf und vermutlich ist es nicht die Kälte, sondern ich, die bei Marius etwas ganz anderes aufrichtet. Ich bin ganz froh, dass er den Inhalt seiner Hose nicht erst noch in den Zementmischer halten muss, damit er hart wird. Wie in Zeitlupe dreht er mich um, nimmt meine Arme nach vorne, sodass ich mich an der projektierten Kaminwand abstützen muss. Meine Hände liegen flach auf dem kühlen Zement. Marius streicht über meinen Rücken, hinab über meinen Po, löst die Gürtelschnalle und schiebt meine Hose samt Slip nach unten. Sein Mund vergräbt sich in meinem Nacken, seine Hand zwischen meinen Beinen. Plötzlich ist mir gar nicht mehr kalt, sondern lodernd heiß, ich glühe förmlich. Das muss an dem Kamin liegen oder an Marius, der sich schwer von hinten gegen mich drückt. Ich hoffe, die Wand ist stabil genug, als er seinen warmen Schwanz zwischen meine Schenkel schiebt und wie ein Presslufthammer zustößt, genau so hart, aber nicht so schnell, sondern genau richtig dosiert. Es braucht einige Mühe, um die Lendenschübe abzufangen und nicht komplett gegen die kalte Mauer gedrückt zu werden. Sich beim Sex auf der Baustelle die Brustwarzen aufzuscheuern ist sicher nicht erstrebenswert. Mich beschleicht das ungerechte Gefühl, dass es Männer in ihrer Position immer leichter haben. Marius steht mit beiden Beinen fest auf dem Boden, hält sich an meinen warmen Hüften fest und ist nicht der Gefahr ausgesetzt, sich irgendein Körperteil wegzurubbeln, es sei denn, er würde noch einen Zahn zulegen. Genau das Gegenteil ist der Fall. Plötzlich ist er mir entglitten. Ich drehe mich um und sehe nur ein von der Straßenlaterne halb beleuchtetes Auge. Darin liegt ein schwer zu deutendes Glitzern.

»Kommt mit«, sagt Marius mal wieder und zieht mich diesmal sanfter als die vorherigen Male in einen anderen Raum.

»Lass es uns hier machen. In der Küche«, schlägt er freudig vor, während ich mich in dem Zementbunker umschaue und keinen Unterschied zu den anderen Mauern feststellen kann.

»Die Küche also? Hmm, hier gibt es ja nicht mal eine Arbeitsplatte.« In Gedanken hoffe ich inständig, dass es nicht noch ein imaginäres Bad gibt oder eine Abstellkammer, in der er es unbedingt tun will. Langsam kriege ich nämlich kalte Füße. Zeit also für einen neuen Energieschub.

»Ach, papperlapapp, Arbeitsfläche.« Marius drückt mich erneut gegen eine der klammen Wände, diesmal mit dem Rücken, umfasst meinen rechten Schenkel und legt sich mein Bein um seine Hüfte. Marius geht leicht in die Knie und wärmt mich erneut von innen. Endlich haben wir es beide unbequem, aber dafür ziemlich intensiv. Er hat es geschafft. Vor meinem inneren Auge sehe ich uns in einer nagelneuen Küche mit glänzend weißen Lackfronten, einer schwarzen Grantitarbeitsfläche und hochmodernen Einbaugeräten. Ich lehne an dem amerikanischen zweitürigen Kühlschrank mit Eisspender und eingebautem Fernseher und habe freien Blick auf die Kochinsel. Ja, so stelle ich mir das neue Domizil vor. Sogar Bratengeruch steigt mir in die Nase.

»Willst du es noch eine Spur härter?«, fragt Marius.

»Danke, aber ich mag's gerne zart und faserig«, antworte ich wie in Trance und öffne wieder meine Augen. Marius lächelt belustigt.

Seine Zunge pirscht sich fordernd in meinen Mund vor und macht meiner Kochfantasie ein Ende. Das schmeckt besser als Braten.

Ich schlinge meine Arme um seinen Hals und drücke ihn mit dem Bein noch dichter an mich. Das fühlt sich gut an. In inniger Umarmung bewegt er sich bedacht Stück für Stück vorwärts, als wollte er erforschen, wie tief es wohl noch gehen mag. Seine Wange liegt an meiner, sein schwerer Atem wärmt mein Ohr. Es gefällt mir sehr, ihn so dicht zu spüren und zu hören.

»Dreh dich um.« Seine Stimme klingt sonorer als eben noch. Sachte drückt er mein Bein wieder auf den Boden. Ich drehe mich in seinen Armen um. Er nimmt meine Hände, legt sie auf die Wand und wiegt meinen Po in seinem Schoß. Seine Finger fahren auf meiner Wirbelsäule abwärts und bedeuten mir mit zartem Druck, mich weiter runterzubeugen.

So muss es sich anfühlen, wenn ein Mann alles gibt. Ich muss unweigerlich stöhnen und spüre nicht nur seine Kraft in mir, sondern auch, wie mich langsam die Kraft verlässt, mich auf den Beinen halten zu können. Zum Glück hält er nicht nur sich an mir fest, sondern vor allem mich damit. Ich hoffe nur, er hat die Statik der Wände richtig berechnet, damit sie nicht schon unter dem ersten intimen Stoßtest zusammenbrechen. Ich bin etwas überwältigt von der Energie, die er in mich steckt, und staune innerlich wie äußerlich über seine Manneskraft. Mir bleibt nichts weiter übrig, als lauthals zu ächzen und die Folgen dieser Urgewalt zu genießen, bis auch er sich völlig ausgepowert hat und mir zum Abschluss in den Hintern kneift.

Der Überraschungseffekt entlockt mir ein nicht ganz ernst gemeintes »Au!«.

Marius schlägt Sorgenfalten. »Oh, entschuldige, hat das wehgetan?«

Ich schüttele den Kopf.

»Autsch! Hey!«

Jetzt hat er noch ein bisschen fester gezwickt.

»Das war jetzt aber unangenehm, oder?«

»Ein bisschen schon«, gebe ich zu und kneife meine Augen bedrohlich zusammen. Marius' Züge entspannen sich zu einem weichen Lächeln.

»Na, dann muss ich das wohl wiedergutmachen«, haucht er verheißungsvoll und schmiegt sich an mich …

*

Ich habe verschlafen. »Das mit dem Champagnerfrühstück holen wir aber nach«, flüstert Marius mir zum Abschied ins Ohr, bevor ich seine Haustür öffne, damit Pitti endlich aufhört, Sturm zu klingeln. Nervös mit der Fußspitze auf der Kokosmatte wippend, steht Pitti wie ein Türsteher im Rahmen, die Arme verschränkt, der Blick ganz ernst.

»Ist hier alles in Ordnung? Was dauert das denn so lange?« Er reckt sich, um einen Blick auf Marius zu ergattern, der nur mit Shorts bekleidet hinter mir im Flur steht.

»Alles bestens«, antwortet Marius, fährt sich lässig durch seine bettgestylte Mähne und wirft mir zum Abschied einen Zweifingerluftkuss zu.

»War er nett zu dir?«, fragt Pitti, als wir auf der Heimfahrt sind. Ich fahre. Er ist zu geschafft, die Nacht war anstrengend, meinte er mit einem vieldeutigen Augenzwinkern.

»Kann man so sagen.« Dass es ganz ausgezeichnet mit Sternchen war und ich selbst am meisten von mir überrascht bin, verheimliche ich lieber. Gentlewoman genießt und schweigt darüber, wie sehr es sich gelohnt hat, die eigene Unsicherheit zu überwinden und sich selbst nicht im Wege zu stehen. Aber ein bisschen Glück hatte ich auch schon mit meinem Architekten.

»Wie oft war er denn nett zu dir?« Pitti stellt die Rückenlehne zurück und lümmelt sich in seinen Sitz.

»Das werde ich dir wohl kaum auf die Nase binden!« Empört trete ich das Gaspedal stärker durch.

»Na, ich dachte, ich kann vielleicht noch was lernen, wenn du mir davon erzählst.«

»Probieren geht über Studieren«, gebe ich keck zurück und grinse zufrieden in mich hinein.

»Und probierst du es noch mal mit ihm, wenn es so gut war?« Wie kann man nur so neugierig sein?

»Hey, was geht dich das denn an?« Einerseits schmeichelt es mir, dass er sich so sehr dafür interessiert, andererseits ist es mir etwas unangenehm, Pitti meine Intimwelt zu offenbaren.

»Will ja nur wissen, ob in deinem Terminkalender für mich noch ein Plätzchen frei bleibt«, murmelt Pitti, haucht gegen die Beifahrerscheibe und wischt mit dem Finger ein Herz auf die beschlagene Stelle.

Sind denn alle verrückt geworden? Ist Ficken denn wie Shoppen? Entweder bleibt der Laden leer, oder es stürmen alle gleichzeitig herein. Bisher waren Männer für mich wie die berüchtigte Nadel im Heuhaufen und plötzlich sind sie das Heu und ich das Zünglein an der Waage. Der Zustand gefällt mir, und ich habe vor, ihn voll und ganz auszukosten und mich auf das einzulassen, was noch kommen mag …

11

Sundance

Nächsten Freitag findet eine Betriebsfeier statt unter dem Motto ›Karibik‹. Das wird dir sicher gefallen. Es gibt einen Cocktailmixer, brasilianische Tänzerinnen und eine Schlangenvorführung. Außerdem wird sogar ein Pool aufgebaut. Toll, was? Die Feste in der Firma sind legendär.« Barbaras Augen fangen an zu leuchten, und die aschgraue Haut ihrer Wangen färbt sich vor freudiger Erregung fast ein bisschen rosarot, als sie derart begeistert über das bevorstehende »Ereignis des Jahres« berichtet. Ich bin mir nicht sicher, ob sie sich insgeheim noch ein paar, nur mit ledernem Lendenschurz bekleidete, Limbotänzer erhofft, mit denen sie in einen heißen Abend tanzt. Selbst wenn Limbo längst out ist, wird es doch gerne für solche Festlichkeiten wiederbelebt, auch wenn keiner der anwesenden Amateure es jemals schaffen wird, dabei nicht wie eine krumme Gurke mit akutem Hexenschuss auszusehen.

»Ich muss unbedingt noch vorher zum Friseur und mir was Neues zum Anziehen kaufen!« Barbara blättert hastig in ihrem Timeplaner und reserviert sich schon jetzt einen Termin bei der Kosmetikerin. Das kann ihr sicher nicht schaden. Aber neue Klamotten und 'ne Hochsteckfrisur für eine Betriebsfeier? Ob das nicht übertrieben ist?

»Was zieht man denn da so an?«, frage ich besser mal nach, um nicht in ein modisches Fettnäpfchen zu treten. Auch wenn ich heute Morgen mit meiner Abendkleidung eh schon für ein minikleines Aufsehen gesorgt habe. Zumindest durfte ich ein »Die Nacht war wohl lang« und ein »Die Überstunden werden aber nicht verrechnet, gelle« für meinen Aufzug ernten. Natürlich hatte ich keine Zeit mehr, mich umzuziehen, weil wir eh schon viel zu spät dran waren und direkt in die Firma gefahren sind.

»Och, es gibt keinen Dresscode, einfach wie immer«, erklärt meine Redakteurin.

Alles klar, wie immer! Barbara sieht nicht so aus, als würde sie jeden Tag zum Friseur gehen und Einwegkleider tragen.

»Warum willst du dir dann was kaufen?«

»Ich war schon lang nicht mehr shoppen, das ist doch ein schöner Anlass. Vielleicht finde ich ja auch was Passendes zum Thema.«

Mottoparty – super! Ich mache eine Gedankennotiz: Bastrock, Blumenkranz und buntes Bikinioberteil organisieren. Oder ist das too much? Ach was. Immerhin gibt es einen Pool und da kann man ja schlecht in kompletter Montur rein. Auch wenn ich maximal meine Füße hineinhalten werde, wenn überhaupt.

Deswegen will Barbara sicher auch zum Friseur, weil sie es nicht selbst hinkriegt, ihre dünnen Fusseln zu einem karibischen Schönheitszopf zu flechten. Wie gut, dass es heutzutage Haarteile gibt.

Es wäre außerdem nicht schlecht, wenn ich meinen Look durch eine gesunde Bräune perfektionieren könnte. Auf dem Weg zur

Arbeit fahre ich jeden Tag an einem seit einigen Wochen neu eröffneten Bräunungsstudio vorbei. »Karibisch braun in fünf Minuten« ist auf dem Werbeplakat zu lesen, das an der Schaufensterscheibe prangt. Daneben steht eine hüftenschwingende Schönheit mit einem Teint aus Ebenholz – und Pappe. Der Aufsteller wirkt. Das ist genau das Richtige für mich. Schnell und effektiv.

*

Freitagabend. Ich habe noch gut drei Stunden, bis die Party beginnt. Den Termin im Solarium habe ich mir reservieren lassen.

Natürlich hätte ich mich ohne zu stressen gleich heute Morgen nach einem ausgiebigen Peeling unter meiner hauseigenen Dusche unter die Sundance wagen können. Aber dann wäre ja der Überraschungseffekt dahin gewesen!

In dem neuen Laden ist ziemlich viel los. Alle Kabinen sind noch besetzt. Schon komisch, warum brauner Speck besser aussieht als weißer?

Mit fragendem Blick schaue ich erst auf die Uhr und dann auf die Servicekraft hinter der Theke.

»Gabie hilft Ihnen gerne weiter, wenn es mal brennt!« Zum Glück habe ich einen Job, bei dem man keine T-Shirts mit dem aufgedruckten Dienstleistungsangebot der Firma tragen muss. Sonst könnte ich in der Mittagspause nicht mal einfach so zur Tankstelle laufen, um mir ein Laugenbrötchen zu kaufen. Wie würde wohl die Tankstellenfrau reagieren, wenn sie mein Oberteil mustert und darauf gedruckt steht: »Sie haben ein Sex-Problem? Ich helfe Ihnen gerne weiter.«

Gabie mit »ie« sieht aus wie Gaby oder Gabi. Man erkennt sofort, dass es hier einen Mitarbeiterrabatt gibt. Ob die Firma auch die Kosten beim Hautarzt trägt, wenn Gabie mit »ie« sich später die Falten aus ihrem gegerbten, tiefbraunen Gesichtsleder entfernen lassen will?

Mit dem Finger oder besser gesagt mit ihrer gepiercten, glitzerbestäubten Fingernagelspitze tippt sie auf den Terminkalender.

»Sie haben Kabine Nummer zwei, die wird gleich frei.« Über diesen zufällig gelungenen Reim amüsiert sich Gabie ganz köstlich, indem sie ihren dickbusigen Oberkörper schüttelt und ihr Sprüchlein wiederholt sopranistisch vor sich hin singt. »Kabine zwei wird gleich frei, tada, tada …« Dabei wirkt und klingt sie wie ein herrenloser Dudelsack bei seinen letzten Zuckungen.

Gabie dreht sich um und bückt sich, um ein Handtuch aus dem untersten Regal zu holen. Dabei presst sich ihr Po gefährlich in den eng anliegenden Polyesterstoff ihres mindestens drei Nummern zu kleinen Leopardenkleides. Zwischen den Leotupfen erscheinen weiße Streifen – ein Zeichen dafür, dass der Stoff seine maximalen Ausdehnungsmaße erreicht hat.

Und wieder frage ich mich, warum Frauen, die im Sonnenstudio arbeiten, immer so aussehen wie Frauen, die in einem Sonnenstudio arbeiten. Es ist wie mit den Nutten.

Ob man mir ansieht, was ich beruflich mache? Sicher nicht. Dafür sehe ich zu anständig aus. Woran das liegen mag? Ich weiß es nicht. Auch der Spiegel hinter der Theke verrät es mir nicht. Eigentlich sehe ich ganz normal aus. Halblange Haare, Jeansjacke, weiße Bluse. Es unterstützt meinen Typ, den anständigen eben. Vielleicht sollte ich Gabie mal fragen, was ich machen soll, um nicht so vernünftig auszusehen. Besser nicht. Ich steh nicht so auf den Wildtierlook. Zu unanständig.

»Die Sundance ist jetzt frei!«, deutet mir Gabie mit einem Kopfwink an, als gerade eine Blondine die Kabine verlässt. Sie hat einen dezenten Goldton auf der Haut und sieht aus wie frisch aus dem Urlaub. So hatte ich mir das vorgestellt.

»Sie müssen sich nur komplett ausziehen und die Duschhaube aufziehen, sonst bräunen die Haare mit. Stellen Sie sich mit gespreizten Beinen und hochgestreckten Armen hin. Dann auf den Startknopf drücken und die Augen schließen. Die Selbstbräunung dauert fünf Minuten, während dieser Zeit einmal um die eigene Achse drehen, so wie ein Dönerspieß«, erklärt mir Gabie den richtigen Dreh. »Ach ja, noch was, es gibt drei verschiedene Tanning-stufen. Je höher, desto intensiver wird die Farbe. Einfach vorher auf Stufe eins, zwei oder drei drücken.«

»Was hatte denn die Frau, die vor mir drin war?«

»Schätzchen, die Kabine ist dicht, wie soll ich sehen, was die gute Frau gedrückt hat, häm?« Gabie verdreht die mit neongrünem Kajal umrandeten Augen.

»Und vor dem Anziehen abtrocknen. Haste nur diese ordentliche Bluse dabei? Ob die das überlebt, weiß ich nicht. Färbt halt hinterher schon etwas ab. Vielleicht kannste ja nur die Jacke drüberziehen – oder machste so was nicht ...«

»Ordentliche Bluse«, »machste so was nicht« ... Was denkt die denn von mir?

»Die Handtücher kommen danach hier in die Tonne.« Mit diesem Satz dreht sie sich auf ihren abgelaufenen Pfennigabsätzen um und wackelt davon.

Also gut, ich schließe die Falttür der Sundance hinter mir und ziehe mich wie befohlen aus. Ich wähle Bräunungsstufe drei, schließlich soll es ja nach was aussehen. Beine spreizen, Arme hoch, Augen zu und drehen. Zum Glück gibt's hier keine versteckte Kamera – gibt's doch nicht, oder? Selbst wenn, wär es jetzt auch zu spät. Ich mache doch noch mal kurz die Augen auf, um zu kontrollieren, dass in den Wänden der Kabine keine Bohrlöcher zu finden sind. Man hat ja im Fernsehen schon Unglaubliches von Spannern im Solarium gehört. Scheint alles in Ordnung. Startknopf. Passiert nichts. Ich drücke noch mal fester. Immer noch nichts. Ich lasse ein Auge zugedrückt und spähe mit dem offenen nach den Sprühdüsen. Nichts, nada, niente. So ein Mist. Was mach ich denn jetzt? Wieder komplett anziehen und nach Gabie schauen? Was für ein Aufwand. Ich entscheide mich, nach ihr zu rufen. Da die Kabine oben keine Decke hat, sollte sie mich ja wohl hören.

»Hallo! Gabie. Gabieeeeee! Gabie?« Verdammt, wo ist die Trulla denn? Wahrscheinlich eine rauchen. Es bleibt mir nichts anderes übrig, als mich wieder anzuziehen, zumindest das Nötigste. Schnell schlüpfe ich in meine Hose und ziehe die Jacke drüber. Da kann Gabie gleich mal sehen, wie ich mich traue, ohne Bluse rauszugehen. Ich öffne die Falttür und spähe um die Ecke. Mit einer Hand halte ich die Jacke zusammen und hüpfe barfuß auf Zehenspitzen zum Tresen.

Gabie kommt aus einer Tür und lässt ihren letzten Lungenzug ladylike durch die Nasenlöcher entfleuchen. Hatte ich also recht.

»Ähm, die Sonnendusche springt nicht an. Ich hab den Knopf gedrückt – vielleicht ist was kaputt?«

»Da kann nichts kaputt sein, die Sundance ist nagelneu. Das gute Stück haben wir gerade mal vier Wochen. Ist der Renner hier im Studio und bisher hat sie immer einwandfrei funktioniert.« Gabies abschätzigen Blick übersehe ich geflissentlich und folge ihr lieber Richtung Kabine.

»Stellen Sie sich mal rein, ich drücke dann den Knopf.«

»Dann werden doch meine Sachen nass!«

»Ja, die musst du schon vorher ausziehen, Kindchen!«

»Aber …« Die Frau erwartet doch nicht ernsthaft von mir, dass ich vor ihr blankziehe und vor ihren Augen diese fragwürdige Stellung einnehme?

»Ach, haste ’n Problem damit, na gut, du Nonne, dann eben anders.«

Gabie drückt den Startknopf. Aus der Sonnenbrause zischt ein feiner Nebel. Sie drückt den Knopf noch mal und stoppt damit den Vorgang.

»Sag ich doch, funktioniert einwandfrei, also bitte!«

Mit wedelnder Handbewegung, so als wollte sie eine Kuh auf die Weide treiben, scheucht sie mich in das Räumchen.

»Hast ja jetzt gesehen, wie’s geht.«

Ich bin nur froh, dass sie meine Inkompetenz in Sachen Bräunungsdusche nicht weiter kommentiert, und ziehe die Tür zu. Sekunden später stehe ich wieder nackt und bereit unter den Düsen und drücke den Knopf. Nichts. Ich fasse es nicht. Bin ich zu blöd dazu oder ist der Knopf personalisiert? Sind hier vielleicht doch versteckte Kameras? Ich hoffe nicht und drücke erneut. Mein Zeigefinger schmerzt, das Blut ist bereits aus der Spitze gewichen und trotzdem passiert nichts. Und nu? Wie wild hämmere ich auf diesen dämlichen Startknopf ein. Nicht noch einmal werde ich mir vor Gabie die Blöße geben, dass es nicht funktioniert.

»Gabieeee?«

»Ja?«

»Also, ich weiß nicht, wie ich es sagen soll, aber es geht nicht.«

»Das darf doch nicht wahr sein!«

Wusch! Gabie hat meine Falttür aufgerissen. Da ich mich in Schockstarre befinde, kann ich nicht mal meine Arme schützend vor mich halten.

»Daaaaa drückckcken!« Während sie das tut, schaut sie mir kopfschüttelnd ins entsetzte Gesicht.

»Und schließ ab!«

Der Sprühnebel hüllt meinen Körper ein, als ich mich langsam wieder entkrampfe und anfange zu drehen. Mir wird ein bisschen schwindelig. Die braune Flüssigkeit läuft mir über die Brauen in die Augen. Kommt ganz schön viel raus aus den Düsen. Ob das so sein soll?

Da ich mich in einer Endlosschleife befinde, halte ich schützend meine Hände vor die Augen und versuche, die prasselnden Tropfen zu genießen. Es riecht unangenehm, so wie der Selbstbräuner aus der Tube aromatisiert mit Pfirsich. Abrupt hört der Regen auf. Ich bin fertig. Abtrocknen, anziehen und nichts wie raus. Vielleicht schaffe ich den Abgang, ohne Gabie über den Weg zu laufen.

Ja. Was für ein Glück …

12

Karibische Nacht

Dank »Friedas Fantasiewelt«, einem Dekoladen mit Faschingsbedarf für das ganze Jahr, betrete ich am karibischen Abend die Firma perfekt gestylt. Ein langer Bastrock, der mir bis zu den Knöcheln reicht und meine Hawaianas nur beim Gehen rausblitzen lässt, umspielt meine Beine. Darüber trage ich ein geblümtes Bikinioberteil mit gefütterten Cups natürlich! Um den Hals schwingt eine künstliche Blumenkette und in meinem Haar steckt eine Hibiscusblüte, auch unecht, aber schön.

Weniger schön ist das Ergebnis meiner Sonnendusche. Das kommt davon, wenn man sich vor Schreck die Hände vor die Augen hält und die stärkste Bräunungsstufe wählt.

Und was habe ich jetzt davon? Ich sehe aus wie eine bayrische Kuh, die gerade aus dem Dom.-Rep.-Urlaub kommt – braun-weiß gefleckt. Vielleicht fällt es ja keinem auf, wenn das Licht schummerig genug ist.

Das hauseigene Fotostudio bietet den Raum für die Betriebsfeier. Ich öffne die Tür, auf der steht: »Karibik Night«.

Jetzt weiß ich auch, warum ich diese Plastikvögel und -frösche so hasse, die entweder piepen oder quaken, wenn man an ihnen vorbeiläuft. Die Tür zum Studio wurde mit dem gleichen Effekt präpariert. Als ich sie aufdrücke ertönt lautstark das Lied *Bacardi Feeling* und ein Scheinwerfer ist auf mich gerichtet. Ich bin geblendet.

Plötzlich dreht sich der Lichtkegel von mir und ich kann wieder etwas erkennen, und zwar die Kollegen, die mir breit grinsend mit ihren Cocktailgläsern zuprosten. Ich wünsche mir das gleißende Licht zurück. Wenn ich nichts sehe, kann mich keiner sehen – so ging das doch, oder?

Würde mir nicht gerade eine brasilianische Sambatänzerin ein zweites florales Kunstwerk um meinen Hals legen, hätte ich die Möglichkeit zur Flucht. Keiner außer mir im Raum sieht annähernd so aus, als hätte er sich dem Abend entsprechend gekleidet. Abgesehen von der braun gebrannten Schönheit neben mir in ihrem smaragdgrünen Monokini mit Vogel-Strauß-Federn auf Rücken und Kopf. Aber die darf das! Wer aus Brasilien kommt, wird mit der Auflage geboren, irgendwann in solch einem Outfit auf einer karibischen Party in Deutschland seinen außerirdisch knackigen Po im Sambarhythmus aufreizend wackeln zu lassen. Ob man mit den Federn fliegen kann? Ich könnte versuchen, sie ihr auszurupfen, um damit wegzuflattern. Viel besser wäre jetzt so ein schwarzes Loch wie aus der OB-Werbung, das ich einfach nur auf den Boden schmeißen muss, um darin zu verschwinden – auch ohne unter akuten Blutungen zu leiden.

Doch leider gibt mein stilechter Strohbeutel nichts her, was einen sofort unsichtbar macht. Nur der übliche Tinnef, den man in Frauenhandtaschen eben so findet: Tempos, Schminksachen, Deo, Haarbürste, Nasenspray.

Es bleibt mir nichts anderes übrig, als mir bastrockschwingend meinen Weg zu bahnen, vorbei an tuschelnden Sekretärinnen in ordinärer Jeans mit Bluse und augenzwinkernden männlichen Kollegen. Ich will zur Cocktailbar, die am gegenüberliegenden Ende des Raums aufgebaut ist. Also kein leichter Gang zum rettenden Mojito-Ufer. Kurz bevor ich den Tresen erreiche, springt mich ein Affe an. Schock! Das braune Ungetüm zieht seinen Wuschelkopf ab – es ist Pitti.

»Hey, Johanna, wusste gar nicht, dass sie dich auch zum Stimmungmachen verdonnert haben. Hast dich aber gut zurechtgemacht so als karibisches Strandmäuschen!«

Ich bestelle zwei starke Cocktails.

»Hier, du Affe, deine Banana Colada. Aber zieh dir den Kopf auf, wenn du trinkst. Ich möchte mich heute Abend nicht alleine blamiert haben.«

»Wieso blamiert?«

»Weil ich die Einzige bin, die sich dem Thema entsprechend gestylt hat. Oder siehst du außer den Leuten, die dafür Geld kriegen, dass sie so rumlaufen, sonst jemanden, der so aussieht wie ich?«

Während Pitti seinen Blick durch die kleinen Löcher in seinem Affenkopf hindurchschweifen lässt, genehmige ich mir bereits meinen dritten Mojito. Ich trinke generell sehr schnell, weil ich immer Durst habe. Einen großen Unterschied zwischen antialkoholischen und alkoholischen Getränken mache ich nicht. Genauso wenig würde ich im Restaurant eine Pfütze in meinem Glas zurücklassen. Bezahlt ist bezahlt.

Auch wenn ich heute Abend nichts bezahlen muss, trinke ich mein drittes Glas bis auf die Eiswürfel aus, die keine Chance hatten, nur ansatzweise zu schmelzen.

»Stimmt, ich sehe keinen, der so gut aussieht wie du, und keinen, der so einen Zug am Leib hat«, bestätigt mir Pitti. Ich bilde mir ein, sein monströses Primatengebiss formt ein Lächeln. Meine durch weißen Rum getränkte Wahrnehmung scheint mich veräppeln zu wollen. Und Pitti? Veräppelt er mich auch oder sollte das ein Kompliment sein? Ich habe immer noch Durst. Mojito

Nummer vier schmeckt am besten. Nummer fünf und sechs sind aber auch nicht zu verachten. Ein halb nacktes Nummerngirl tanzt in meinem Kopf und zählt für mich mit. Hätte gar nicht gedacht, dass die bis fünf zählen können. Die beschilderte Schönheit dreht sich im Kreis und hüpft auf der Stelle. Sie soll das lassen, mein Kopf schmerzt ja schon. Ich presse meine Augenlider ganz fest zu. Endlich zerplatzt Nummerngirl sechs wie eine zu stark aufgeblasene Gummipuppe. Hat ganz schön große Augen gemacht, die Süße. Meine Kopfschmerzen sind trotzdem noch da.

*

Ohne Affenkopf und nach dem x-ten Mojito sieht Pitti eigentlich ganz annehmbar aus. Ich habe mal gelesen, dass die Sache mit dem Schöntrinken tatsächlich funktioniert, weil die Wahrnehmung verschwimmt. Alles sieht irgendwie weicher, harmonischer aus, auch Pitti. Er kratzt sich am Kopf.

»Weißt du, Johanna, ich würd echt gern mit dir ins Bett gehen.«

Beinah hätte ich mir das Cocktailschirmchen ins Auge gestoßen. Mit einer Mischung aus Überraschung und Entsetzen starre ich in Pittis aquablaue Augen. Er grinst.

»Aha«, sage ich.

»Aber das geht nicht«, sagt er.

Anhand meiner Gesichtsspannung merke ich, dass ich jetzt noch etwas dümmer gucke als eben, insofern das überhaupt möglich ist.

»Ach? Ja? Und wieso nicht?«

Natürlich frage ich nur rein theoretisch nach, weil ich viel natürlicher noch nie auch nur einen einzigen Gedanken daran verschwendet habe, mit Pitti Sex zu haben. Nein, es waren zwei. Zwei Gedanken, der eine aus purer Neugier, der andere aus noch größerer Neugier. Bei Pitti verhält es sich mit der Anziehung folgendermaßen: Manchmal empfinde ich ihn einfach nur als fürchterlich, fürchterlich unpassend für mich oder irgendeine andere Frau. Und manchmal finde ich ihn fast so etwas wie attraktiv, ja, vielleicht sogar anziehend, wenn er seine komplette Charme-Offensive startet und mich mit einer subtilen Mischung aus naiver Ungezwungenheit und nassforschem Witz auflockert und beschwingt. In diesen Momenten kann ich mir Sex mit ihm sogar ganz gut vorstellen und jetzt sagt er einfach »das geht nicht« …

»Es geht nicht, weil ich dich mag. Wir sind so was wie Freunde, weißt du, oder wir könnten welche werden. Und Sex stört dabei doch nur. Auch wenn's sicher gut wär …«

Pitti greift sich eine Bierflasche und köpft den Kronkorken mit Hand und Tischkante, auf die er sich danach rücklings abstützt. Ganz entspannt lässt er seinen Blick durch das Getümmel an feiernden Kollegen schweifen. Ich hingegen schaue nur ihn verdattert an und überlege, ob das jetzt gerade eine Art Kompliment gewesen sein soll oder eher das Gegenteil. Allerdings hatte es ja damit angefangen, dass er gerne mit mir ins Bett würde, wenn wir nicht in ferner Zukunft so etwas wie eine Freundschaft haben könnten. Mir ist auch klar, dass Pitti mit mir vermutlich schon dreieinhalb Sätze mehr geredet hat als mit seinen üblichen Sex-Bekanntschaften, bei denen ein obligatorisches »Ficken?« bisher wohl ausgereicht hat. Das ehrt mich natürlich. Und eigentlich finde ich es ganz angenehm zu wissen, dass ein Mann mit mir nicht nur ins Bett will.

Aber dass ich aufgrund meiner freundschaftlichen und kommunikativen Eigenschaften als Sex-Partner sozusagen schon vorab aus der Kuschelzone ausquartiert werde, das will ich nicht auf mir sitzen lassen. Ein kurzer Trotz-Gedanke namens »Jetzt erst recht« verselbstständigt sich in meinem Kopf zu einem festen Vorhaben.

Unauffällig ziehe ich meinen Ausschnitt ein Stück runter und rücke meinen Push-up zurecht. Prüfender Blick. Okay, meine

Brüste erinnern nicht gerade an überdimensionierte karibische Früchte, aber immerhin an eine gute altdeutsche Apfelsorte, die hübsch poliert mit roten Bäckchen aus meinem Shirt lugt.

»Hupps, mein Taschentuch!«, rufe ich etwas lauter als nötig und tatsächlich, Pitti dreht sich um. Wie in Zeitlupe bücke ich mich nach unten, greife nach dem weißen Papier, drehe mich gekonnt in einer halben Pirouette zu ihm und beuge mich mit vorgestrecktem Oberkörper und Hohlkreuz direkt vor Pitti, bevor ich mich so grazil wie möglich wieder aufrichte.

»Hast du 'n Hexenschuss?«, fragt er.

Das kann doch nicht wahr sein! Obwohl ... so ein paar Rückenprobleme müssten sicher dringend mal weggeknetet werden.

»Hmm, noch nicht, aber so ein bisschen zwackt's im Kreuz, und auch mein Nacken ist ziemlich verspannt vom vielen Sitzen und erst die Schultern. Fühl mal, alles ganz ... hart.«

Ich nehme Pittis Hand und lege sie in meinen Nacken. Eigentlich wollte ich damit erreichen, dass *er* Lust auf mehr bekommt. Aber ganz unerwartet geschieht genau das bei mir, als ich seine warmen, fast heißen Finger auf meiner Haut spüre. Der Mann hat Hände wie Herdplatten – das tut gut.

»Das fühlt sich aber ganz weich an«, sagt Pitti und streicht sanft meinen Nacken auf und ab.

»Du musst fester drücken, darunter ist alles verspannt.«

Ich drehe ihm den Rücken zu und neige meinen Kopf leicht nach vorne. Pitti nimmt seine zweite Hand dazu, um meinen Nacken und meine Schultern zu massieren. Erst ganz leicht, dann Stück für Stück fester. Der Mann kann zupacken, das gefällt mir. Eine wohlige Wärme steigt in meinen Muskeln auf.

»Ich wüsste da etwas, was dich noch viel besser entspannt«, flüstert mir Pitti ins Ohr und fügt beiläufig hinzu, »mit der Freundschaft können wir ja noch bis morgen warten.«

Das ging schneller als gedacht. Ich sollte mir merken, dass manche Männer anscheinend mit relativ geringen Mitteln relativ rasch zu überzeugen sind. Und ich hatte bisher immer versucht, mit meinen geistigen Talenten zu glänzen. So kann man sich doch irren.

Pittis Hände rutschen von meinen Schultern den Rücken hinab bis zu meinen Pobacken.

»Da geht der Mond in meinen Händen auf, Hannilein«, säuselt er in mein Ohr und drückt seinen behaarten Körper an mich. Es wird Zeit, dass er dieses affige Kostüm endlich loswird.

»Komm mit!«

Ich ziehe ihn an seinem Brustfell in den Visagistenraum und schließe die Tür hinter uns zu.

»Hier?«, fragt Pitti und schaut sich erst etwas unsicher zwischen den ganzen Schminktischen um, bevor sich seine Augenbrauen synchron mit seinen Mundwinkeln nach oben heben.

»Du willst, dass wir uns dabei zusehen? Das ist raffiniert, das hätte ich dir gar nicht zugetraut. Komm her, du Luder!«

Zuschauen? Jetzt merke ich es auch. Der ganze Raum sieht aus wie ein kleines Spiegelkabinett. Prädestiniert für Leute mit Komplexen, um sie entweder endgültig loszuwerden oder für immer dem Ganzkörperkaftan zu verfallen. Die Idee war gar nicht ideal. Ich will wieder raus hier, doch Pitti hat Gefallen an der Situation gefunden und sich längst seines Affenkostüms entledigt. Darunter hatte er eh nicht mehr viel an außer kleinkarierten Boxershorts. Ob man von der Unterhose eines Mannes auf sein Wesen schließen kann? Allerdings passt kleinkariert nicht wirklich zu ihm, vor allem nicht, wenn ich mir den Inhalt betrachte, der sich unter dem losen Stoff nach außen wölbt und beinahe im Begriff ist, sich über den Bund der Hose zu erheben.

»Schau mal, er freut sich schon auf dich«, strahlt Pitti und deutet auf seinen Unterhoseninhalt. Romantik wird in manchen Situationen einfach überbewertet. Und hier geht es gerade nicht um Rumgeschmuse oder Sonstiges, sondern darum, dass ich wissen will, wie er ist. Gezielt greife ich ihm an die Hose. Er stöhnt auf. Das ist vermutlich das erste Mal, dass ich früher die Hand am Schwanz eines Mannes habe als er an meiner Brust. Das nenne ich doch mal erotische Emanzipation.

Pitti schaut mir mit einer Mischung aus purer Geilheit und letzter Zurückhaltung in die Augen, bevor er meinen Nacken zu sich zieht und mich sanft küsst. Erst ganz vorsichtig, dann immer eindringlicher pirscht sich seine Zunge durch meine Lippen in meinen Mund. Ich komme ihm gerne entgegen und genieße es, wie wir uns immer fordernder küssen. Er saugt an meiner Zunge, ich an seiner Unterlippe. Es ist leidenschaftlich, und es ist feucht, und das nicht nur in meinem Mund und auf meinen Lippen.

Pitti presst seinen Unterleib gegen meinen. Seine Erregung scheint noch mehr gewachsen zu sein, zumindest spüre ich etwas ziemlich Hartes gegen meinen Venushügel drücken. Die Hand, mit der er eben noch meinen Kopf beim Küssen festgehalten hat, wandert über meine Wange und mit leichtem Druck an meinem Hals hinab. Seine Finger streichen am Rand meines Push-ups entlang, bevor sie sich darunterstehlen und nach meinen mittlerweile erregt abstehenden Brustwarzen tasten.

»Au!«

Ein süßer Schmerz zwingt mich kurz in die Knie, der dreiste Kerl hat einfach in meinen Nippel gezwickt. Und noch mal in die andere Seite. Nach dem ersten Überraschungsmoment fühlt sich das gar nicht so schlecht an, sondern eher richtig gut. Pitti packt mich an den Armen und drückt mich gegen die Wand. Sein Mund folgt seinen Fingern. Sachte beißt er in meine Brüste und knabbert an meinen Brustwarzen. Das macht mich wahnsinnig! Zwischen meinen Beinen fängt es wild an zu pochen. Ich ziehe ihn an den Hüften noch dichter an mich ran, drücke seinen harten Schwanz gegen meinen Schoß und rutsche leicht rauf und runter. Pitti stützt sich mit den Händen an der Wand über meinem Kopf ab, während wir uns immer wieder küssen. Er leckt an meinem Hals abwärts, streicht mit den Händen an meinem Oberkörper entlang bis zu meinem Baströckchen, das leise raschelnd zu Boden fällt. In der Hocke vergräbt er seinen Kopf in meinem Höschen. Mit den Zähnen am Hosenbündchen zieht er es Stück für Stück hinunter. Ich halte die Luft an. Plötzlich kommen mir die grellen Lichter und die vielen Spiegel wieder in den Sinn. Reflexartig will ich ihn nach oben ziehen, aber Pitti guckt mich nur mit fragenden Augen an und schüttelt lächelnd den Kopf. Er küsst meine Hände, legt sie auf meine Brüste und widmet sich wieder meinem Höschen, das sich Zentimeter für Zentimeter als Schutzschild verabschiedet. Es rutscht zu meinem Baströckchen auf dem Boden. Ich traue mich gar nicht so recht, nach unten zu gucken, sondern schließe die Augen und warte ab, was als Nächstes passiert. Vielleicht ist der Spaß ja auch gleich wieder vorbei, schließlich bin ich nicht ganz rasiert, sondern trage nur eine schicke Kurzhaarfrisur im Intimbereich – das könnte ja schon so manchen Mann abschrecken. Pitti anscheinend nicht. Ich bin etwas angespannt, als ich seinen Mund auf meinen Schamlippen spüre. Zwei Finger legen sich um meinen empfindlichen, weil erregten Kitzler, der kurz darauf von einer feuchten Zungenspitze zart angestupst wird. Immer und immer wieder, während die Fingerspitzen geschickt an der Wurzel reiben. Plötzlich hört es auf. Ich öffne die Augen und schaue direkt in Pittis erregtes Gesicht.

»Ist das gut so? Soll ich weitermachen?«, fragt er schelmisch. Ich nicke nur leicht und sehe, wie er sich wieder meiner intimsten Stelle widmet, bevor ich mich diesmal um einiges entspannter gegen die Wand lehne und versuche abzuschalten. Einfach alles um mich herum vergessen. Es gelingt mir für meine Verhältnisse ganz gut, was vermutlich zum größten Teil an dem passenden Mann zur passenden Zeit liegt.

Wenn ich da an die sonstigen Leck-Legastheniker denke, die eine Muschi mit einem Wühltisch verwechseln und ohne Sinn und Verstand daran herumschlabbern, weil sie entweder maulwurfsblind sind oder einfach nur zu dämlich, um den Kitzler zu finden – das kleine aber feine weibliche Zentrum, in dem sich alle Lustnerven bündeln. Könnten sich Männer doch nur mal auf eine Sache konzentrieren so wie Pitti gerade. Und er macht das wirklich unfassbar gut. Diesmal kralle ich mich auch nicht in seine Schultern, um ihn wegzuziehen, sondern weil ich mich kaum noch auf den Beinen halten kann. Was er mit seinem Mund da unten veranstaltet, grenzt meiner Meinung nach an eine orale Meisterleistung. Auf jeden Fall habe ich so etwas noch nie erlebt und auch nicht die dazugehörigen Auswirkungen. Abgesehen von einer unbändigen Lust, noch mehr von Pitti in mir zu spüren, kribbelt es wie wild in meinem Schoß. Bei jedem Zungenschlag muss ich aufstöhnen, ich kann gar nicht anders, als mich dem Gefühl hinzugeben, das sich in meinem Unterleib ausbreitet. Diesmal halte ich seinen Kopf fest, damit er genau an der Stelle weitermacht. Ich kann nicht mehr, mein Körper verkrampft sich, in meiner Muschi zuckt es, es ist alles so gereizt, so intensiv, bis es darin wie in einem überschäumenden Brausefass explodiert. Mir ist prickelnd warm bis in die Fußspitzen.

Ich lasse meine Augen geschlossen und genieße es, bis sich alles wieder etwas beruhigt.

Lippen berühren meinen Hals.

»Jetzt darfst du«, haucht Pitti und führt meine Hand zu seinem immer noch steinharten Schwanz, dessen vorwitziges Köpfchen aus dem Shortsbund lugt. Etwas benebelt öffne ich die Augen und schaue ihn mir ganz genau an. Dazu umfasse ich das gute Stück in seiner ganzen Pracht. Er zuckt leicht in meiner Hand, als würde er mit jedem Griff noch ein Stück fester werden. Ein glitzernder Vorfreudetropfen schimmert verlockend auf der Eichel. Langsam beuge ich mich herunter und lecke ihn ab. Es schmeckt ein bisschen nach Punica-Oase, vielleicht liegt das an der Piña Colada von vorhin?

Pitti stöhnt, ich finde, er jammert fast ein bisschen. Vielleicht sollte ich noch fester zupacken. Jetzt jammert er erst recht und stößt mit seinem Penis in meine Hand. Das soll er mal schön bleiben lassen, ich hab das Zepter in der Hand und sage jetzt, wo's langgeht. Ich lasse ihn los und gehe in die Knie. Sein Ständer wippt aufmunternd vor meinem Gesicht. Mit der Zungenspitze necke ich seine Eichel, sauge sanft an dem Bändchen, das sich straff in meinem Mund spannt. Mit einer Hand kraule ich seine weichen Eier, während die andere seinen Schaft massiert. Keuchend stützt sich Pitti an der Wand ab. Genüsslich gönne ich mir Stück für Stück seiner Erregung. Erst malträtiere ich seine Eichel, indem ich sie so fest es geht in meinen Mund sauge und mit der Zunge um den Rand fahre. Ein kurzes Aufjuchzen bestätigt mich darin, dass ich wohl alles richtig mache. Jetzt hab ich Lust, seinen Schwanz der Länge nach abzuschlecken. Vorsichtig stupse ich mit der Zunge auch an sein Säckchen. Pitti zittert leicht. Ich lasse von ihm ab und massiere seinen Schwanz nur mit den Händen.

»Bitte, nimm ihn wieder in den Mund, das war so geil!« Es hört sich fast ein bisschen so an, als würde er darum betteln. Das macht mich extrem an, zu sehen, dass ich ihn in der Hand habe … Langsam, aber bestimmt sauge ich seinen Schwanz so weit es geht in meinen Mund. Immer wenn er leicht anfängt zu stoßen, sauge ich etwas fester, damit ich die Kontrolle über ihn behalte. Ich merke, wie es mir richtig Spaß macht, ihn ein bisschen leiden zu sehen. Und es gefällt mir, dass es ihm gefällt. Es pusht mich so sehr, dass ich alles gebe – wie war das noch mal mit dem Golfball-durch-den Gartenschlauch-Saugen?

»Ich komme gleich, oh Gott, ich komme gleich, pass auf …«, schreit Pitti fast ein bisschen, damit ich in Deckung gehen kann. Da ich mir nicht sicher bin, ob ich mit einem Schwall Sperma in meinem Hals zurechtkomme, lasse ich von ihm ab und reibe seinen Schwanz nur noch mit den Händen. Viel braucht es nicht mehr, bis es warm, nass und klebrig zwischen meinen Fingern wird, begleitet von einem kurzen Aufschrei und stoßartigem Ausatmen. Jetzt braucht er zwei Hände, um sich an der Wand abzustützen.

»Das, das … das war der Hammer«, stammelt Pitti, nachdem er sich etwas beruhigt hat.

Ich freue mich diebisch darüber, dass es ihm gefallen hat.

»Ich fand's auch gut«, sage ich und muss grinsen. Es ist so ein dämliches Grinsen, das wie ins Gesicht gemeißelt ist.

»Ich muss mich mal setzen …« Pitti greift sich einen der Stühle und hockt sich mit blankem Hintern und erschlafftem Penis darauf.

»Gib mir ein paar Minuten …«

Gerade will ich meine Sachen wieder anziehen, um etwas zu trinken zu holen, als Pitti sagt: »Lass liegen, geht eh gleich weiter!«

»Wie meinen?«, frage ich und schaue kurz hoch. Pitti deutet nur auf seinen Schwanz und sagt: »Guck, er erholt sich gerade.«

Ich sehe, wie neues Leben in seinem eben noch müden Freund erwacht.

»Ähm, wie? Du willst noch mal?«, frage ich etwas unsicher.

»Aber klar, meine Hübsche, oder glaubst du, ich lasse mir die Chance hier in dem geilen Spiegelkabinett entgehen? Entspann dich und setz dich doch, auf mir ist noch ein Plätzchen frei …«

»Entspannen« ist das Stichwort und nicht darüber wundern, was mir hier gerade passiert und dass es Spaß macht – genauso habe ich es ja gewollt. Wie befreiend es sein kann, sich ganz unverbindlich in ein Abenteuer zu stürzen, hätte ich nicht gedacht. Den Moment auskosten und den Rest ausblenden hilft mir im Speziellen und beim Sex allgemein ganz ungemein.

Einladend ragt sein Schwanz erneut nach oben und als ich langsam auf ihn zugehe, überlege ich, ob ich überhaupt sattelfest bin …

13

Ein schwarzes Loch

Die Sonne kitzelt mein Gemüt, das Meer rauscht milde in meinen Ohren. Sanfte Wellen wiegen mich zärtlich in ihren starken Armen. Das Gefühl der Schwerelosigkeit lässt mich friedvoll schlummern. Ein laues Lüftchen weht mir ins Gesicht, es riecht nach … totem Fisch. Nach tagealtem toten Fisch.

Feuchter Atem bläst mir ins Gesicht. Intuitiv robbe ich aus der Dunstlinie. Atem? Und es ist nicht meiner? Ich reiße die Augen auf. Das, was ich sehe, ist nicht das, was sich eine Singlefrau in den besten Jahren an einem sonnigen Morgen wünscht. Ein toter Panther, dessen goldene Pfoten auf dem Laken Platz machen.

Pitti! Hilfe! Wie kommt der in mein Bett? Ich schrecke auf.

Meine panischen Zuckungen haben die Matratze unter mir in Wallungen gebracht. Ein Wasserbett. ICH habe KEIN Wasserbett!

»Guten Morgen, meine Hübsche!« Pitti schlägt die Klüsendeckel auf und strahlt mich mit verliebten Augen an.

»Ähm, was … ähm, was machen wir denn hier?«, kommt es mir nach dem ersten Schreck über die trockenen Lippen.

»Schlafen?«

»Was meinst du mit schlafen?«

»Bubu machen, pofen – was Menschen eben nachts machen, insofern sie keine Vampire sind. Obwohl ich mir da bei dir nicht ganz sicher bin. Du kannst ganz schön zubeißen, schau mal hier …« Pitti legt seine blasse Hühnerbrust frei, womit er sich als Idealbesetzung für den *Teufel mit drei goldenen Haaren auf der Brust* unfreiwillig outet. Voller Stolz zeigt er auf eine blutunterlaufene Bisswunde an seiner Schulter. Eine Art Knutschfleck mit Zahnabdruck. Das soll ich gewesen sein? Ich knabbere doch nicht an einem Hähnchen mit überschrittenem Verfallsdatum.

Ich habe einen kompletten Filmriss. Das Letzte, woran ich mich erinnern kann, ist ein halb nacktes Nummerngirl. Zögernd fange ich an, nachzufragen: »Ist sonst noch jemand hier?«

»Nö, wieso? Reiche ich dir nicht?«

Vorsichtig schaue ich mich trotzdem im Schlafzimmer um, auf der Suche nach ungebetenen Zaungästen oder blinden Passagieren.

Ich atme erleichtert tief durch, auch wenn ich dabei nur abgestandene Mundfäule Lunge nehme.

»Na also, außer dir und mir ist keiner hier. Und ich finde, das reicht auch vollkommen aus. Gruppensex ist nicht so mein Ding!«

Gruppensex? Sex überhaupt! Sex? Nein, ich kann mir nicht vorstellen, dass ich mehr oder minder freiwillig mit Pitti ….

Nein, nein, nein, das kann nicht sein. Auch wenn ich mich an nichts mehr erinnern kann, traue ich mir das beim besten Willen nicht zu. Es ist ja nicht so, dass Pitti irgendwie schlimm wäre oder eklig. Nein, das nicht. Er ist nur, na ja, eben genau der Typ, neben dem ich am nächsten Morgen nicht aufwachen wollen würde. Sex hin oder her, aber morgendliches Nachkuscheln mit Pitti – och nö …

Unauffällig versuche ich zu erfahren, was in den letzten Stunden passiert sein mag. »Apropos Gruppensex. Was ist denn sonst dein Ding?«

»Na, das, was du heute Nacht gemacht hast – das fand ich irre geil. Das hatte bisher noch keine drauf. Du hast meinen …«

Ich presse ihm meine Hand auf den Mund. »Du weißt doch, Pitti, ein Gentleman genießt und schweigt.«

Schlagartig entscheide ich mich dafür, besser nicht weiter nachzuhaken, was er genau damit meint. Es ist besser für meine momentane seelische Stabilität. Sexuelle Abartigkeiten verkrafte ich am frühen Morgen nicht, erst recht nicht, wenn ich darin involviert bin. Aber wie es überhaupt so weit kommen konnte, will ich schon wissen.

»Was ist eigentlich passiert? Ich kann mich nur noch daran erinnern, dass wir zusammen einen Cocktail getrunken haben.«

»Einen? Du hattest gefühlte und gefüllte zehn – mindestens, mein Schatz. Und du warst echt voll super drauf.«

»Schatz« hat er gesagt. Ich hoffe, dass er alle Frauen so bezeichnet – der Einfachheit halber. Wenn alle seine Frauen Schatz heißen, muss er sich keine Namen merken und kommt niemals in die Verlegenheit, eine Marion mit »Andrea« anzusprechen. Dann ist der Ärger vorprogrammiert.

Ich ärgere mich trotzdem, weil ich nicht »Schatz« genannt werden will. Schon gar nicht von ihm. Und wenn's ein anderer Mann täte, würde ich mich erst recht darüber aufregen. Die Gründe kennen wir ja! Kosenamen sind doch nur was für Polygamisten.

Die Erinnerung an letzte Nacht scheint Pittis Laune einen positiven Schub zu verpassen. Dieses verklärte Grinsen, gepaart mit den glasigen, leicht blutunterlaufenen Augen, hebt aber meine Stimmung nicht im Geringsten.

Als er keine Anstalten macht, mein »Echt-voll-super-Draufsein« näher zu erläutern, hake ich nach.

»Und wie kam es jetzt genau dazu, dass ich bei dir … übernachtet habe?«

»Na, ich hab dich mit zu mir genommen.«

»WARUM?«, blaffe ich Pitti an. Im nächsten Moment tut es mir schon wieder leid und ich lächle sanft.

»Du bist ein Morgenmuffel, gelle?«

Es fällt mir schwer, mein mildes Lächeln aufrechtzuerhalten.

»Ist auf der Feier irgendwas passiert, von dem ich wissen sollte und weswegen ich mich nicht mehr in die Firma trauen kann?«, versuche ich Pittis Erzählfreude auf die Sprünge zu helfen.

Pitti verdreht die Augen zur halogenbestückten Schlafzimmerdecke. »Hmm, lass mal überlegen. Also, ich fand es nicht so schlimm.«

»Waasss denn?«

»Na ja, nach deinem x-ten Mojito bist du mit deinem Baströckchen in den Pool gesprungen.«

»Das geht ja gerade noch«, stelle ich beruhigt fest, auch wenn ich das schon peinlich finde.

»Und dann hast du angefangen, alle anderen, die auch im Wasser waren, abzuknutschen.«

»Quatsch!« Energisch schüttele ich den Kopf. So einen Unsinn würde ich nicht mal machen, wenn ich den kompletten Rumvorrat einer karibischen Großdestille getrunken hätte. »Das erzählst du jetzt nur, weil du mich veräppeln willst.«

»Nein«, Pitti schüttelt den Kopf. Ich bilde mir ein, kleine Sabberfäden wahrzunehmen, die sich dabei aus seinen Mundwinkeln lösen.

»Wie, nein?«

»Du hast das echt gemacht. Ich war ja dabei. Mir hast du erst ganz zum Schluss wieder die Zunge in den Hals gesteckt. Da war ich schon ein bisschen eingeschnappt. Schließlich hast du vorher schon die Janine geküsst.«

»Das ist absurd. Du meinst ein Küsschen auf die Wange, so wie bei Freundinnen?«

»Nein, ich meine so einen Zungenkuss, wie sonst bei Mann und Frau. Ich wusste gar nicht, dass du eine lesbische Ader hast.«

Pitti schaut mich mit einer Mischung aus Verwunderung und Begeisterung an.

»Ich bin nicht lesbisch!« Wütend haue ich auf die Matratze, was uns wie bei einem stürmischen Seegang schwanken lässt.

»Bi vielleicht!«

»Niemals, nie, nein. Sicher hast du dich verguckt.«

»Nä«, Pitti tippt sich mit dem Zeigefinger gegen die Stirn. »Ich weiß, wie Knutschen aussieht, und das war definitiv ein richtig heftiger Zungenkuss bei euch beiden. Außerdem hat der Chef es verlangt. Du weißt ja, wie er ist.«

Eigentlich weiß ich noch nicht so genau, wie er ist. Trotzdem besänftigt es mich auf eine gewisse Weise, dass ich nur einem Befehl gefolgt bin.

»Hat er sonst noch was gefordert?«

»Nein, aber *ich* fordere jetzt was!«

»So? Was denn?«, frage ich zögerlich in der Angst, Pitti könnte meine erotischen Entgleisungen mit der Fotokamera festgehalten haben und mich jetzt damit erpressen.

»Wollen wir nicht da weitermachen, wo wir letzte Nacht aufgehört haben?«

Wie ein Hund zieht Pitti seine Lefzen nach oben, vernarrt in die Hoffnung, gleich ein heiß begehrtes Leckerli zu erhaschen. Bedrohlich nähert sich mir ein gespitzter Kussmund mit stoppeligem Eintagesbart. Wie lange muss man im Schnitt zusammen sein, um jemandem ohne morgendliche Mundhygiene freiwillig näher zu kommen? Auf jeden Fall länger als zwölf Stunden. Und zusammen sind wir erst recht nicht, auch wenn wir immer noch nebeneinander in einem Bett sitzen. Was ich ganz schnell zu ändern weiß. Mit einem »Sorry, aber ich habe noch was vor!« springe ich von der Matratze, raus aus der gefährlichen Knutschzone. Ich schnappe mir meinen Bastbeutel, aus dem ich immer noch kein schwarzes Loch zaubern kann. Dafür ist mein Erinnerungsvermögen von einem großen schwarzen Loch getrübt.

14

Von der Palme gewedelt

Quentin van Basten heißt der Pornostar, den ich interviewen soll. Ob er Holländer ist? Oder er hat einen Künstlernamen und heißt in Wirklichkeit Ernst Müller oder Werner Schmidt. Da klingt Quentin van Basten schon besser, auch irgendwie jünger, dynamischer. Das wird eine meiner Fragen an ihn sein.

Unterwegs telefoniere ich mit seinem Agenten, der mich freundlicherweise mit sympathisch Kölschem Akzent vorwarnt, dass mein Interviewpartner es wohl nicht mehr rechtzeitig in die Agentur schafft. Da er ihn leider nicht über sein Handy erreichen kann, gibt er mir die Privatadresse von Quentin van Basten. Also gut, fahre ich eben direkt zu ihm. Mir soll's recht sein. Ich finde es immer ungemein spannend zu sehen, wie andere Leute wohnen, vor allem wenn es sich um einen Pornostar handelt.

Ob er ein normales Bett hat oder doch eher eine große Spielwiese? Vielleicht ist auch die komplette Wohnung verspiegelt?

Hoffentlich zieht der Junge sich was an, wenn er Besuch kriegt. Nicht dass er sich noch denkt, nur weil ich bei einer Erotikzeitschrift arbeite, kann man es mit mir machen. Pustekuchen, so eine bin ich nicht und will es auch nicht werden.

Vielleicht ist er auch ein charmanter Nachwuchsplayboy, der einer Frau die Welt zu Füßen legt. In Gedanken sehe ich mich schon durch ein nobles Kölner Villenviertel fahren. Ein Butler mit weißen Handschuhen und Zylinder empfängt mich und führt mich zu einer schwimmenden Gummiinsel im Pool des Anwesens. In die Frage, wie ich denn gerne meinen Sex on the Beach hätte, platzt Bruce Willis: »Sie haben Ihr Ziel erreicht.« Die Stimme meines Navis lässt keinen Widerspruch zu, obwohl es mich in einer durchschnittlichen Altbaugegend absetzen will.

Es sieht weder nach Sex on the Beach aus, noch riecht es nach Wellen versprechendem Chlor, außer Quentin van Basten hat ein todschickes Altbaupenthouse mit Außenpool auf der Dachterrasse. Das wär's natürlich.

Doch die Hausnummer lässt alle weiteren *Schöner Wohnen*-Träume platzen. Auf dem Namensschild steht nur QVB (knapp am Shoppingsender vorbeigerauscht, der Herr). Ich drücke mich gegen die hölzerne Tür im hölzernen Tor. Sie ist offen. Durch eine kleine Unterführung gelange ich auf einen Hinterhof. Hier sieht es noch weniger glamourös aus als auf der Straßenseite und nicht annähernd so idyllisch wie bei mir. In meinem Hinterhof hat sich immerhin eine dicke Eiche ihren Weg durch die Steinplatten gebohrt.

Das Hinterhaus hier ist nicht mal verputzt. Nackter Klinker weist mir den Weg.

Ich finde Quentins Wohnung im dritten Stock. Neben der Klingel klebt ein kleines Bild von Sylvie van der Vaart in Dessous. Alles klar, blöder Macho! Das Urteil steht fest. Mein Finger schwebt über dem schwarzen Klingelknopf, der inmitten einer silbernen Muschel prangt. Dingdong! Dingdingdingdingdongdongdingdong dingdingdongdingdonggdongdongdongdong! Ja, soll er nur laufen, der notgeile Pascha, damit das lästige Gebimmel endlich aufhört. Ich nehme meinen Finger sicher nicht eher vom Knopf runter. Die Tür wird aufgerissen.

»Jaaaahahahaaaaaa! Was ist denn?«

Im gleichen Moment, in dem Quentin van Basten im Türrahmen erscheint, bereue ich meine Dauerklingelaktion sofort. Der sieht aber gut aus! Dunkle, leicht gewellte, gestufte Haare, deren längste glänzende Spitzen bis zum Kinn reichen. Gerade so groß wie ich und gut in Form. Nicht muskelbepackt, doch wohl trainiert. Starke Unterarme, leicht geädert, was auf durch Hanteltraining gestärkte Oberarme schließen lässt. Und ein Blick in seine meergrünen Augen erspart einem jeden Besuch in Seaworld.

Auf den ersten Blick ein toller Typ und ich habe Sturm geklingelt. Um meinen Zeugen-Jehovas-Eindruck wiedergutzumachen, strecke ich ihm meine Hand entgegen und lächle fleißig:

»Hallo, Herr van Basten, ich bin Johanna Schwick von der Zeitschrift *Star-Illu.* Wir haben einen Interviewtermin. Darf ich reinkommen?«

»Nein! Nee, das geht gar nicht. Also, es geht jetzt gerade nicht!«

Was denkt der sich? Ich fahre doch nicht fast 300 Kilometer, um mich dann unverrichteter Dinge von einem Pornojungen abwimmeln zu lassen.

So schnell kann ein Mann seinen Glanz verlieren, indem er nur einmal was besonders Dummes sagt.

»Wie, das geht gar nicht? Ich dachte, die Kerle beim Porno können immer! Wir haben schließlich einen Termin und ich fahre nicht ohne Interview zurück!«

So, dem hab ich's gezeigt. Auch Frauen können Steherqualitäten beweisen. Um ihm zu signalisieren, dass ich es ernst meine, stütze ich meine Hände in die Hüften. Dabei gucke ich ihn freundlich fordernd, aber bestimmt an. So wie das Frauen gerne machen, wenn sie wissen, dass der Mann vor ihnen tun muss, was sie sagen, auch wenn er nicht will.

»Ähm … ja, gut, aber … aber wir gehen dann um die Ecke ins Café. Ich … ich habe … nicht aufgeräumt. Sonst steht hinterher noch in der Zeitschrift: ›Pornojungs sind Messis und können doch nicht immer.‹«

Dabei grinst er mich zum ersten Mal ansatzweise entspannt an. Weil ich befürchte, von ihm in seiner Bude eh nur einen Instantkaffee aus einer vergilbten Bechertasse ohne Henkel zu bekommen, willige ich ein. Trotzdem hätte ich zu gerne gesehen, wie er wohnt.

Mit einem »Einen Moment bitte, ich mach mich schnell fertig« huscht er zurück in seine Wohnung und drückt mir die Türe vor der Nase zu. Frech! Aber die gute, alte Altbautür schließt nicht richtig! Wie von allein federt sie wieder einen Spalt auf. Meine Chance. Ich drücke sie noch etwas weiter rein und strecke neugierig meinen Kopf durch den Spalt.

Zumindest mein Kopf ist jetzt im Flur … Puuh, wie riecht's denn hier? Eine Mischung aus saurer Milch und muffigem Mief wabert mir entgegen. Es riecht nach altem Spülschwamm. Was hat der Mann letzte Nacht gemacht? Sperma-Partys gefeiert? Und die Gäste haben ihr Hab und Gut im Teppich vergossen? Ich will es mir eigentlich gar nicht vorstellen.

Sehen kann ich auch nicht viel, weil die Zimmer vom Flur abgehen und die Türen geschlossen sind. Nur das Bad, das direkt neben meinem Kopf liegt, ist eine Handbreit geöffnet. Ich kann gerade einen ziemlich verschmierten Spiegel und ein Ablagebrett aus Porzellan in Bahamabeige darunter erkennen. Ich hoffe, dass es sich bei dem weißen Zeugs auf dem Spiegel um Zahnpasta handelt … Auf der Ablage stehen drei Haarsprays, ein Becher mit geschätzten 20 Zahnbürsten und eine Packung OB. Tampons? Entweder hat er eine Freundin oder ziemlich häufig Nasenbluten.

Das mit der Freundin kann ich ihn ja später ungeniert fragen. Das ist das Gute bei so einem Interview, man kann Fragen stellen, die sonst im privaten Kreise schnell falsche Eindrücke erwecken würden. Es dauert gerade mal sieben Minuten, bis Quentin fertig ist. Genau so lange, wie normalerweise ein gutes Bier braucht. Ob er parallel zum Zapfen geübt hat, sich fertig zu machen?

*

Wir gehen in ein Bistro um die Ecke, in dem man frühstücken kann. Es ist ja gerade mal elf Uhr. Wir setzen uns an einen Tisch in der hinteren Ecke. Zum Glück ist das Café nicht voll besetzt. So müssen wir nicht leiser reden als unbedingt notwendig. Ich weiß nicht, wie sonst die Umsitzenden reagieren würden, wenn am Nachbartisch plötzlich Sätze fallen wie »Magst du es lieber anal oder oral« oder »Wie viele Tripper hast du dir in den letzten Jahren eingefangen« oder Ähnliches.

Nur zwei Tische entfernt von uns sitzt ein bärtiger Mann mit Lederkappe, der seine bebrillte Nase in die Tageszeitung vertieft hat. Der kann uns sicher nicht hören. Besser so. Sonst würde ich mir vorkommen wie ein Gangster, der gerade seinen nächsten Coup plant. Ständig den Kopf drehend, um sicherzugehen, dass keiner hinter ihm her ist.

Ich setze mich an die Wand auf die moderne Lederbank, die sich komplett bis zur anderen Seite des Raumes durchzieht. Quentin setzt sich mir gegenüber. So habe ich den ganzen Raum im Blick und ihn auch.

Quentin bestellt sich einen Kaffee schwarz, was ich besonders männlich finde. Irgendwie erweckt es den Eindruck, dass er einer von der ganz harten Sorte ist. Schwarzer Kaffee ohne Milch und Zucker. Sicher trinkt er auch Wodka pur ohne Bitter Lemon oder O-Saft. Und ohne Beerenflavour. Ich finde, Milch und Zucker und künstliche Fruchtaromen sind nur was für Frauen. Wer will schon einen Mann, der zu schwach für einen starken Kaffee ist?

Ich nehme einen Latte macchiato.

Warum interessiert es mich überhaupt, wie Quentin seinen Kaffee trinkt? Interessiert *er* mich vielleicht? Ein Pornostar? Schnell streiche ich diesen Gedanken aus meinem Kopf. Ich wäre sicher nicht die Richtige für so ein sexuelles Stehaufmännchen.

Oder wäre vielleicht gerade er der Richtige für mich, um mich aus meiner verklemmten Sexualität zu befreien? Er würde sich doch beim Sex sicher richtig gehen lassen können und nicht beschämt an die Decke starren, wenn er gerade beritten wird. Außerdem muss so einer doch wissen, wie man einer Frau beibringt, was sie im Bett wissen muss.

Plötzlich wird mir schwindelig. Wie beim zu schnellen Durchzappen des Abendprogramms wechseln sich die wildesten Fantasiebilder in irrwitzigem Tempo vor meinem inneren Auge ab. Mit einem »Alles klar bei dir?«, stoppt Quentin mein Stellungskarussell im Kopf.

»Ääh, ja, hab nur ein bisschen Kopfschmerzen.«

Wie peinlich. Quentin hat gerade vor meinem Gesicht den Scheibenwischer gemacht, weil ich geistig abwesend war.

»Also, was willst du von mir wissen?«

»Wie kommt man auf die Idee, Pornos zu drehen?«

»Wie kommt man denn auf die Idee, Redakteurin für eine Sex-Zeitschrift zu werden?«

»Ich würde sagen, ich bin da so reingerutscht …«

»Siehst du, und bei mir war es genauso!«

»Und gefällt dir dein Job vor der Kamera?«

»Gefällt es dir denn in deinem Büro?«

Ich merke schnell, dass ein Interview normalerweise *so* nicht abläuft.

»Quentin, so geht es nicht. Ich muss dir die Fragen stellen und du solltest darauf antworten. Nicht umgekehrt. Wenn wir fertig sind, darfst du mich alles fragen, was du willst, okay?«

»Wirklich alles?«

»Nein, nicht wirklich alles!«

»Na gut, ich bemühe mich trotzdem. Nicht damit es noch heißt, Pornostars wären Messis, können nicht immer und sind auch noch fragenresistent.«

Renitent hat er vergessen. »Also, wie haben deine Freunde und Verwandten reagiert, als sie von deinem Job erfahren haben?«

»Oha, wunder Punkt, kann ich die Frage zurückstellen?«

»Na gut, aber Wettkönig wirst du damit nicht. Was ist das Beste an deinem Job?«

»Ich reise sehr viel zu den verschiedenen Drehorten, lerne jede Menge neue und interessante Menschen kennen – so wie heute …«

Schmeichler, oder ist das schon eher Typ Schleimer? Ich lasse mich von solchen Phrasen gar nicht erst beeindrucken. »Hast du dich schon mal in eine Kollegin verliebt?«

»Anfangs mal ein bisschen. Natürlich imponiert es dir als Mann, wenn eine Frau beim Sex voll aus sich rausgeht und überhaupt keine Hemmungen hat oder kaum Tabus kennt. Aber die Mädels sind im Privaten auch nur brave Hausfrauen. Weil die nämlich den ganzen Tag harten Sex haben, wollen die zu Hause nicht noch mal das gleiche Programm, sondern lieber zärtlichen Standard. Job ist eben Job und privat ist privat. Das habe ich ziemlich schnell gelernt. Seitdem habe ich mich auch nicht mehr verguckt. Ich habe zwar für den Dreh meine Favoritinnen, aber das war's dann schon.«

»Und wie sieht's mit deinen Sex-Vorlieben aus? Worauf stehst du?«

»Also, das ist mir jetzt schon ein bisschen zu intim!«

»Im Ernst!«

»Na ja, was meinst du? Ich kann dir sagen, was ich vor der Kamera gerne mache.«

»Ja, genau das meine ich.«

»Wie jeder Mann finde ich Oral-Sex gut. Also, Blasen bei mir. Lecken bei ihr auch, aber nur, wenn's nicht nach Fisch riecht!«

»Bah, Quentin, hör auf. Sprichst du aus Erfahrung?«

»Klar, du glaubst gar nicht, wie unsauber manche Frauen sein können. Da holst du dir weniger, wenn du bei der ›Nordsee‹ mit der Zunge den Abwasch machst!«

»Lecker, was steht sonst noch auf deiner kulinarischen Sex-Liste ganz oben?«

»Ich mag Doggy-Style und lasse gerne die Frau auf mir reiten. Das finde ich geil!«

»Du bist also faul?«

»Nein, gar nicht! Aber in der Reiterstellung kann man sich besonders tief in die Augen schauen und genau sehen, was bei dem anderen passiert!«

»In welcher Frauenzeitung hast du das denn gelesen?«

»Das hab ich nicht gelesen, ich bin einfach sensibel!«

»Oh.«

»Ja, bin ich, deswegen solltest du mich mal fragen, was ich gar nicht mag!«

»Lieber Quentin, was mag denn ein sensibler Mann wie du beim Sex so überhaupt nicht?«

»Sadomaso. Alles was mit Schlägen, Peitschen, heißem Kerzenwachs, Hodenklemmen oder sonstigen furchteinflößenden Sachen zu tun hat!«

»Und wenn dir eine Frau beim Sex vor lauter Lust den Rücken mit ihren frisch designten mit Strassapplikationen verzierten, langen Fingernägeln zerkratzt?«

»Hasse ich!«

»Und wenn dir eine Frau beim Orgasmus vor lauter Erregung in den Hals beißt?«

»Blöde Vampirschnalle, hasse ich auch!«

»Und wenn dich eine Frau stimulieren will und dir beim Vorspiel in die Brustwarzen zwickt?«

»Dann zwick ich zurück, und zwar fester!«

Ich stelle fest: Quentin van Basten ist nicht sensibel, sondern faul und schmerzempfindlich. Das sind ja tolle Eigenschaften für einen Pornostar.

»Eine Frage hab ich noch, die interessiert mich … äh, unsere Leser natürlich brennend. Hast du eine Freundin?«

»Mmh, nein, eine feste Freundin habe ich nicht. Die meisten kommen mit meinem Job nicht klar. Dabei kann ich Beruf und Privatleben sehr wohl trennen. Nur weil ich tagsüber mit vielen Frau Sex habe, heißt das noch lange nicht, dass ich nicht treu sein kann. Aber sobald ich sage, was ich beruflich mache, melden sie sich nie wieder bei mir. Passiert dir das auch?«

»Nein, ich hab's generell nicht so mit Frauen!«

»Ach, du weißt doch, was ich meine. Wie reagieren denn die Männer, wenn du ihnen sagst, was du machst?«

Auch wenn ich mich jetzt angegriffen fühlen könnte, weil ich finde, dass es zwischen meinem und seinem Beruf immer noch einen gewaltigen Unterschied gibt, weiß ich doch, was Quentin meint.

»Bei mir ist es das genaue Gegenteil. Die meisten werden schlagartig anhänglich, fast aufdringlich. Natürlich stellen sie auch jede Menge neugierige Fragen. Sobald ich sage, was ich mache, behandeln sie mich wie eine Art Freiwild. Dabei heißt es noch lange nicht, dass ich alles mache, worüber ich schreibe!«

»Machst du nicht?«

»Mach ich nicht!«

»Schade.«

Wir müssen beide lachen.

»Du entschuldigst mich kurz? Ich muss mal für kleine Pornostars.«

Ich nicke. Tatsächlich ist Quentin schon eine ganze Weile wie ein kleiner Junge auf seinem Hosenboden hin und her gerutscht.

Eigentlich muss ich auch mal. Aber ich warte erst, bis Quentin nicht mehr zu sehen ist, nicht dass er noch denkt, ich laufe ihm nach. Dann steuere ich ebenfalls den Weg zu den Toiletten an. Sie liegen in einem schlecht beleuchteten Gang. Erst kommt die Herrentoilette, danach lassen sich die Damentoiletten finden.

Was war das? Ich mache einen Schritt zurück und beuge mich etwas nach hinten über. Die Tür zur Herrentoilette ist halb offen und ich sehe Quentin, wie er vor den Waschtischen steht und … Das gibt's doch nicht! Da steht er, die Hose hängt in den Kniekehlen, seine Hand steckt in den engen Boxershorts und sie zuckt schnell vor und zurück. Seine Augen hat er leicht zugekniffen, murmelt irgendetwas vor sich hin und stöhnt dann wieder inbrünstig.

Der Kerl holt sich einen runter!

Ob das eine Sucht ist oder schon eine Störung? Vielleicht kann er ja nicht anders? Muss seinem besten Stück mindestens zehnmal am Tag Hallo sagen, damit es sich nicht vernachlässigt fühlt? Wahrscheinlich redet der schon nach dem Aufwachen mit seiner Morgenlatte.

»Hallo, mein Kleiner, ach, was bist du heute schon groß geworden.« Schüttel, schüttel.

»Na, hast du denn auch den gleichen schmutzigen Traum gehabt wie ich?« Schüttel, schüttel. »Ach ja, dann begrüßen wir den Morgen doch mal mit einem frisch geschüttelten Spermashake, mein Großer!« Schüttel, schüttel, spritz! »Ja, das hast du wieder fein gemacht und nicht mal die Laken eingesaut. Hat der Papa alles in der Hand gefangen. Ich wünsche dir einen schönen Tag, bis später, mein Liebling.«

Und wenn er könnte, würde er ihn auch noch küssen, aber dafür ist er zu ungelenkig. Ob er seinem Penis auch einen Namen gegeben hat? Vielleicht Quentinillo oder Quentinator?

Kein Wunder, dass er keine Freundin hat.

Leicht irritiert und kopfschüttelnd gehe ich zurück an meinen Platz, müssen muss ich plötzlich nicht mehr. Quentin hatte eigentlich einen relativ normalen Eindruck auf mich gemacht. Das aber, was ich eben zu sehen bekommen habe, relativiert diesen Eindruck erheblich. Die Frage ist nur: Ist er so geworden wegen seines Jobs oder war er schon immer so drauf und ist deshalb im Pornobusiness?

Als Quentin sich wieder auf die Sitzbank fallen lässt, starre ich ihn an.

»Is' was?«, fragt er verstört und schaut an seinem bis zum Bauchnabel aufgeknöpften nachtdunklen Satinhemd mit quietschgelber Drachenstickerei herunter. Mit der Hand fächelt er sich nicht vorhandene Fusseln von der Knopfleiste.

»Nee, nix. Ich dachte nur, du hättest vielleicht auch diese komischen Geräusche gehört, die bis zum Frauenklo durchgedrungen sind?«

»Welche Geräusche? Da war sonst keiner außer mir.«

»Ach, na, dann hab ich mich vielleicht getäuscht.«

Der Kerl läuft trotz seiner Wichseinlage nicht mal rot an. So was von abgebrüht.

»Hast du dir die Hände gewaschen?«

»Na, hör mal, was denkst du denn von mir?«, entrüstet sich Quentin und schiebt seine Finger zwischen seine zusammengepressten Schenkel. Jetzt sieht er schon wieder so aus, als müsse er mal aufs Klo. Anstatt still zu sitzen, reibt er mit seinen Händen ab und zu an seinem Hosenschlitz auf und ab.

»Sag mal, was machst du denn da?«, frage ich ihn entsetzt, der will doch wohl nicht hier fortsetzen, was er auf dem Klo vielleicht nicht zu Ende geführt hat. Ich dachte wirklich, die Zeit der feuchten Hosen hätte er schon längst hinter sich.

»Kannst du mal aufhören damit, dir am Schritt zu schubbern, während du mit mir redest!«, setze ich energisch nach. Meine Augenbrauen rücken drohend zusammen.

»Tschuldigung, aber ich hab da so was …«, stößt er kleinlaut hervor. Den Blick lässt er dabei durch den Raum streifen. Recht so, dass er mich nicht mehr angucken kann vor Scham.

»Ich weiß, dass du da was hast – das nennt man Penis. Was du eigentlich wissen solltest! Rück schon raus mit der Wahrheit. Willst du mir sagen, dass du dauergeil bist?«

»Nein, wie kommst du denn darauf?«

»Ach weißt du, wer auf dem Klo so komische Geräusche macht …«

Quentin starrt mich mit offenem Mund entsetzt an. »Du hast mich bespitzelt?«

»Hab ich nicht. Nur ein bisschen vielleicht. Aber die Tür stand offen, als ich auf die Damentoilette wollte. Und da hab ich gehört, wie jemand stöhnt.«

»Ich habe nicht gestöhnt!«

Da wir beide vom Fach sind, verzichte ich auf den heißen Brei und nenne das Kind gleich beim Namen: »Und ob! Du hast onaniert!«

»Niemals!«

»Also bitte, ich weiß, wie so was aussieht. Und das sah verdammt danach aus, als hättest du masturbiert, dir einen von der Palme gewedelt, Mütze-Glatze gespielt, die Flöte geschrubbt, kurz gesagt – gewichst, und zwar vor deinem eigenen Spiegelbild!«

»Wie viele Ausdrücke du dafür kennst – ist ja Wahnsinn!« Quentin lächelt gequält, aber anerkennend.

»Und was davon hast du gemacht?«

»Ich habe mich … gekratzt!«

Ach? Diese Bezeichnung dafür kannte ich noch gar nicht. Kratzen nennt er das also. Ich muss mir merken, dass ich einen wie ihn nie darum bitte, mich mal am Rücken zu »kratzen«.

»Es hat gejuckt!«, schiebt Quentin noch nach, als ob das eine Entschuldigung wäre. Dabei wollte ich nichts von seinen unhygienischen Umständen in der Hose wissen.

»Das macht es auch nicht besser. Wenn es einen juckt, dass man sich derart ›kratzen‹ muss wie du, dann fällt das unter die Kategorie Selbstbefriedigung auf öffentlichen Toiletten in Bistros um die Ecke, während eine Frau am Tisch wartet.«

»Aber ich habe wirklich nicht …«

»Und ich habe wirklich keine Lust, mich noch länger mit dir zu unterhalten!«, raunze ich ihn etwas zu barsch an. Irgendwie habe ich mich selbst in Rage geredet. Vielleicht weil ich so enttäuscht bin, dass Quentin auch nur so einer ist. Was habe ich erwartet – von einem Pornotypen? Schnell, um es mir nicht noch mal anders überlegen zu können, greife ich nach meiner Tasche und laufe aus dem Bistro.

15

Schatz der Woche

Ich weiß genau, was zu den Dingen gehört, die ich mit großer Wahrscheinlichkeit niemals erleben möchte. So zu werden wie diese nackten Leute, denen ich gerade eine äußerst eloquente Sprechblase verpassen soll. Nein, ich werde mich niemals nackt fotografieren und dann in einer eindeutig zweideutigen Zeitschrift für ganze 20 Euro abbilden lassen. Außer vielleicht, ich würde zum »Schatz der Woche« gekürt, dafür winken immerhin 25 Euro. Nein, auch dann nicht. Ich schaue mir die Rüdigers und Bernds, Inges und Annettes genau an, wie sie unter der Dusche oder mit ratlosem Gesichtsausdruck auf ihrer grau-blau gemusterten Couch sitzen oder stehen. Auch wenn sie noch so weit voneinander weg wohnen, was an den PLZ-Zusortierungen leicht erkennbar ist, scheinen sie doch alle in den gleichen Sperrmöbelladen und zum gleichen Friseur zu gehen. Nicht viele Haarstylisten werden ein Scherenhändchen für Minipli auf Ecstasy haben.

Auf dem Bild unten rechts steht Otto, 56, Nudist aus Leidenschaft und DWT – das habe ich gegoogelt, es heißt Damenwäscheträger. Otto liegt in Strapsen an einem schönen Sandstrand. Bisschen seltsame Aufmachung selbst für die FKK-Zone, aber wenigstens die Kulisse ist ganz nach meinem Geschmack. Und Otto ist einer der wenigen Leser, die für ihr Alter halbwegs durchtrainiert sind. Otto, PLZ-Gebiet 7. Ich klicke die Datei an, in der die dazugehörigen Adressdaten zu den Bildern abgespeichert sind. Für Abrechnungszwecke.

Ah ja, hier, Vorname: Otto, Nachname: Scharmutzke, Straße: … Nein! Mein ehemaliger Erdkundelehrer! Das darf doch nicht wahr sein! Wenn Herr Scharmutzke gewusst hätte, wie winzig klein die Welt wirklich ist, würde er jetzt sicherlich nicht mit blankem Schoß vor mir liegen und mit seiner steifen Haiflosse Sonnenuhr spielen. Dass die Welt hingegen grausam sein kann, das weiß ich nicht erst seit jetzt.

Ich erinnere mich an die selbst gestrickten ausgeleierten Ringelpullover, die er immer getragen hat. Natürlich in Erdfarben. Khaki, Ocker oder Oliv. Jetzt weiß ich auch, warum er selbst im Sommer nicht mal in einem dünnen Hemd oder T-Shirt zu sehen war. Weil er darunter seine geilen Korsagen und Stützmieder und Spitzen-BHs versteckt hat!

Und uns erzählt er ganz harmlos, wie man sich am besten die Himmelsrichtungen merkt. Ich spreche es noch heutzutage leise vor mich hin, wenn ich die Deutschlandkarte betrachte. »N-ie O-hne S-eife W-aschen«, und zwar im Uhrzeigersinn.

Wahrscheinlich hat Otto Scharmutzke deswegen den Mädchen generell schlechtere Noten gegeben. Weil er eifersüchtig darauf war, dass wir Spitzenunterwäsche tragen durften, ohne sie verstecken zu müssen. Ich will gar nicht wissen, warum unsere Bio-Lehrerin Frau Jannick immer so nett zu den Motorradjungs mit Lederjacke war. Ich suche auf der Seite vor mir nach einer Frau Mitte 50, die sich mir in einem knappen Lederdress mit schwingender Peitsche präsentiert. Fündig werde ich zwar, aber es ist nicht Frau Jannick, sondern Ute W. aus M. am R. Die Ute, die gute, die darf ruhig so aussehen, nur meine

Bio-Lehrerin nicht. Das wäre jetzt einfach zu viel für mein traditionell angelegtes Gemüt, das über Jahre hinweg mit moralintriefenden Anstandsregeln meiner Eltern bombardiert wurde.

*

»Mensch, Johanna, geh doch mal an dein Telefon!«, faucht mich Barbara an. – Telefon? Oh. Es ist das erste Mal, dass mich im Büro jemand anruft. Hoffentlich ist es kein Leser, der mir Obszönitäten ins Ohr stöhnen will. »Hartlieb Verlag, meine Name ist Schwick, guten Tag!«

»Hallo, Sie wohnen doch in der Claudius-Straße 36 im zweiten Stock, oder?«

»Ähem, wieso wollen Sie das wissen?«

Auf den Kopf gefallen bin ich nicht, auch wenn mich der Anruf immer mehr überrascht. Ich verrate doch nicht einem Unbekannten am Telefon, wo eine alleinstehende Frau wohnt. Woher weiß der überhaupt, dass ich alleinstehend bin?

»Weil ich neben Ihnen wohne und die Handwerker in Ihr Appartement müssen. Haben Sie denn nicht die Meldung gelesen, dass die Heizkörper ausgetauscht werden?«

Nein, natürlich nicht.

»Ja und jetzt?«

»Jetzt sollten Sie Ihren hoffentlich süßen Arsch nach Hause bewegen und den Herren aufschließen!«

»Ah, ja, okay, ich komme!«

Immer noch verdutzt über diesen Anruf, lege ich den Hörer auf. Woher hatte der überhaupt meine Nummer? Weiß er dann auch, wo ich arbeite? Wie unangenehm.

Schnell frage ich nach, ob ich gehen darf. Barbara kneift zwar etwas argwöhnisch die Augen zusammen, aber ich darf.

*

»Vielleicht solltest du einen Schlüssel bei mir deponieren, wenn du schon deinen Briefkasten nicht leerst!«, bemerkt mein äußerst attraktiver Nachbar mit einem breiten Grinsen.

Ich habe das Gefühl, als hätte mein Navi ein Gesicht bekommen. Man kann schon sagen, dass ein recht gelungener Bruce-Willis-Verschnitt vor mir steht, wenn auch als jüngere Version, was die Sache nur noch besser macht. Meine innere Begeisterung wächst. Er merkt davon allerdings erst mal nichts, hoffe ich.

Ich könnte mich wieder mal selbst dafür ohrfeigen, dass ich jetzt abgehetzt und durchgeschwitzt vor ihm stehe. Hätte ich doch nur meine Wimpern heute Morgen mit der wasserfesten Mascara getuscht. Dann müsste ich mir jetzt keine Sorgen um die hässlichen, schwarzen Klümpchen unter meinen Augenlidern machen. Damit sehe ich noch fertiger aus, als ich eigentlich bin. Ich hasse wasserfeste Wimperntusche, weil die so schlecht abzuschminken ist. Genau deswegen wäre sie jetzt meine Rettung. Allerdings sind die Klümpchen entsprechend ihrer Größe mein kleinstes Problem. Noch mehr ärgere ich mich darüber, dass ich darauf verzichtet habe, heute extra früher aufzustehen, um meine Haare zu waschen. Die obligatorischen Fünf-Minuten-noch haben sich zu einer halben Stunde gemausert, die mich erheblich in Zeitdruck gebracht hat. Deshalb habe ich mich in der Frühe vor dem Spiegel für einen Der-geht-heute-noch-mal-durch-Zopf entschieden. Ob Männer so was merken?

Ich könnte mir selbst gegen das Schienbein treten und schreibe einen weiteren Punkt auf meine innere To-do-Liste: *Jeden Morgen Haare waschen, du könntest Bruce Willis begegnen.* Na gut. Jeden zweiten Morgen …

*

»Du willst meinen Schlüssel? Und wer sagt mir, dass du damit nicht nachts in meine Wohnung eindringst und über mich herfällst, während ich friedlich in meinem Hello-Kitty-Pyjama schlummere?«

Pardauz!

Langsam kriegt mein Schienbein blaue Flecken. Wie kann man sich nur selbst so outen. Die Antwort kann ich mir selbst geben. Welcher Mann steht schon auf Frauen in Comic-Montur. Vielleicht kommt ja auch gleich ein barsches »Mach dir mal keine Sorgen, über eine wie dich macht sich schon keiner her.« Eine, die trotz Rexona Cotton dry durchnässenden Achselschweiß produziert und kleine Klümpchen unter den Augen hat.

»Ich falle lieber über Frauen her, die bei vollem Bewusstsein sind. Dann können sie sich besser wehren!«

Er steht also auf Frauen, die Widerstand leisten? Da ist er bei mir ja an der richtigen Stelle! Ich bin nicht so leicht rumzukriegen, obwohl dieser Bruce Willis vor mir meine Widerstandsgrenze im erheblichen Maße nach unten versetzt. Genau genommen würde ich ihm am liebsten sofort an die muskulöse Brust springen, in seine drahtigen Schultern beißen und seine sehnigen Unterarme an meiner Taille spüren. Im Geiste küsse ich jeden Zentimeter seiner dank verwegener Geheimratsecken freiliegenden Stirn und sauge ihm einen Knutschfleck an den Hals, um den er eine Hundemarke trägt.

Er trägt eine Hundemarke! Hat er etwa auch noch den gleichen Job wie Bruce Willis? Es sollte mittlerweile klar sein, dass ich ein Riesenfan von Bruce bin. Falls er mich verschmähen sollte, würde ich auch Jean-Claude van Damme nehmen.

Ja, ich habe ein Faible für Actionhelden. Ich mag's hart und brachial. Für die Schwärme der heutigen Zeit habe ich nicht so viel übrig. Auf Ärzte stehe ich nämlich gar nicht. Sorry, George.

Nicht umsonst habe ich mal ein Jahr lang Taekwondo gemacht. Doch als ich feststellen musste, dass dort weder Bruces noch Jean-Claudes, sondern nur Meiers' Jochen teilnehmen, habe ich es wieder sein lassen. Ebenso die Tennisstunden, die Tischtennisstunden, das Basketballtraining und den Schwimmkurs.

Vielleicht schaffe ich es ja diesmal ohne sportliche Betätigung, einen trainierten Mann zu bekommen?

»Bevor du meinen Schlüssel bekommst, wüsste ich gerne ein bisschen mehr über dich. Alter, Gewicht, Gehaltsstufe …«

»Langsam, langsam, junge Frau. Ich kann ja verstehen, dass du bei meinem Anblick gerne sofort meine Unterschrift unter einem Ehevertrag hättest. Aber so schnell schieße ich dann auch nicht. Wie wäre es, wenn du mir zum Einstand was Schönes kochst? Du hast doch sicher später nichts mehr vor?«

Überhaupt nicht selbstverliebt, der Junge! Und wie kommt er darauf, ich hätte heute Abend nichts vor? Sehe ich etwa so aus wie eine, die jeden Abend alleine auf dem Sofa vor dem Fernseher sitzt und sich mit einem Glas Rotwein betäubt? Nein, mein Lieber, so schnell durchschaust du mich nicht.

»Och, heute? Da bin ich leider schon vergeben.« Ich schließe die Augen, um mir meinen komplett leeren Terminkalender vorzustellen. Gehirnjogging für Anfänger. »Die Woche sieht echt schlecht aus, höchstens am Wochenende.«

Seine gleichgültigen Gesichtszüge machen mich nervös.

»Gut, dann komme ich Samstag so um acht!«

Prima, dann habe ich ja genug Zeit, mir für die übrigen Tage noch eine Freizeitbeschäftigung zu suchen …

16

Ladies' Day

Am zweiten Dienstag im Monat dreht sich alles um unsere weiblichen Besucher. Alle Damen erhalten am Ladies' Day freien Eintritt, einen Zwei Euro-Jeton, ein Glas Rosé-Prosecco an unserer Bar und einen Dreh am Glücksrad geschenkt. Um 20 Uhr haben Sie die Möglichkeit, 10 Euro oder einen Gutschein für ein Wellnesswochenende zu gewinnen. Unsere Croupiers stehen Ihnen gerne für kostenlose Spielinformationen zur Verfügung.

In meinem »Puff-Outfit« stehe ich nun an einem der großen Roulettetische. Da ich jetzt regelmäßig meinen Briefkasten leere, habe ich auch den Aktionsflyer des Casinos noch rechtzeitig entdeckt. Sollte ich mein akutes Ausgehverhalten beibehalten, dann brauche ich langsam, aber sicher ein paar neue Klamotten für gehobene Anlässe.

Als Student muss man ja nicht so großen Wert darauf legen, wie man zu einer der leicht alternativ angehauchten Studifeten erscheint.

Ich kann nur froh sein, dass ich nicht wie die Männer eine Pflichtkleidung mit Jackett und Krawatte tragen muss. Diese zwei Anforderungen hätte ich beide nicht erfüllen können. Eigentlich komisch, dass für Frauen gar keine Kleidungsregeln vorgeschrieben sind. Anscheinend vertraut die Casinoleitung dem anständigen Geschmack ihrer weiblichen Besucher. Und tatsächlich. Ich muss gestehen, die meisten der anwesenden Spielfreudigen tragen die besten Stücke aus ihrem Kleiderschrank zur Schau. Das hat was. Wo sonst legt man noch solchen Wert auf mondäne Kleidung wie in einem renommierten Spielcasino. Das hat Flair, das hat Klasse, so etwas habe ich noch nie gesehen. Einige Frauen erscheinen sogar in Ballkleidern. Wahrscheinlich kommen sie direkt von einem der festlichen Anlässe, die im angrenzenden Theater zu Ende gegangen sind oder sich gerade an einem langweiligen Tiefpunkt befinden.

Ich schaue mich in den prunkvollen Räumen um. Schwere Samtvorhänge an den Fenstern schützen vor neugierigen Blicken von außen. Da das Casino bereits um drei Uhr nachmittags öffnet, scheinen die Gardinen aber auch ein Verdunklungsinstrument zu sein, um die Spieler in die notwendige Dämmerstimmung zu versetzen. Wer möchte schon bei strahlendem Sonnenschein seinen Notgroschen verzocken? Auch mich lässt die außergewöhnliche Atmosphäre Raum und Zeit vergessen.

Es liegt was in der Luft, ein ganz besonderer Duft, der Duft von Geld – Plastikgeld. Das hier ist der nächste Level, eine neue Liga Monopoly.

Ich fühle mich der Welt entrückt, wie auf einem Ausflug in ein unbekanntes Terrain, auf dem man irgendwann nicht mehr weiß, wo man gerade ist. Die Wahrscheinlichkeit, einem wilden Tier zum Opfer zu fallen, ist im Casino gering. Dafür ist die Chance umso größer, sein Gewissen in einem zwielichtigen Sog aus Sucht und Leidenschaft zu verlieren.

Wenn ich mich so umschaue, wirken viele der Gäste leicht apathisch, manche abwesend, nur wenigen merkt man die Anspannung an, die mich ergreifen würde, sobald mein Jeton sich im Rennen um den Jackpot befindet.

Es ist nicht die Gier nach Geld, die Leute in ein Spielcasino treibt, es ist vielmehr die Sucht nach dem Gefühl, etwas zu riskieren, den Nervenkitzel zu spüren, wenn man kurz davor ist, alles zu gewinnen oder alles zu verlieren. Nirgendwo sonst kann man diese extreme Empfindung so schnell und einfach herausfordern.

Mein Weg hat mich zu einem Spieltisch geführt, an dem es Blackjack gibt, also vereinfacht gesagt Siebzehnundvier – das kennt man ja vom Kartenspielen zu Hause. Eine Stufe schwieriger als Mau-Mau.

Zwei Männer und eine Frau sitzen nebeneinander auf Stühlen. Je einen hohen Stapel Jetons haben sie vor sich aufgebaut. Es wirkt so, als wenn hier die ganz Gewissenlosen säßen. Wenn ich sehe, wie emotionslos und abgebrüht die Spieler ihren Einsatz setzen, vergeht mir fast die Lust dabeizubleiben. Also wenn dieser hohe Turm aus Chips – und ich meine nicht die mit Paprikageschmack – vor mir stünde, ich würde besser gelaunt aussehen.

Direkt vor mir sitzt ein Opa mit gekrümmtem Rücken und zittrigen Händen, die in Folge eines Wackelkontakts im Gehirn in beachtlichem Gleichtakt auf den Tisch klopfen. Der betagte Mitspieler wird von dem jungen Croupier immer zweimal gefragt, ob er noch eine Karte möchte oder ob er meint, genug Augen gesammelt zu haben. Seine Augen sind lange nicht mehr so gut, wie das Blatt das vor ihm liegt. Ich schätze den alten Mann auf Anfang 100. Den Umstand reingerechnet, dass er seine Abende noch im Casino verbringt, komme ich auf Mitte 80 – wenn das mal reicht.

Weitere fünf Lenze Abzug schreibe ich dem Bierchen zu, das vor ihm steht. Bevor er dem Croupier eine Antwort auf seine Frage gibt, greift der Senior zu dem Glas. Von dem Schüttelshake landet mehr auf seinem ausgeblichenen Karo-Sakko und auf dem Spieltisch als in seinem Mund. Sicherheitshalber ziehe ich mich zurück. Ich möchte nicht dabei sein, wenn sein unkontrolliertes Muskelzucken für eine Überschwemmung sorgt. Was bleibt, ist die Frage, wie es der Greis überhaupt an den Tisch geschafft hat.

Es gibt einige skurrile Gestalten, die sich das Casino als abendlichen Spielplatz für Erwachsene auserkoren haben. Wie ich wohl in diesen Rahmen passe? Als ich an einem der überdimensionalen Barockspiegel, der die Größe eines ausgewachsenen Orientteppichs locker toppt, vorbeilaufe, wage ich einen verstohlenen Blick auf mein Spiegelbild.

Mir fällt auf, wie fürchterlich unangenehm ich es finde, mich in einem Spiegel zu betrachten, der nicht mich alleine zeigt. Im Vergleich mit anderen reflektierenden Figuren kann ich nicht abschätzen, wie ich abschneide. Der geheime, in meinen vier Wänden oder in einem kleinen Gäste-WC, nur für mich bestimmte Abdruck meiner selbst gefällt mir besser. Ich beschleunige meinen Schritt, um den Spiegel zu passieren, nicht dass mich noch jemand darin sieht. Es ist absurd, weil mich sowieso alle beobachten können (was insbesondere die Männer tun, und das ganz offensichtlich) – aber jeder hat so seine Paranoia.

*

Angespannt knete ich die 5-Euro-Jetons in meiner Hand hin und her, als wären sie aus Hefeteig. 50 Euro habe ich in Plastikchips eingetauscht. Plus zwei Euro, geschenkt von dem Casino selbst. Auch den Eintritt von normalerweise drei Euro musste ich nicht bezahlen. Ganz im Gegenteil. Da dies mein erster Besuch in dem Casino der Stadt ist, habe ich sogar noch ein Gutscheinheft bekommen, mit dem ich wahlweise freien Eintritt, einen Drink oder einen Verzehrgutschein erhalte. Das finde ich wirklich nett. Zum Glück steht auch überall der Hinweis, dass Spielen süchtig machen kann. Das ist sehr verantwortungsbewusst. Schließlich wird man beim Autokauf auch nicht darüber aufgeklärt, dass man mit dem neu erworbenen Kraftfahrzeug verdammt gefährlich verunglücken kann …

Aber an so etwas will ich jetzt sowieso nicht denken, weder an Spielsucht noch an einen Autounfall. Ich möchte heute Abend einfach nur Spaß haben. Und das könnte mir angesichts der gut aussehenden Croupiers und ein bisschen Glück gelingen.

Das Angebot des heutigen Ladies' Day habe ich sofort in Anspruch genommen. Einer der Croupiers hat uns »Damen« in die Regeln des Roulettes eingewiesen. Ich weiß jetzt, dass meine Chancen auf einen Gewinn nicht schlecht stehen. Setze ich auf Schwarz oder Rot, habe dich die Chance, meinen Einsatz zu verdoppeln. Setze ich konkret auf eine Zahl, bekomme ich meine Jetons sogar in 35-facher Ausführung wieder. Das bedeutet: Setze ich fünf Euro auf eine Zahl und diese fällt tatsächlich, dann bekomme ich 175 Euro Gewinn! Und damit sind die Gewinnchancen noch nicht erschöpft. Ich bin begeistert! Setze ich mit meinen fünf Euro zum Beispiel auf ein Quadrat, also vier Zahlen gemeinsam, dann bekomme ich 40 Euro, wenn eine der Zahlen fällt.

»Sie, junge Frau, machen Sie mal Platz!« Eine ältere Dame pufft mir ihren Ellbogen in die Seite. Hier geht ja was ab. Ich merke, dass die Plätze rund um den Roulettetisch heiß begehrt sind. Nicht nur die dreiste Alte hat es eilig, noch ein paar Euros zu setzen. Kurz bevor der Croupier sein Sprüchlein aufsagt, kommt ein kleiner Mann im abgerissenen Sakko herbeigehetzt und wirft einen rechteckigen Jeton auf Rot, um danach sofort eilig zu verschwinden. Ich dränge mich wieder etwas nach vorne und nehme die giftigen Blicke der Alten in Kauf, die ihren unförmigen Hintern herausdrückt, um ihren Platz zu verteidigen.

Trotzdem erkenne ich die Zahl auf dem in Gold glänzenden Plastikgeld – »7000« steht darauf. Ich überlege kurz, ob das wahr sein kann, als die 29 fällt – die Zahl ist schwarz!

Unbeeindruckt sammelt der Croupier mit seinem Schieber alle Jetons ein, die keinen Gewinn eingespielt haben ... darunter auch den 7000-Euro-Jeton des Herrn, der das Ergebnis bloß im Vorbeilaufen aus sicherer Entfernung resigniert wahrnimmt.

Wahnsinn! Hätte er mal lieber mir das Geld gegeben! Auch die aufmüpfige Oma ist leer ausgegangen. Recht so. Unwirsch drückt sie mich diesmal mit ihrer Handtasche beiseite, um zum Blackjack zu verschwinden.

Nächste Runde, nächste Wahnsinnsfahrt. Ich will jetzt endlich auch mal setzen.

Während ich am Überlegen bin, welche Zahlenkombination ich in der nächsten Spielrunde nehme, betreten zwei auffallende Gäste den Salon. Anhand ihrer Aufmachung stempele ich sie als Zuhälter und Hure ab – meiner mittlerweile geschulten Meinung nach ist das einfach unverkennbar. Er, wohlgenährt und gerade mal 1,70 Meter groß, trägt einen kleinen Pferdeschwanz zu seiner blau getönten Designerbrille. Sie, mindestens fünf Zentimeter größer, hat lange dunkelbraune Haare, die mit ihrem schwarzen Satinanzug um die Wette glänzen. Als besonders verräterisches Merkmal hat die Lady an ihren Füßen Plateau-Stilettos aus Acryl mit mörderischem Absatz. Also, wenn das nicht welche aus dem Rotlichtmilieu sind, dann gewinne ich jetzt mindestens 1000 Euro.

»Rien ne va plus«, nichts geht mehr. Die Kugel dreht sich schwindelerregend im Kreis, hüpft hektisch von Zahl zu Zahl, um Sekunden später auf der falschen Ziffer liegen zu bleiben. Rotlichtmilieu – hab ich doch gleich gesagt. Und mein Spielstand weist fünf Euro im Minus auf.

Im Gegensatz zu mir scheint der Zopfträger mehr Glück zu haben. Seine brilligeschmückte Hand hatte sich an mir vorbeigeschoben, um 100 Euro auf zwei Zahlen zu setzen. Eine davon ist gefallen.

»Geil! Da verdiene ich ja in fünf Minuten mehr als mit dir in einer Nacht!«, grölt der vermeintliche Zuhälter, dessen Aussage meinen Eindruck nur noch mehr bestätigt. Nach dieser Äußerung dreht sich die dunkelhaarige Schönheit schnippisch weg. Ihre offenen Haare hätten ihrem »Boss« bei dieser Drehung fast die zwielichtige Brille von der Nase gefegt.

»Och, Schatzi, so hab ich das doch nicht gemeint. Du bist doch mein bestes Pferd im Stall ...« Als ob er mit so einem Spruch seine »Stute« wieder positiv stimmen könnte!

Zu mir gewandt sagt er dann: »Dass Frauen immer so empfindlich sein müssen!«

»Dass Männer immer so unsensibel sein müssen!«, gifte ich zurück. Der Zwerg schaut mich eindringlich an, um kurz darauf mit mitleiderregender Miene zu jammern: »Findest du wirklich, dass ich unsensibel bin? Das tut mir jetzt aber im Herzen weh. Auch Männer haben Gefühle, selbst wenn wir das nicht immer zeigen können.«

Ungläubig ziehe ich die Stirn in Falten – auch wenn ich das besser lassen sollte, weil es, wie gesagt, Falten macht. Der Kerl will mir doch nicht wirklich was von Gefühlen erzählen.

»Guck mal, Schnecke, als Wiedergutmachung setzt du jetzt mal auf dein Geburtsdatum und wenn heute dein Glückstag ist, teilen wir geschwisterlich.«

Er drückt mir zwei rechteckige 100-Euro-Jetons in die Hand, damit ich seine Glücksfee spiele. Gerne würde ich die aufwendig gestalteten Chips eine Weile betrachten – die Gelegenheit wird so schnell nicht wiederkommen. Doch der Croupier dreht schon wieder am Rad. In letzter Minute setze ich auf die 18 und die Eins. Der Croupier missbilligt meine mangelnde Entschlussfreudigkeit mit einem kritischen Blick. Die Kugel dreht sich schnell im Kreis, bis sie immer langsamer wird, freudig erregt anfängt zu hüpfen und zu springen, als könnte sie sich nicht entscheiden, auf welcher Zahl sie sich ausruhen will. Jetzt, die Kugel liegt still, das Rad dreht sich langsam weiter. Noch ist die Zahl nicht zu erkennen. Die elektronische Anzeigetafel und der Croupier sind schneller als meine Augen. »18!«, sagt er in besonnenem Ton. Für ihn ist die 18 ja auch nichts anderes als eine Zahl von 36.

»Geile Aktion, Schnecke!«, der edle Spender klatscht erfreut in die Hände, bevor er sie als Schaufelbagger für die Unmenge an Jetons benutzt, die uns der Croupier mit seinem Schieberchen zuteilt.

»Hier, Süße, dein Anteil, gib mal die Pfoten her.« Aus seinen gefalteten Händen regnet es Geld. »Stimmt so, Zuckerschnute, komm, das müssen wir begießen.«

Wie ein stummer Diener halte ich das Plastikgeld immer noch zwischen den Fingern. Schnell verstaue ich einen großen Teil des Hauptgewinns. Insgesamt haben wir sage und schreibe 3600 Euro gewonnen. »Auf euch, meine Schönen, ihr bringt mir Glück!« Der Schwanzträger stößt überschwänglich sein Proseccoglas gegen unsere und schüttet den Inhalt in einem Zug runter. Sich schüttelnd, prustet er: »Ah, Weiberplörre. Macht ihr mal weiter, Mädels, ich geh wieder spielen.«

Anerkennend haut er mir zum Abschied mit seiner beringten, haarigen Pranke auf meinen Oberschenkel. Der Überraschungseffekt lässt mich fast vom Barhocker rutschen.

»So ist er eben, der Hugo, außen hart und innen ganz weich – wie ein Mon Chéri«, ergänzt Schneewittchen das Charakterbild ihres Bekannten.

»Ich bin Christina!« Wie es sich gehört, reichen wir uns die Hände, was erst der Anfang einer neuen Freundschaft sein soll. Christina Manteuffel und ich verstehen uns blendend. Sie erzählt mir von ihrer Arbeit als Mitarbeiterin einer Escortagentur. Um ihr den Einstieg zur Offenheit zu erleichtern, habe ich ihr vorweg von meinem Berufsbild berichtet. Ich dachte mir schon, dass das einiges zwischen uns einfacher gestalten würde. Auch Christina hat vor ihrer neuen Karriere einen »normalen« Job ausprobiert – als Sofa. Vom Sofa zur Matratze, ob das ein Aufstieg ist? Den ganzen Tag im Büro zu sitzen, das war nichts für sie. Die Aufgaben einer Sozialversicherungsfachangestellten sind lange nicht so abwechslungsreich wie ihr neuer Job. Außerdem tendiert die Mobbingrate im Escortgeschäft gen null, da der Kunde entscheidet, ob die Frau fähig ist oder nicht. Natürlich ist nicht alles rosarot, aber immer noch besser, als mit anderen frustrierten Sofas oder Sekretärinnen um die Zuneigung des Chefs zu buhlen.

Christina erzählt mir, dass Hugo, ihr vermeintlicher Zuhälter, ein alter Freund von ihr ist, durch den sie in das Business eingestiegen ist. Der Vorteil, für eine Escortagentur arbeiten zu können, liegt in dem entscheidenden Aspekt, fast ausschließlich von wohlhabenden Geschäftsmännern gebucht zu werden.

Im Verlauf des Gesprächs stelle ich verwundert fest, dass wir uns wirklich glänzend verstehen. Christina hat Humor, ist voller Elan und erscheint mir nicht so kompliziert, wie Frauen manchmal (oder auch öfter) sind. Wir können uns gegenseitig auf die Schippe nehmen, ohne dass eine eingeschnappt oder beleidigt ist. Das sollen andere erst mal nachmachen. Christina strahlt eine beneidenswerte Gelassenheit und ein beeindruckendes Selbstbewusstsein aus, in allem, was sie tut und sagt. Alleine, mit welcher lässigen Arroganz sie das Proseccoglas zwischen ihren makellos manikürten Fingern balanciert und dazu ihren Blick beiläufig durch den Raum gleiten lässt. Normalerweise kann ich nicht so mit Frauen. Wenn andere einen Vaterkomplex haben, dann habe ich einen Bruderkomplex. Immer auf der Suche nach dem Bruder, den ich nie hatte. Gut, als Einzelkind könnte ich auch eine Schwester suchen, aber der Drang ist nun mal nicht programmiert.

Neidisch betrachte ich die durchsichtigen Plateauhacken, mit denen sich Christina in dem Steg des Barhockers eingehakt hat. »Wie läuft es sich denn auf solchen Sohlen?«, frage ich neugierig, davon ausgehend, dass ich dank meiner Schneeschuhfüße niemals in den zweifelhaften Genuss kommen werde.

»Ach, schrecklich, ich muss jeden Moment fürchten, umzuknicken und mir eine lästige Sehnenzerrung einzuhandeln. Aber sie sehen zu geil aus, um das nicht zu riskieren? Die würden dir auch gut stehen, damit könntest du jedem hier auf den Kopf spucken.«

»Bei meiner Schuhgröße kann ich mir diese Aktion leider abschminken.«

»Warum? Welche Größe hast du denn?«

»43. Also, mein linker Fuße ist 43, mein rechter *nur* 42. Aber das hilft ja nichts. Muss mir trotzdem die größeren kaufen.«

»Ui, das ist schon eine Hausnummer, aber das macht gar nichts! Ich kenne einen Geheimtipp, einen tollen Laden, der die ausgefallensten Stücke führt – auch in großen Größen, also Schuhgrößen.«

Ich zucke unwissend mit den Schultern.

»Weißt du was? Wie wäre es, wenn wir mal gemeinsam shoppen gehen, dann zeige ich dir das Geschäft? Wir finden sicher was Schickes für dich.« Christina ist ganz fasziniert von ihrer Idee und jubelt: »Oh ja, da freue ich mich schon drauf, wie sieht es denn morgen bei dir aus? Also ich hätte Zeit!«

Christinas zufriedenem Gesichtsausdruck entnehme ich, dass Widerspruch zwecklos ist. Ich muss ihr ja nicht auf die Nase binden, dass es mir mehr als gelegen kommt, wenn sie meinen Feierabend gestaltet. Schließlich muss ich einen gestressten Eindruck bei meinem Nachbarn hinterlassen. Ja, heutzutage kann der Freizeitstress wirklich überhandnehmen …

Ich willige ein und werde zum Dank herzlich von Christina umarmt. Gott sei Dank – sie ist keine Bussi-Bussi-Tussi.

17

Shop-Hopping

So hatte ich mir unsere Shoppingtour nicht vorgestellt. Christina schleift mich durch jeden vermeintlichen *In*-Laden, den die Stadt zu bieten hat. Ich komme mir vor wie ein Modepüppchen aus Pappe, das aus einer Mädchenzeitschrift ausgeschnitten wurde und an dem ein Kleid (ebenfalls aus Pappe) nach dem anderen mittels weißer Umklappstreifen befestigt wird.

Gerade hält mir Christina ein schwarzes Wickelkleid vor. Ich versuche, durch den Bügel einen Blick in den Spiegel zu erhaschen. Zu spät.

»Das ziehst du an.« Das Kleid liegt nun auf einem Stapel Stoff, der Christinas linken Arm bedeckt. »Hier ist eine freie Kabine, rein mit dir.« Enthusiastisch reißt sie den Vorhang beiseite und scheucht mich in das enge Kabuff.

»Aber ich weiß gar nicht, ob mir die Sachen gefallen.«

»Das weiß man vorher nie. Angezogen sieht alles anders aus. Und ausgezogen erst recht.« Christina kichert. Sie scheint voll in ihrem Element zu sein.

Selbst die Verkäuferin traut sich nicht mehr in unsere Nähe, nachdem sie als Allererstes von Christina mit einem quer durch den Laden gebrüllten »Danke, wir kommen alleine zurecht« hinter die Kasse verwiesen wurde.

Etwas widerwillig ziehe ich den Vorhang der Kabine zu.

»Hey!«, protestiert meine persönliche Modeberaterin und reißt den Vorhang wieder auf. »Ich will auch was sehen!«

»Hallo? Ich soll doch die Sachen anprobieren, oder nicht?« Etwas verärgert zerre ich an der Gardine.

»Ich denke, du arbeitest für eine Sex-Zeitschrift? Ich guck dir schon nichts ab!«

Oh, wie ich diesen Satz hasse! Bis heute weiß ich nicht (und die, die ihn benutzen, wahrscheinlich erst recht nicht), was er bedeuten soll, außer dass er einem vorwurfsvoll in den Ohren klingt. Wer diesen Satz erfunden hat, der sollte gefoltert werden, indem er nackt durch die Haupteinkaufsstraßen aller Hauptstädte dieser Welt laufen muss. In der Rushhour. Ohne Schuhe. Dazu muss er wie die Anhänger Hare Krishnas fortwährend das Mantra rezitieren: »Mir guckt keiner was ab! Mir guckt, mir guckt, mir guckt keiner was ab. Was ab. Was ab.« Dadurch wird er die vollkommene Nacktheit erfahren. Hare, Hare.

*

Vielleicht würde ich mich heute freizügig mitten im Geschäft entkleiden, hätte ich das Mantra als Kind nicht so oft zu hören bekommen. Wer weiß, welche Folgeschäden die mangelnde Akzeptanz meiner Privatsphäre bei mir sonst noch verursacht hat, außer der, dass ich immer penibelst darauf achte, jegliche Luftschlitze einer Umkleide abzudichten, bevor ich mich umziehe.

»Nur, weil ich bei einer Sex-Zeitschrift arbeite, heißt das noch lange nicht, dass ich mich nackt vor aller Leute Augen präsentieren muss!«

Christina dreht sich suchend um. »Alle Leute? Hier ist sonst niemand außer dir und mir. Und die Verkäuferin wird sich schon nicht in unsere Nähe wagen.«

»Die Leute können durch das Schaufenster gucken.« Dass wir uns in der letzten dunklen Ecke des Ladens befinden, berührt mich kein bisschen.

»Niemand kann dich sehen, wenn du …«

»Mir egal, mach jetzt zu, sonst zieh ich mich nicht aus!« Schwer schnaufend gibt Christina meinem Drängen nach und lässt endlich den Stoff los, der mich vor neugierigen Blicken schützt, vor denen nur ich allein mich fürchte.

»Du hast echt Paranoia! Wie kommst du damit nur in deinem Job zurecht?«

Christina will unbedingt weiter auf dem Thema herumreiten. Hätte ich mir denken können, dass ich nicht so einfach davonkomme. Ich muss mich echt zusammenreißen, damit ich mir nicht irgendeinen dummen Spruch zu ihrer Profession einfallen lasse, der das zarte Pflänzchen einer eventuellen Freundschaft mit einem Mal zunichte macht. Andererseits schert sie sich ja auch nicht darum und peinigt mich weiterhin mit diesem lästigen Thema.

Auf einem Bein balancierend, steige ich mit dem anderen durch den Halsausschnitt des Kleides. Ob ich es über meine Hüften nach oben streifen kann? Da der Stoff elastisch ist, stellt das kein Problem dar. Nun müssen nur noch die Ärmel die richtige Länge haben. Perfekt. Ich betrachte mich annähernd zufrieden im Spiegel und bekomme trotz des umkleidetypischen Speckverdopplungslichts keinen Anfall.

Inzwischen habe ich eine passende Antwort gefunden: »Du *machst* den Schweinkram, ich berichte nur darüber. Deshalb bestellst *du* dir ja auch keinen Mann beim Lieferservice für intime

Stunden zu zweit, oder?« Um Christinas Reaktion zu beobachten, stecke ich den Kopf aus der Kabine.

»Passt das Kleid?«, fragt die Verkäuferin und blickt mich mit einer Mischung aus Unverständnis und Mitleid an.

»Ich denke schon, wo ist denn meine …«

»Hier bin ich!« Christina kommt mit einem weiteren Stapel Kleider auf dem Arm angelaufen. »Ich hab noch was für dich rausgesucht.« Und als Seitenhieb auf die fassungslos dreinschauende Verkäuferin fügt sie hinzu: »War was?«

Ich trete aus der Kabine und wende der Verkäuferin meinen Rücken zu, damit sie endlich wieder verschwindet und Christina mich von vorne betrachten kann.

Zufrieden über meine Erscheinung, drehe ich mich wie ein Kreisel. »Das Kleid passt – schau mal.«

»Und neue Unterwäsche brauchst du auch noch!«

»Neue Unterwäsche, wieso das denn? Die sieht man doch gar nicht!« Ich recke meinen Hals herum, um im Spiegel meine Rückansicht in Augenschein zu nehmen, was mir nur schlecht gelingt. Christina scheint dafür umso mehr zu sehen. Und das, was sie sieht, passt ihr gar nicht.

»Da, schau nur hin! Ich seh's schon von Weitem, wie sie sich abzeichnet unter dem tollen Kleid. Uaaah, wenn ich das sehe, krieg ich Gänsehaut.«

Verschämt decke ich mit den Händen meinen Hintern ab.

»Na ja, ist halt 'ne Unterhose, was soll ich denn machen. Ohne gehe ich niemals aus dem Haus! Wenn das einer sieht. Und außerdem fühlt sich das komisch zwischen den Beinen an, irgendwie so … so schmatzig.«

Christina zieht die Augenbrauen hoch. »Schmatzig? Egal. Wir kaufen dir ein paar hübsche Strings, was sonst?«

Mein Kopf schnellt nach oben. Gerade hatte ich versucht abzuchecken, wie weit das Kleid hochrutscht, wenn ich mich bücke.

»Ritzenflitzer? Aber die klemmen doch so im Po.«

»Schmatzen, klemmen, sonst noch was? Das ist alles wurscht, gut aussehen muss es oder glaubst du, ein Mann steht auf deine biederen Baumwollschlüpfer? Nee, nee, nee.«

Christina muss es ja wissen, aber Baumwolle finde ich trotzdem gut.

»Ansonsten siehst du spitze aus, Johanna. Jetzt noch ein paar hochhackige Schuhe, ein paar blonde Strähnen ins Haar, ein bisschen mehr Make-up und ein Selbstfindungsseminar und du steckst sie alle in die Tasche!«

Ich gehe die Latte an Verbesserungsvorschlägen noch mal durch auf der Suche nach Frechheiten wie »neue Nase, Fettabsaugung, Extensions oder Brustvergrößerung«. Nichts Elementares dabei – Glück gehabt.

Aber. »Was soll ich auf einem Selbstfindungsseminar?«

»Dich selbst finden! Das war eher im übertragenen Sinne gemeint. Ich glaube, das kriegen wir auch anders hin.«

Entrüstet stemme ich die Hände in die Hüften. »Wie meinst du das?«

Christina schmunzelt und drängt mich zurück in die Kabine. Diesmal ist sie es, die den Vorhang fein säuberlich – von innen – zuzieht, als sollte nicht mal mehr ein Staubkorn durch einen Schlitz huschen dürfen.

»Komm, Kleines, ich helfe dir beim Ausziehen.«

Mal ganz abgesehen davon, dass »Kleines« in Anbetracht meiner Körpergröße nicht gerade zutreffend erscheint, schmeichelt es mir irgendwie trotzdem. Ich bin auch zu leicht zu beeindrucken. Allerdings bin ich nicht nur körperlich gesehen groß genug, mich alleine auszuziehen, es sei denn, ich würde in Gegenwart eines gut aussehenden Mannes mich dazu bereit erklären, diese verantwortungsvolle Aufgabe ganz in seine starken Hände zu legen. Aber Christina ist nun mal kein Mann.

Was sie in diesem Moment gar nicht zu stören scheint – ganz im Gegenteil …

Gerade als ein zaghaftes »Danke, aber ich schaff das schon alleine« von meiner Zungenspitze rollen will, streichen Christinas Hände mit sanftem Druck meinen Rücken hinab. Ich halte die Luft an und würde gerne in den Spiegel schauen, um Christinas Gesichtsausdruck zu lesen, die dicht hinter mir steht. Aber ich traue mich nicht. Lieber schließe ich die Augen und denke daran, dass es sicher nur ein Versehen war und sie bloß den Reißverschluss abtasten wollte. In der Sekunde widerlegt sie meine Vermutung, als ich ihre neugierigen Finger jetzt auch seitlich auf meiner Taille tanzen spüre. Es ist irgendwie skurril, aber auch aufregend und angenehm zugleich, ihre warmen Hände zu spüren.

Mit geschlossenen Augen macht es ja auch keinen Unterschied, ob Mann oder Frau, nur dass sie vielleicht eine Spur zärtlicher ist und nicht annähernd grobmotorisch wie mancher Mann. Sachte und trotzdem bestimmt bahnen sich ihre Berührungen den Weg zu meinem Hals. Ihre Hand schließt sich vorsichtig um meine Kehle und wandert ohne zu verharren über mein Dekolleté. Erst als sie am Rand des Ausschnitts angekommen ist, merke ich, wie sie kurz innehält. In diesem Moment vergesse ich, dass ich eigentlich nicht gucken will, und öffne die Augen. Mit ihren hohen Schuhen ist sie fast so groß wie ich und lächelt mir über die Schulter hinweg zu. Ein Lächeln fällt mir gerade nicht ein, deshalb gucke ich vermutlich eher wie ein aufgeschrecktes Eichhörnchen, was aber nett gemeint sein soll. Ich bin ganz erleichtert, als sich Christina vor mich dreht und dadurch den Spiegel verdeckt. So bleiben mir wenigstens meine unkontrollierten Grimassen erspart, die mir unbekannte Situationen nur zu gerne ins Gesicht meißeln.

Christinas tiefenentspanntes Schmunzeln macht mich nur noch nervöser. Mittlerweile fahren ihre Finger an der Ausschnittkante meines neuen Kleides entlang wie auf Messers Schneide. Millimeter für Millimeter pirscht sie sich an meinen BH heran, erst an den Rand, dann darunter, ohne mich dabei aus den Augen zu lassen. Ich habe wieder angefangen zu atmen, allerdings so tief, dass sich meine Brust hebt und senkt wie ein Schiffsbug bei regem Wellengang.

»Mach die Augen wieder zu«, haucht Christina, es klingt fast wie ein Befehl. Kaum habe ich die Lider gesenkt, spüre ich ihre Lippen auf meinem Mund. Samtweich. Etwas unbeholfen komme ich dem Drängen ihrer Zunge entgegen und öffne mich für einen ersten Kuss. Überraschenderweise fühlt es sich ganz normal an. Normal wie mit einem Mann, nur weicher, viel weicher, so wie Marmelade ohne Kerne und Stückchen. Trotzdem mit vollem Geschmack.

Wenn es stimmen sollte, was Pitti meint, und ich habe auf dem Betriebsfest wirklich mit meiner Kollegin herumgeknutscht, dann weiß ich jetzt warum. Es macht einen Wahnsinnsspaß und fühlt sich richtig gut an. Vor allem entspannt. Das ist womöglich der Unterschied beim Kuss mit einer Frau. Nicht dass es mit einem Mann unentspannt wäre, aber ich für meinen Teil strenge mich dabei mehr an. Man will doch immer das Beste geben, weil man bei den Kerlen nie weiß, ob danach noch mal die Gelegenheit zur Verbesserung kommt. Auch wenn die Herren der Schöpfung keinerlei Problem damit haben, sich selbst von jeglichen Profilneurosen freizusagen, wenn es um eine Frau geht. Die könnten ruhig auch mal den Druck verspüren, möglichst gut auszusehen und alles richtig machen zu wollen.

Es ist eigentlich ganz angenehm, einfach nur mal rumzuknutschen um des Knutschens willen ohne sich dabei einen Kopf machen zu müssen, ob es noch ein zweites Treffen geben wird oder nicht. Selbst wenn man ein zweites Treffen gar nicht will, weil der Kerl so verdammt schlecht küsst, geht es doch wenigstens noch darum, dass er es will, um ihm dann absagen zu können. Als Frau steht man ganz schön unter Druck.

Einen gewissen Druck spüre ich jetzt zwar auch gerade, allerdings weniger mental als vielmehr mechanisch. Christinas Hand drückt verlangend gegen meinen Venushügel. Ich weiß zwar, wie ich normalerweise reagieren würde, aber mein Gegenüber ist nun mal kein Mann, dessen Berührungen ich jetzt vermutlich sehnlich erwidern würde. Also verharre ich erst mal eher unbeteiligt in meiner Position, auch wenn ich es nur ungern mag, dermaßen inaktiv zu sein. Auch Christina bleiben meine Hemmungen nicht verborgen.

»Jetzt mach dich doch mal locker, Kleines, es lohnt sich …«, flüstert sie mir verheißungsvoll ins Ohr, nicht ohne dabei leicht in meinen Hals zu beißen wie ein weiblicher Vampir. Eine kribbelnde Gänsehaut überzieht sofort meinen ganzen Körper. Da hat sie einen wunden Punkt erwischt, sozusagen den Einschaltknopf für meine Gefühle und den Ausschaltknopf für meinen Kopf. Endlich löse ich mich aus meiner Erwartungsstarre und gebe mich Christinas innigem Kuss voll und ganz hin. Ihr langes, glattes Haar schmiegt sich um meine Finger wie ein seidiger Schal, als ich darüber streiche. Meine Hände legen nun fast den gleichen Weg zurück, den sie auf meinem Körper vorgezeichnet hat. Nur dass ich mich nicht ganz traue, unter ihre Kleider zu fahren. Trotzdem spüre ich die Wölbung unter ihrem engen Pullover und kann endlich verstehen, warum Männer derart heiß auf Brüste sind. Ich habe natürlich eigene, aber ihre sind auch nicht schlecht, eine Spur voller, weich und fest zugleich wie kleine, mit Wasser prall gefüllte Luftballons. Vor allem aber sind sie fremd, und das ist der unheimliche Reiz, der mich dazu verleitet, mutiger zu werden. Christina öffnet von selbst ihren BH, als meine Hand langsam unter ihren Pulli kriecht, um gespannt ihren nackten Busen zu erreichen. Behutsam ertaste ich ihre Wölbungen; neugierig darauf, wie sich ihre Brustwarzen anfühlen, tupfe ich mit der Fingerspitze darüber. Als sich ihre Nippel unter meinen Berührungen verhärten, fahre ich erschrocken zusammen, obwohl es gleichermaßen erregend ist – oder vielleicht gerade deshalb? Es fühlt sich interessant an. Es fühlt sich gut an. Es fühlt sich geil an. Schade, dass Männer keine Brüste haben – also nicht solche …

Auch wenn wir schon so weit gegangen sind, uns gegenseitig zu berühren, fehlt mir der Mut, einen Schritt weiterzugehen. Obwohl ich gestehen muss, wahnsinnig gespannt darauf zu sein, wie es wäre, an ihren Brustwarzen zu saugen. Lust dazu hätte ich auch, das hat sie schon mal geschafft. Anscheinend findet auch Christina das Gefummel ganz schön, aber zu halbherzig, weshalb sie entschieden an allen Stofflagen vorbei in meine baumwollene Unterhose greift, die sie vorhin noch großmäulig verhöhnt hat. Ich halte still, vor Spannung und Anspannung, kann aber ein Aufseufzen nicht unterdrücken, als sie genau an der richtigen Stelle anfängt zu kreisen. Sie muss ja wissen, was zu tun ist, und sie weiß es … Ich spüre ihre Begeisterung, ich kann sie hören, als auch ihr ein heiseres Keuchen entfleucht und meine Unsicherheit mit ihren Fingerübungen dahinschmilzt. Beflügelt ziehe ich ihr den störenden Pullover aus und sauge ihre harten Nippel zwischen meine Zähne. Christina stöhnt kaum hörbar auf, doch ich spüre ihre Erregung in der Entschlossenheit ihrer Finger. Langsam, aber sicher werden meine Knie zittrig. Hitze steigt mir in den Kopf, als hätte uns jemand in eine Sauna gestopft. Ihre Brustwarzen sind verlockend wie zwei kleine Mini-Lollis in meinem Mund. Das Fantastische daran ist, ich kann genau das machen, von dem ich immer hoffe, ein Mann könnte meine Gedanken lesen und erahnen, wie es sich am besten anfühlt. Ich kann ihm ja schlecht sekündlich Anweisungen geben von wegen »fester, zarter, mehr, weniger, Stückchen weiter links, nein, so viel auch wieder nicht, Millimeter weiter runter, ah, ja, da war es gerade« – auch wenn das bei dem einen oder anderen durchaus angebracht wäre. So wie es sich mit Christina gerade anfühlt, würde es eigentlich auch reichen, den Männern zu sagen: »Tu doch einfach so, als wärst du eine Frau!« oder »Wenn du glaubst, ich sei aus deiner Rippe geschaffen, dann wirst du doch wohl wissen, was dein Knochen will!« Aber das würden sie vermutlich wieder falsch verstehen …

*

Leider wissen nicht alle Frauen, was sich gehört, weshalb wir beide wegen der Verkäuferin aufschrecken, deren Stimme plötzlich schrill durch den Vorhang zu uns dringt: »Sie kommen noch allein zurecht?«

Christina fasst sich als Erste und blökt zurück: »Danke, ja, zu zweit kommen wir bestens zurecht!« Ich muss lauthals loslachen und drücke Christina einen dicken Schmatzer auf ihren vorlauten Mund. Danach schaut sie mich belustigt an. »Du brauchst wohl erst Zuhörer, damit du dich gehen lassen kannst, wie?« Verdutzt weiche ich zurück und werde ein bisschen verlegen.

»Jetzt sei nicht gleich wieder unsicher, ist ja richtig, lass es raus, was immer du gerne tun würdest.«

»Hmm, ich weiß nicht genau …«

»Ach, wirklich nicht?« Christina mustert mich eindringlich.

»Du musst es ja nicht sagen, mach es einfach«, ermutigt sie mich mit einem kecken Blitzen in den Augen. Die Kabine ist zu klein, als dass sie meinem Schatten genug Platz bieten würde, also hüpfe ich einfach darüber. Ich schlucke meine Scheu herunter, nicht weil ich muss, sondern weil ich will, und als hätte ich den Schalk in meinen Händen, zippe ich den Reißverschluss ihrer schmalen Hose auf und vergrabe meine Finger in der bekannten Unbekannten …

18

Pizza und Lambrusco

Oh, ist die nach einem Rezept deiner Großmutter gemacht?«, fragt Nils mit einem Fingerzeig auf die zwei Pappkartons, aus denen heißer Dampf aufsteigt.

»Ja, weißt du, meine Oma arbeitet bei Alfredos Pizzaservice. Sie hat diese beiden Spezial-Pizzas mit viel Liebe nur für uns gemacht. Die Trauben für den Lambrusco wurden sorgsam erst von ihren Hühneraugen ausgewählt und dann mit nackten Füßen zertreten.«

Nils verzieht angewidert das Gesicht. »Willst du mir den Appetit gleich am Anfang verderben? Ich hatte übrigens erwartet, von dir mit einem selbst gezauberten Menü überrascht zu werden. Weißt du, ich finde diese alte Rollenverteilung von wegen Frau am Herd und Mann am Schraubenzieher manchmal gar nicht so verkehrt.«

Was glaubt er wohl, wo er hier ist? Beim Casting für Germany's next Topf-Model?

Zwei Pizzas mit doppelt Käse und drei Flaschen Lambrusco später hallt unser unkontrolliertes Gekicher bereits durch die Nebenwohnungen. Ich vernehme das Klopfen eines Besenstiels und hebe meinen Po an. Da ich direkt auf den Holzdielen sitze, habe ich Angst, dass mir die Nachbarn mit dem Besen durch die Decke sonst einen Einlauf verpassen. Nach drei Litern sprudelnder Italo-Brause glaubt man so einiges. Auch daran, den netten Mann von nebenan unwiderruflich für sich begeistert zu haben.

Der nette Mann ist Kriminalhauptkommissar, 31 Jahre alt, nicht liiert, nicht geschieden, hat keine Haustiere und keine Kinder – zumindest keine, »von denen er etwas weiß«, was nicht gerade für ein bescheidenes Sexualverhalten spricht. Außerdem zieht er gerne um, weil er es nie lange an einem Ort aushält und regelmäßig Abwechslung braucht.

Auch das bescheinigt ihm alles andere als einen beständigen Charakter, den sich eine Frau bei einem Mann ganz gerne wünscht, solange es sich bei ihr nicht um eine Wanderratte handelt. Aber glaubt nicht auch jede Frau, dass sich solche Unzulänglichkeiten sicher irgendwann legen werden? Spätestens dann, wenn man glücklich zusammen ist? Ja, am Anfang denkt wohl jede so.

Sich selbst belügen funktioniert doch immer am besten. Es ist viel einfacher, als sich einzugestehen, dass der Mann, in den man sich gerade verliebt, wohl eher nicht der Richtige für einen ist. Oder noch viel schlimmer: man nicht die Richtige für ihn! Nein! Das zieht niemand freiwillig in Erwägung, auch wenn es in vielen Fällen noch so offensichtlich erscheinen mag.

Ich versuche, wenigstens halbwegs ehrlich zu mir selbst zu sein, und überlege, wie hoch meine Chancen stehen, dass sich Nils auch nur ansatzweise ernsthaft für mich interessiert. Da ich meine Wirkung auf Männer nicht richtig einschätzen kann, fällt mir eine Analyse ziemlich schwer. Immerhin sitzt er in meinem Wohnzimmer gemeinsam mit mir auf dem Boden und scheint sich nicht zu langweilen. Das ist doch schon mal ein gutes Zeichen.

Andere würden das wahrscheinlich bereits einem Heiratsantrag gleichsetzen. Ich gehe schlichtweg davon aus, dass er gerade nichts Besseres zu tun hatte und einen leeren Kühlschrank.

Nils klopft mir mit gekrümmtem Zeigefinger gegen meine Stirn.

»Einen Cent für deine schmutzigen Gedanken! Bei deinem Job muss dein Kopfkino bestimmt zensiert werden. Komm, erzähl, hast du mich nackt gesehen?«

»Keine schmutzigen Gedanken. Da muss ich dich leider enttäuschen. Bei mir dreht sich nicht pausenlos alles um Sex, nur weil ich täglich damit zu tun habe.«

Tatsächlich scheint Nils meine Antwort ernüchternd zu finden. Das ist nicht gut. Deshalb setze ich nach: »Und wenn, würde ich es dir sicher nicht auf die Nase binden. Um über meine geheimsten Fantasien zu reden, ist es noch ein bisschen zu früh.«

Nils setzt einen Schmollmund auf und sagt: »Aber es ist doch schon weit nach elf, also spät in der Nacht. Die richtige Zeit für geile Filmchen. Also, lass es raus, das Luder!«

Wenn das so einfach wäre. Ich hätte wissen müssen, dass ich mit meiner Jobbeschreibung seinen Jagdinstinkt wecke. Spielte er an der juristischen Stelle meines Lebenslaufs noch gelangweilt mit den abgeknabberten Pizzarändern Tischfußball, wurde er bei dem Begriff *Star-Illu* sofort hellhörig und sein Gesichtsausdruck irgendwie … tierisch. Hatte ich an der Stelle nicht auch ein kurzes Hufescharren vernommen?

Im Gegensatz zu mir war ihm das Magazin offensichtlich ein Begriff. Natürlich nur aus der Bundeswehrzeit, in der die Heftchen unter den Jungs kursiert sind und die Spindposter mit grazilen Nackedeis ihre Bestimmung zum Tapezieren der Blechboxen gefunden hatten.

Als Nils merkt, dass er mit der Macho-Masche bei mir nicht weiterkommt, versucht er es verbindlicher: »Jetzt mal ehrlich, dein Wein ist auch schon ganz rot geworden, so wie du hineingeschaut hast. Oder kannst du aus dem Weinsatz lesen? Etwas über unsere Zukunft?«

»Unsere Zukunft«, hat er gesagt? Natürlich. Jeder von uns beiden hat eine Zukunft. Er hat eine und ich habe eine. Darauf kann ich mir nichts einbilden.

Ich werfe einen Blick in mein Glas. »Ich bin mir nicht sicher, ist schwer zu entziffern. Vielleicht siehst du mehr?« So besoffen kann ich gar nicht sein, dass ich mich zu irgendwelchen romantisch veranlagten Prophezeiungen oder erotischen Bekenntnissen hinreißen lasse, für die er mich nachträglich auslachen könnte.

Lieber reiche ich den Kelch der Wahrheit weiter und halte ihm auffordernd mein Glas unter die Nase. Nils wirft erst einen etwas zu langen Blick auf mich und widmet sich dann meiner Rotweinpfütze.

Das Glas schwenkend, fängt er an zu sinnieren. »Ich sehe, dass du einen guten Tropfen nicht verschmähst. Und Frauen, die trinken, sind mir am liebsten.«

»Wieso, bist du nur betrunken zu ertragen?«

»Das wahrscheinlich auch. Aber angeschickerte Frauen sind einfach hemmungsloser.«

Ich muss wohl nicht weiter nachfragen, worauf sich diese gewünschte Hemmungslosigkeit bezieht.

Plötzlich und heftig fängt Nils einseitig zu blinzeln an.

»Hast du ein Augenleiden?«

»Nein, aber du hast ein Synapsenkontaktproblem.«

»Ein was?«

»Du begreifst es einfach nicht!«

Mit einem langen Kuss versiegelt Nils meinen zum ansetzenden Protest geöffneten Mund.

19

Leck mir die Stiefel!

Der Verleger war hellauf begeistert von meinem Bericht über das Bordell, sodass er mich mit sofortiger Wirkung zur »rasenden Reporterin« (O-Ton Herr Hartlieb) befördert hat. Angeblich hat er mein »großes Potenzial« schon bei unserer ersten Begegnung erkannt.

Wahrscheinlich geht er selbst ganz gerne in den Puff und hat sich darüber gefreut, dass die Männer in meiner Reportage so gut weggekommen sind. Auch wenn ich mich noch so angestrengt habe, etwas Negatives daran zu finden, dass sie sich die Liebe erkaufen, gab es an diesem Abend wirklich nichts, was die Herren der Schöpfung hätte schlecht aussehen lassen. Ich musste tatsächlich meine voreingenommene Meinung komplett revidieren. Wer denkt schon daran, dass ein Puffgänger eigentlich ganz nett ist? Selbst wenn das die Wahrheit ist, will es doch eigentlich niemand wissen, vor allem nicht deren Ehefrauen …

Auf jeden Fall hat mir meine gut gemeinte Arbeit einen neuen Außenauftrag beschert. Das nächste Thema soll heißen »Aus dem

Leben einer Domina«. Also stehe ich jetzt vor einem Dominastudio und bin gespannt, was mich hinter der verschlossenen Eisentür erwartet.

»Klingel bei Herrin Celia – jetzt!«, steht in fein geschwungenen goldenen Lettern über dem Klingelknopf – wie einladend! Ich tue, wie mir befohlen. Auch wenn ich ausnahmsweise mal mache, was man mir sagt, wäre ich keine gute Zofe. Im Inneren meines Herzens neige ich zur Dominanz und habe es ganz gerne, wenn die Leute nach meiner Pfeife tanzen … würden.

Es dauert eine Weile, bis mir geöffnet wird.

»Wer stört?«, eine Frau mit langen schwarzen Haaren, tiefdunkel geschminkten Augen und blutrot gefärbten Lippen streckt ihren Kopf heraus.

»Ähm, hallo, ich bin Johanna Schwick, wir sind verabredet wegen der Reportage.«

»Ach ja, komm doch rein! Ich habe dich schon erwartet, ich heiße Celia!«

Celias düster geschminktes Gesicht erhellt sich schlagartig und zwischen den roten Lippen blitzen weiße Zahnarztfrauenzähne hervor.

Sie wäre die Idealbesetzung als Werbefigur für Zahnweiß. Ist doch mal was anderes, schwarzer Lack statt weißer Kittel.

Celia führt mich in einen Raum, der aussieht wie eine dunkle Gummizelle. Die Wände sind mit einer gepolsterten Wabenstruktur verkleidet. Biene Maja würde sich hier wie zu Hause fühlen, insofern sie eine sadistische Ader in ihrem gestreiften Leib verspürt …

Das Zimmer ist bestens ausgestattet mit allerlei nützlichen Accessoires und Klamotten für herrschsüchtige Frauen.

»Dann fangen wir gleich mal mit der Grundausstattung an, mein Terminplan ist eng gestrickt, du verstehst?«, sagt Celia und fährt sich dabei mit der Hand über ihren schwarzen Lackcatsuit. Dazu trägt sie Stiefel, die durchgehend geschnürt sind und bis zur

Mitte des Oberschenkels reichen. Sie sieht wirklich superscharf aus. Anders kann man das nicht nennen.

Ich weiß gar nicht, wo ich zuerst hinschauen soll. Die Wände zieren keine röhrenden Hirsche im antiken Goldrahmen, sondern Utensilien, die ich nicht in erster Linie in einem Studio für sexuelle Wünsche erwartet hätte. Über einem großen Messingnagel hängen Klemmen, die mich an den letzten Fehlstart meines Opels erinnern, den nur der Einsatz eines Überbrückungskabels wieder zum Laufen gebracht hat. »Das sind Brustklemmen, die man auch als Hodenquetscher verwenden kann, je nachdem, was gefragt ist.« Autsch.

Auch ohne gepolte Nippel dürfte die Anwendung eine zündende Wirkung haben, hoffentlich keine entzündliche.

Obwohl Celia hier die dominante Persönlichkeit ist, gibt sie sich sehr viel Mühe, mir den Sinn und Zweck der Sehenswürdigkeiten zu erklären. Der Nutzen von Peitschen und Lederfesseln liegt auf der Hand. Ein paar Schläge auf den nackten Hintern sollen noch keinem geschadet haben.

Was ich als Brotschieber mit verkürztem Stiel identifiziere, ist laut Celia ein Lederpaddel. »Das klatscht besonders schön laut, wenn ich einem Sklaven damit den Arsch versohle!«

Versonnen reibt Celia an der ledernen Oberfläche. Während sie mir das Andreaskreuz erklärt, an dessen diagonal verlaufenden gekreuzten Balken submissive Gestalten, also Unterwürfige, an allen vieren angebunden werden, dringt ein mitleiderregendes Seufzen durch die Wand.

»Was war das denn?«, frage ich verdutzt.

»Ach, das ist nur Heinrich, ein Gast. Der liegt noch im Nebenzimmer auf der Streckbank.«

Gerade als ich mich erkundigen will, welche Art von Menschen sich freiwillig die Gliedmaßen langziehen lässt, ertönt die Türklingel. Celia schaut mich überrascht an.

»Normalerweise erwarte ich niemanden. Du musst wissen, dass ich nur nach Voranmeldung behandle, damit ich genug Zeit habe, um mich fürsorglich um meine Gäste zu kümmern … Bin gleich wieder bei dir!« Wie eine schwarze Hexe schwebt sie aus dem Raum, um zehn Wimpernschläge später wieder bei mir zu erscheinen.

»Sorry, Kleines, aber ich muss dich vertrösten, ich habe einen Notfall. Den Kunden kann ich unmöglich abweisen. Weißt du …« Celia macht eine bedeutungsschwangere Pause. »Er ist auf der Durchreise und braucht dringend einen Einlauf. Könnte also eine Weile dauern. Möchtest du trotzdem warten?«

Ich nicke.

»Aber bitte bleib hier im Raum, sonst erschrecken sich die Kunden, wenn sie ein fremdes Gesicht sehen.«

Während ich mir in Gedanken ausrechne, wie lange es wohl dauert, einen Katheter zu legen, schaue ich mich weiter in der Asservatenkammer für Beweismittel sexueller Unartigkeiten um. Bei dieser beeindruckenden, weil üppigen Ausstattung würde mancher Henker neidisch werden und der eine oder andere Oberarzt auch.

Wofür wohl diese OP-Zange benutzt wird? Ich probiere lieber mal eine Peitsche aus. Mit einer Neunschwänzigen schlage ich mir auf den Handrücken. Aua! Da steckt doch mehr dahinter als nur Show.

Noch interessanter als die Foltergeräte finde ich Celias Batterie an ausgefallenen Schuhen und Stiefeln. Alle haben einen Absatz von mindestens 15 Zentimetern und sind entweder aus Lack oder Leder. Die dominanten Farben sind Schwarz und Rot. Aber auch babyblaue und Stiefeletten in Schweinchenrosa sind dabei. Die sind wahrscheinlich für die Schlümpfe oder Kermit den Frosch. Solche Figuren stehen doch sicher auf Sadomasochismus.

Ich hebe ein Paar schwarze Lackstiefel an. Sie haben eine dicke Plateausohle und einen spitz zulaufenden Absatz, der so lang ist wie mein Kugelschreiber, den ich danebenhalte. »43« steht auf der Sohle. Cool. Ich hätte nie gedacht, jemals so geilen Schuhen in meiner Größe zu begegnen. Mein Frauenherz hüpft vor Freude.

Celia hat bestimmt nichts dagegen, wenn ich die mal anprobiere …

Meine Füße sind relativ schmal und passen perfekt in den erotischen Stiefel. Es fühlt sich gut an. Die Schuhe sind von innen nicht gefüttert. Ich spüre das raue Leder an meinen frisch rasierten Beinen.

Ich ziehe den schweren Reißverschluss zu. Stehen mir wirklich gut, die Dinger, und machen nicht nur einen schlanken, sondern auch einen kleinen Fuß. Durch den extrem hohen Absatz bringe ich es jetzt locker an die Zwei-Meter-Grenze. Jetzt könnte ich sogar Olivia Jones auf den Kopf spucken. Das soll mir erst mal einer nachmachen. Ich tausche meine Jeansjacke mit einem glänzenden, hochgeschlossenen Lackblazer. Der Kragen ist so hoch, das mein Kinn aufsetzt, obwohl ich einen sehr langen Hals habe. Unter dem Vatermörder könnte so manch übergewichtiges Weibchen locker bis zu drei Doppelkinne verstecken. Die Jacke hat lustige Puffärmel.

»Bei mir gibt's nichts zu lachen!«, herrsche ich mein Spiegelbild an und verkneife mir ein Grinsen. Den bösen Blick habe ich schon ganz gut drauf. Aber irgendetwas fehlt noch, um wenigstens annähernd Respekt einflößend zu wirken. Auf einem mit Nieten besetzten schwarzen Stuhl liegt eine Ledermaske, die etwas von Catwoman hat, auch wenn die Öhrchen nach unten zeigen und angezogen die Wangen bedecken. Die Maske ist aus Leder und ebenfalls über und über mit Nieten besetzt. Persönlich würde ich jetzt gerne noch ein Stachelhalsband anziehen, um das Outfit perfekt zu machen. Allerdings trägt das wohl eher der Sklave, und zwar mit den Stacheln nach innen.

»So, du Würstchen, jetzt zeige ich dir mal, wo der Hammer hängt!«

Autsch! Ich sollte mich selbst nicht so hart mit der Peitsche schlagen. Zur Sicherheit schwinge ich sie nur bedrohlich in der Luft und übe weiter meine Furcht einflößenden Domina-Parolen.

Der Nietenstuhl dient mir als Thron. Ich stelle ein Bein darauf und stütze meine Hand in die Hüfte. Gerades Kreuz, Brust raus, Kopf hoch.

»Leck meine Stiefel, du Wicht!«

»Aber gerne, Herrin.«

Ich zucke zusammen. Höre ich mich jetzt schon selbst reden, obwohl ich gar nichts gesagt habe?

»Lass mich deine Stiefel mit meiner Zunge putzen, Herrin.«

Erschrocken reiße ich den Kopf herum. Mein Blick wandert tiefer und tiefer. Auf allen vieren kommt ein Mann zur Tür hereingekrochen. Er hat nichts an, außer … außer einer überdimensionierten Windel mit ebensolcher Sicherheitsnadel. Besser als nichts.

Das kriechende Etwas ist circa Mitte 50, hat ungefähr 30 Kilo Übergewicht und im Verhältnis zu seinem extremen Bauchumfang einen ziemlich kleinen Kopf.

Durch seine unterwürfige Haltung habe ich eine beneidenswerte Aussicht auf seine polierte Platte, auf der nur noch spärlich verkümmerte Härchen sprießen. Das Glatzendrama wird umrahmt von einem grau melierten Zuschauerkranz. Applaus bekommt er für die Trauervorstellung auf seinem Kopf aber nicht. Auch seine sonstige Erscheinung schreit mehr nach Buhrufen. Doch außer mir ist ja keiner da, der das Elend mit ansehen muss.

Wem ist dieses gewickelte Hängebauchschwein nur entlaufen? Und was mache ich jetzt mit ihm? Ich kann ja schlecht um Hilfe rufen. Dann kriegt der arme Kerl wahrscheinlich erst recht einen Schuss weg …

Was will er noch mal? Meine Stiefel putzen? Na ja, eigentlich klingt das ja nicht so dramatisch.

Ich fange mich schnell und überspiele meine Unsicherheit, indem ich meine ganze Kraft in einen besonders barschen Ton bündele: »Mach schon, beeil dich, du Krabbeltier. Leck meine Stiefel, aber ordentlich.«

Im Eiltempo robbt der Mann auf Knien zu mir und schlabbert mit seinem Lecklappen über das schwarze Leder.

»Darf ich auch die Sohle lecken?«

Hmm, warum nicht.

»Aber mach deine Sache gut, sonst spürst du die Peitsche!«, drohe ich so erhaben wie möglich. Ich hebe meinen Fuß an.

Der Typ hat einen weißen Belag auf der Zunge. Eklig. Vielleicht geht der ja vom Schuhsohlelecken weg. Spart er sich die Zahnbürste mit Zungenputzer. Und schon sind wir wieder beim Zahnarztfrauenthema.

Effektiv gegen Zungenbelag und Mundgeruch: Schuhsohlen lecken. Jetzt im Dominastudio Ihres Vertrauens!

»Darf ich den anderen auch?«, fragt der Leck-Lakai mit zittriger Stimme. Ob er mir überhaupt Fragen stellen darf? Ich finde, das gehört sich nicht. Irgendwie fühle ich mich in meiner strengen Rolle ganz wohl, als hätte ich nur darauf gewartet, einem Diener mal gehörig den Tag zu versauen.

»Nein, das ist nicht sauber genug. Streng dich gefälligst an. Mach das noch mal, los!«

»Ja, Herrin.«

Geht doch. Wie schade, dass ich vorher nicht mit den Dingern in 'nen Hundehaufen gelatscht bin. Es gibt sicher welche, die das köstlich fänden …

Kaum zu glauben, aber es ist wahrlich kein schlechtes Gefühl, einen eigenen Schuhputzer zu haben. Wenn man bedenkt, dass ich ihm damit auch noch einen Gefallen tue, stärkt das meine Position ungemein.

Gerade als ich mich in meiner Rolle als Domina etwas eingelebt habe, schwebt Celia ins Zimmer. Erst leicht entsetzt, dann belustigt, schaut sie zu, wie mir mein Sklave die Schuhe säubert.

»Du Wurm, was fällt dir ein, fremdzugehen? Hast du mich vorher um Erlaubnis gefragt, ob du einer anderen die Stiefel lecken darfst?«, herrscht Celia den eingeschüchterten Mann an.

Auf den Knien hockend, den Kopf nach unten hängend, streckt er seine gefalteten Hände in die Luft und fleht weinerlich um Verzeihung.

»Bihiitttte Herrin, ich bin Abschaum, deiner Grazie nicht würdig. Bitte, bestrafe mich dafür!«

Wusch! Celias Peitsche flatscht auf seinen Körper. Neun zartrosa Streifen zeichnen sich auf dem vormals blassen Rücken ab und vertiefen ihre Farbe nach und nach in dunkles Rot. Es erinnert mich ein bisschen an frisch gebratene Baconstreifen.

Anscheinend ist das noch nicht Strafe genug. »Ich kümmere mich gleich um dich, warte nur …«

Drohend schwingt Celia ihre Peitsche, während sie mich an meinem Puffärmel aus dem Raum zieht. Auf dem Flur flüstert sie mir zu: »Sorry wegen des kleinen Zwischenfalls. War es schlimm für dich?«

»Schlimm« ist nicht der richtige Ausdruck.

»Eher überraschend und ungewohnt, aber auch auf seine ganz eigene Weise interessant.« Ich finde, das trifft es genau.

»Aha, das hört sich ja gut an. Du gibst übrigens wirklich eine klasse Domina ab. Also … wenn du mal wieder Lust hast …«

Ich fühle mich ein bisschen geschmeichelt, schüttele aber den Kopf.

»Überleg es dir. Du kannst jederzeit zu mir kommen. Heute geht es leider drunter und drüber. Am besten verschieben wir den Termin. Gleich kommt schon der Nächste – zum Windelnwechseln.« Celia wischt sich symbolisch den Schweiß von der Stirn.

Manche Sachen will man eigentlich gar nicht so genau wissen.

Celia busselt mich bei der Verabschiedung. Beinahe wäre ich in meinem neuen Traum-Outfit auf die Straße gegangen. Das darf ich übrigens behalten, weil es mir »ja soooo gut steht« und ich vielleicht »noch etwas zu Hause üben« will, wie die Domina mir mit einem Augenzwinkern vorschlägt. Ich will zwar dankend ablehnen, aber wer widerspricht schon erfolgreich einer Domina …

20

Vielen Dank für die Blumen

Noch am selben Abend finde ich mich vor meinem Standspiegel im Schlafzimmer wieder, in bettfertigem Zustand. Das heißt, ich trage zu den unverschämt hohen Lackstiefeln der Domina das Oberteil meines Hello-Kitty-Pyjamas. Dafür gibt es bestimmt auch einen Fetisch.

Was fange ich nur mit meinen neuen Errungenschaften an? Zu welcher Gelegenheit kann man solche Fußbekleidung tragen?

Zum Geburtstag? Nein, es sei denn, das Geburtstagskind macht eine Porno-Party.

Zur Hochzeit? Auch nur dann, wenn ich als Showact gebucht bin oder die Braut abgrundtief hasse.

In die Disco? Damit bekomme ich sicher freien Eintritt und kann mir noch einen Zehner dazuverdienen – mindestens.

Im Moment fällt mir keine Alltagsgelegenheit ein, zu der ich meinen neuen Dress ausführen könnte. Außerdem würde mir dazu auch der Mut fehlen. Ich stehe so ungern im Mittelpunkt und das würde ich mit diesem Look definitiv tun …

Mein Handy summt wie eine fluglahme Schmeißfliege über die Holzdielen. Auf dem Display leuchtet Pitti auf. Er versucht es schon wieder.

Seit meinem Desaster-Debüt auf der Betriebsfeier bin ich ihm erfolgreich aus dem Weg gegangen. Langsam weiß ich wirklich nicht mehr, wie ich ihm galant, sozusagen durch die Blume, sagen soll, dass aus uns beiden auf Dauer nichts wird. Ich kann ja schlecht auswandern, um seinen liebeshungrigen Tentakeln zu entfliehen.

In Gedanken versuche ich, einen besonders verletzungsarmen Korb zu flechten, als es an der Tür klingelt.

Hin- und hergerissen zwischen dem Duell der Klingeltöne, hetze ich zur Tür und mache auf.

Der nette Nachbar steht, mit einem großen Blumenstrauß bewaffnet, auf meiner Fußmatte. Mindestens 20 pinkfarbene Rosen bilden ein beachtliches Blütenbukett.

Nils' Blick wandert an mir herab. »Holla, wolltest du gerade schlafen gehen? Wie ich sehe, hast du deine Bettschuhe schon an!«

Oh nein, oh nein, das darf nicht sein! Ich schließe die Augen und bündele all meine mentalen Kräfte, um das verräterische Schuhwerk an meinen Füßen in harmlose Birkenstocks zu verwandeln. Zwecklos, nicht mal in Gedanken kann ich meinen lächerlichen Anblick ausblenden.

»Ich … das ist der neueste Trend aus dem Sanitätshaus. Die gehören einer Freundin mit Senk- und Spreizfüßen. Und …«

Aus der Nummer komm ich nicht mehr raus.

»Die Freundin musst du mir unbedingt vorstellen, scheint ja eine tiefgründige Persönlichkeit zu haben.«

»Bei Gelegenheit. Ähem, ich zieh die schnell aus.«

Ich drehe mich um, bücke mich und versuche, die Armee an Ösen zu lösen. Verdammt! Unter meinem Oberteil, das bis zur Mitte meiner Schenkel reicht, trage ich keine Unterwäsche mehr. Das mache ich nachts immer so – zum Lüften.

Gerade als ich mir ausrechne, ob sich in gebücktem Zustand mein zu kurzes Schlafanzugoberteil zu einem Hello-*Klitty*-Problem mausert, spüre ich die Antwort und Nils' Jeans an meinen Beinen.

Seine Hände fahren an den Außenseiten meiner nackten Schenkel nach oben und ziehen mich sanft an der Hüfte zu seinem Becken.

»Die Stiefel sind echt scharf – lass sie doch einfach an!«, raunt er vielversprechend.

Ohne Vorwarnung schrecke ich aus meiner Hexenschusshaltung auf. Leider ein paar Zentimeter zu viel.

Mein Hinterkopf knallt dumpf auf.

»Uff!«

Zaghaft drehe ich mich herum. Nils hält sich die rechte Hand, die eben noch so zärtlich über meine Haut streichelte, vor die blutende Nase.

»Ich sollte dich für eine Gastvorführung in unserem Frauen-Selbstverteidigungskurs buchen. Im Notfall, also bei sexuellen Übergriffen, bist du ausgezeichnet gewappnet.«

»Oh Gott, das tut mir ja so leid. Ich hole sofort ein Taschentuch.«

Wie kann man nur so blöd sein und den heißesten Mann von nebenan mit einem Schlag außer Gefecht setzen? Er war schon so nah dran, im wahrsten Sinne des Wortes. Und ich hau ihm eine rein!

Jetzt denkt der doch, ich hab das extra gemacht, weil ich nicht wollte, dass er mich angrabbelt. Aber ja, ich will es, sehr sogar!

Einer wie er ist der Hauptdarsteller in meinen wildesten Träumen. Ich war so kurz davor, live mitzuerleben, was an den Stellen passiert, die sonst mein Wecker zensiert.

Seit meinem ersten Date mit Nils träume ich fast jede Nacht den gleichen Wunschtraum. In einem transparenten Negligé hüpfe ich in meinen erregenden Nachtfantasien leichtfüßig zur Tür, um Mr. Cool Eintritt in meine Wohnung und in mein Herz zu gewähren. Wie er dort steht im Türrahmen, mit halb aufgeknöpftem weißen Longsleeve, das um seine stahlharten Brustmuskeln spannt. Dass er fast mehr Oberweite hat als ich, stört mich nicht ...

Die verwaschenen Bootcutjeans schmiegen sich um seine sehnigen Beine. Mit jedem Schritt hinterlassen seine dreckigen Stiefel staubige Abdrücke auf den dunklen Holzdielen in meinem Flur. Ohne viele Worte hebt er mich hoch, als wäre ich eine zarte Elfe, und trägt mich auf seinen starken Armen zurück ins Bett.

Ich streife ihm das Hemd von dem erhitzten Oberkörper und spüre seine kräftigen, rauen Hände, die ungefragt nach all den sensiblen Stellen tasten, die eine solche Berührung verlangen ... Miep, miep, miep, miep. Aufwachen!

Heute ist es nicht mein Wecker, heute bin ich dämliche Kuh es selbst, die dem Weg das Ziel genommen hat.

Auch wenn die Realität nur halb so verwegen angefangen hat wie mein Traum: Von einem Negligé ist mein Pyjama weit entfernt. Vielleicht habe ich ja noch eine reelle Chance, wenn die Blutung gestoppt ist.

»Hätte nicht gedacht, dass du so eine harte Nuss bist und hast. Jede andere hätte mir vermutlich in die Eier getreten.«

»Ich bin eben etwas Besonderes. Abgesehen davon habe ich es ja gar nicht so gemeint. Die Kopfnuss war eher – Zufall ...«

»Zufall? Na, dann möchte ich nicht in deiner Nähe sein, wenn du dich mit Absicht wehrst.«

»Aha, da haben wir es ja. Hast du nicht mal gesagt, du stehst auf Frauen, die Widerstand leisten? Und jetzt ziehst du vor mir den Schwanz ein!« Ups, habe ich das gerade wirklich gesagt? Das war sicher zu viel für einen Mann. Ich habe ihn aufgefordert, eingeschüchtert und in seiner Ehre gekränkt. Jetzt wird er sich zurückziehen, auf eine Decke verkriechen und seine Wunden lecken.

Warum kann ich nicht mal das dumme, kleine Weibchen spielen, das seinen unwiderstehlich männlichen Nachbarn anhimmelt und bewundert? Darauf stehen doch solche Kerle wie er. Aber nein, bei mir muss es ja wieder die Hau-drauf-Methode sein. Ganz toll gemacht, Johanna!

»Du legst es also auf einen Nahkampf an? Den kannst du haben!« Mit geübtem Handgriff schnappt sich Nils meine Handgelenke und drückt sie hinter meinem Rücken zusammen. Erschrocken blicke ich ihn an und spüre nur noch seine weichen Lippen auf meinen und seine Zunge, deren fordernden Schlägen ich mich nicht entziehen kann. Wozu eine gespielte Abwehr, ich will es ja auch. Obwohl ich es unbeschreiblich anregend finde, mich ein bisschen zu wehren, um ihn damit herauszufordern. Also ziere ich mich etwas, versuche, ihn von mir wegzudrängen. »Willst du nicht?« Nils lässt von mir ab. Ich habe mich wohl zu viel gewehrt.

»Doch, und wie«, sage ich nur etwas verlegen und übernehme jetzt selbst das Kommando, indem ich ihn am Hemdkragen zu mir ziehe. Das Dominanztraining zeigt erste Erfolge.

»Hey, du bist ja 'ne ganz Wilde«, stellt er zwischen zwei Küssen fest.

»Wenn man mich provoziert, schon …«

Im Nahkampf sinken wir auf den Dielenboden, Nils stützt sich mit den Ellenbogen neben meinem Kopf ab, während ich ihn mit den Unterschenkeln auf seinem Hintern dichter an mich presse.

»Bin ich nicht zu schwer für dich?«, fragt er etwas besorgt, als ich ihm die Arme wegdrücken will, damit er ganz auf mir liegt. Ich schüttele nur den Kopf, um ihm nicht sagen zu müssen, dass er nicht schwer genug auf mir liegen kann, dass er nicht nah genug an mir dran sein und dass ich jedes Gramm von ihm auf mir und jeden wichtigen Zentimeter von ihm in mir spüren will. Jede seiner Berührungen ist für mich wie ein kleines Feuerwerk. Es fühlt sich unvergleichlich an, als seine Finger wie eine Feder über meine Schläfen streichen und über meine Lippen balancieren.

Als wären seine Hände zur gleichen Zeit überall, flüchten sie sich unter mein Oberteil, über meine Hüften, finden den Weg unter mein Höschen, also wo sonst normalerweise eins wäre. Mir gefällt diese Leidenschaft, die aus seinen Berührungen spricht. Sie sind nicht mehr unbedingt sanft, eher ein bisschen fest, aber auf keinen Fall zu grob, vielmehr fordernd. Ich spüre seine Vorfreude hart an meinem Bauch, taste mich mit meinen Händen über seine steife Jeans und versuche, die Gürtelschnalle zu finden. Aber er ist schneller. Mit einem Griff hat er den Gürtel geöffnet, damit ich es leichter habe, zu erforschen, was es darunter zu entdecken gibt. Warm schmiegt sich sein strammer Schwanz in meine Hand, er fühlt sich extrem gut an, irgendwie vertraut, so als wäre er nur für mich gemacht. Als er kurz innehält, mir tief in die Augen schaut und ein leichtes Stöhnen nicht unterdrücken kann, weiß ich, dass ich auf dem richtigen Weg bin. Meine Finger kraulen sich neugierig vor zu seinen prallen samtigen Bällchen. Nils scheint es nicht mehr abwarten zu können und steht mitsamt mir auf. Er kniet und ich sitze auf ihm, seine Hose hängt auf halb acht. Sein Mund verliert sich an meinem Hals, während er mich auf sich drückt. Mittlerweile habe ich nur noch die Lackstiefel an, die bei jedem Ruck über den Dielenboden ein leichtes Quietschen verursachen. Nils versucht aufzustehen, ohne mich dabei abzusetzen. Ein heldenhaftes, aber aussichtsloses Unterfangen, weil selbst er aus der Position heraus nicht genug Kraft dazu hat. Ich steige von ihm ab, er drückt mich an sich und führt mich ins Schlafzimmer. Im Gehen versuche ich, die Stiefel aufzuschnüren, wofür ich einen Seitenblick ernte und ein »Lass sie an … bitte«. Na, wenn er mich so freundlich darum bittet.

Auf meiner weichen Matratze fühlt sich unser Geschlechtergefecht noch viel besser an. Jede seiner Gesten sitzt perfekt, als wäre mein Körper für ihn geformt. Keine seiner Bewegungen ist mechanisch oder verblasst vor langweiligen Wiederholungen. Obwohl wir es beide sicher nicht zum ersten Mal machen, habe ich so etwas noch nicht erlebt. Bisher hat es die Realität nicht geschafft, meine Fantasie zu übertrumpfen. In diesem Fall aber stinken meine Vorstellungen gegenüber Nils' harten Tatsachen meilenweit ab.

Mit einer unheimlichen Ausdauer hält er meine Erregung die ganze Zeit über auf einem fast unerträglichen Level, bis ich irgendwann nur noch darum betteln kann, dass er mich endlich erlöst. Als ich an der muskulösen Brust meines Nachbarn erschöpft einschlummere, träume ich meinen obligatorischen Traum – diesmal mit realitätsgetreuem Ende und einer rosaroten Fortsetzung verheißungsvoller Liebeserklärungen. Kurz vor einem romantischen Heiratsantrag wache ich auf. Meinen Wecker oder das helle Morgenlicht trifft keine Schuld. Draußen ist es noch dunkel und die schwach leuchtenden Zeiger meines Digitalweckers stehen auf zwei Uhr.

Die Holzdielen knarren unter seinen Schritten.

Warum bleibt er nicht? Dass die bisher intensivste Nacht ohne gemeinsames Frühstück endet, macht mich unverhofft traurig, zumal ich endlich das Gefühl hatte, das passende Gegenstück gefunden zu haben. Den Sechser im Lotto mit Superzahl oder vier gleiche Symbole auf dem Rubbellos. Die gemeinsamen Stunden mit ihm haben meine nicht jugendfreien Träume um Längen übertroffen. So wie heute Nacht muss Sex sein: leidenschaftlich, hemmungslos und mit einem Mann, der weiß, was er tut, und weiß, was er will. Die perfekte Symbiose aus Aktion und Genuss, aus Körperbeherrschung und Ausdauer, aus Kraft und Mut. Und selbst das elementarste Teilchen, das so zartbesaitet und so leicht zerstörbar ist und dennoch das große Ganze erst möglich macht, der Sekundenkleber jedes gebrochenen Herzens, die Energiequelle für intensivste Gefühle war vorhanden: grenzenloses Vertrauen.

Das Vertrauen darauf, man selbst sein zu dürfen, alles richtig zu machen, nicht falsch liegen zu können, akzeptiert und respektiert zu werden – die Basis einer glücklichen Beziehung und Sex, der alle Dimensionen sprengt, den Körper mit Adrenalin flutet und glückselig macht. Das spürt man nicht alleine, das muss der andere auch fühlen – sonst funktioniert es nicht.

Oder sollte ich mich irren? Wenn Nils das Gleiche empfinden würde, wäre er dann gegangen? Hätte er nicht bis zum nächsten Morgen gewartet, um gemeinsam mit mir aufzuwachen? Wahrscheinlich denken die meisten Männer gar nicht so weit – bis zum nächsten Morgen. Nur nichts überstürzen. Ein paar Stunden am Stück ist für manche schon mehr, als sie ertragen können.

Ich rolle mich zusammen wie ein Hund in seinem Körbchen. Ich will nur das inzwischen erkaltete Bettlaken neben mir nicht spüren. Trotz allem kriecht mir Nils' Geruch aus den Fasern meines Kissens in die Nase. Ich zwinge mich dazu, meinen Kopf nicht auf die Stelle zu drücken, auf der er gelegen hat, um seine letzten mikroskopisch feinen Duftpartikel einzuatmen, bis sie keine Spurensicherung mehr findet. Aus dem Alter bin ich raus.

*

Am nächsten Morgen wache ich verkatert auf, obwohl ich stocknüchtern ins Bett gefallen bin (beziehungsweise geworfen wurde). Das heißt, ich kann die Geschehnisse des Abends nicht mal auf einen durch Alkohol derangierten Zustand schieben. In meinem Kopf pocht es von innen gegen die Stirn, als wollte mein Gehirn mich fragen, ob jemand zu Hause ist.

Ein Blick in den Spiegel setzt mein gefühltes Unwohlsein optisch in Szene. Axel Schulz ist nichts gegen mich und meine verquollenen Augen, die mit keinem eiskalten Löffel dieser Welt zu reparieren sind.

Missmutig über diesen Anblick, schlurfe ich den Flur entlang und stolpere beinahe über die Blumen, die mir Nils gestern geschenkt hat. Ich hebe den Strauß auf, der sich in desolatem Zustand befindet – doch nicht mal die zusammengefallenen Blüten sehen schlimmer aus als ich.

Soll ich den Blumenstrauß gleich in den Müll schmeißen, verdient hätte *er* es. Aber um die Pflanzen würde es mir leidtun. Abgeschnitten, um auf dem Flur zu verrecken – nein, das geht nicht.

Auf dem Weg in die Küche versuche ich zu retten, was zu retten ist, und zupfe die Blätter etwas in Form. Dabei finde ich eine kleine weiße Karte, die ganz nach unten gerutscht ist. Wahrscheinlich steht eine Anleitung darauf, wie man die Blumen lange frisch hält. Mit Zucker im Wasser oder Ähnlichem. Unbeachtet im Flur liegen lassen, ist sicher nicht dabei.

Liebe Johanna!

Seit wann wird man von den Blumenfritzen persönlich angesprochen?

Es tut mir sehr leid, wie unsere letzte Begegnung verlaufen ist.

Bitte? Warum hat mir Nils eine Karte geschrieben, wenn er mir die Blumen persönlich übergeben hat? Und woher wusste er, was passieren wird? Zögernd lese ich weiter – mir wird diese Nachricht ziemlich unheimlich.

Du hast einen ganz falschen Eindruck von mir bekommen, den ich so nicht stehen lassen kann und will. Jeder hat doch eine zweite Chance verdient, was meinst Du? Ich würde Dir sehr gerne bei einem Abendessen zeigen, wie ich wirklich bin. Ich hoffe, Du meldest Dich bei mir.

Bis dahin, liebe Grüße, Dein Quentin

P. S. Bist Du auch auf der Venus?

Quentin? Quentin! Nicht Nils! Das gibt's doch nicht. Ich bin entsetzt! Hat dieser ausgekochte Bursche sich mit Blumen bei mir eingeschlichen, die gar nicht von ihm sind. Wie abgebrüht muss man sein, um eine Frau vorsätzlich zu betrügen? Mein Weltbild ist erschüttert. War ich soeben noch gebeutelt von letzter Nacht, spüre ich förmlich, wie das angestaute Wasser in meinen Lidern augenblicklich verdampft, weil ich vor Wut glühe. In einem Comic würden sie mir jetzt kleine weiße Wölkchen über den Kopf zeichnen. Ich bin so wütend. Auf mich.

21

Spanner, Spinner und Sexperten

Messen sind alle gleich. »Nur gucken, nicht anfassen«, lautet stets die Devise. Warum sollte das ausgerechnet auf der »Venus« anders sein. Nein, ich spreche hier nicht von dem drittkleinsten Planeten unseres Sonnensystems, der uns 38 Millionen Kilometer entfernt von der Erde meistens in einer sternenklaren Nacht erscheint.

Ich meine die weltweit größte Erotikmesse – die Messe, bei der Männer noch größere Augen bekommen als auf der IAA. Als Redakteurin für offenherzige Männermagazine ist der Besuch der »Venus« fast so etwas wie eine Pflichtveranstaltung, meint mein Chef. So wie man einmal den Tower, den Eiffelturm und die Reeperbahn besucht haben sollte.

Also folge ich dem Lockruf der Pornobranche und pilgere wie tausend andere testosterongesteuerte Sex-Jünger in den Tempel der Lust unter dem Berliner Funkturm. Jeder, der das Wort »Sex« in seiner Arbeitsplatzbeschreibung stehen hat, findet sich hier ein. Also auch Quentin, bei dem ich mich artig für die Blumen bedankt habe. Auf seine unzähligen Entschuldigungsversuche am Telefon folgte das Versprechen, sich bei unserem nächsten Treffen von seiner unwiderstehlichen Seite zu zeigen. Ich darf gespannt sein, wie er das anstellen will.

*

Hinter der altehrwürdigen, von historischen Säulen getragenen Fassade offenbart sich mir ein erotisches Spektakel, das seinesgleichen sucht.

Sonnenbankgetoastete Models stolzieren auf ihren halsbrecherisch hohen Stilettos Hand in Hand durch die sabbernde Männermasse. Die Mädels sind echt heiß. Zu heiß. Anders kann ich es mir nicht erklären, dass sie anscheinend an der Garderobe nicht nur ihre Klamotten, sondern auch Anstand und Scham abgegeben haben und nur noch Brustpiercing und Vaginalpanzerkette tragen.

Kopfschüttelnd schaue ich den entblätterten Barbiegirls nach. Irgendwas muss bei deren Erziehung schiefgegangen sein. Haben sie als Kind zu wenig oder zu viel Liebe bekommen? Ich weiß es nicht. Ich bin ja schließlich nicht hier, um als Frau Freud die Welt zu therapieren. Auch wenn es die meisten durchaus nötig hätten.

Neben mir steht eine junge Frau, wie Gott sie schuf oder die Evolution. Schon ein seltsames Gefühl, angezogen neben einer Nackten zu stehen.

Ich frage mich, ob die Erziehung darüber entscheidet, auf welcher Seite man später im Leben mal steht – auf der mit oder ohne Klamotten. Und wenn ja, in wessen Erziehung ist hier einiges falsch gelaufen? In ihrer oder in meiner? Da ich diejenige bin, die sich in wechselnden Situation den Folgeschäden ihres mangelnden Selbstbewusstseins ausgesetzt fühlt, entscheide ich mich für Letzteres. Das Mädchen neben mir hat augenscheinlich keine Angst davor, sich »was abgucken« zu lassen – obwohl das angesichts der geifernden Zuschauer diesmal ausnahmsweise eine durchaus ernst zu nehmende Befürchtung ist.

Wo bin ich hier nur gelandet? Auf der »Venus« oder auf dem Planeten der Affen? Eine berechtigte Frage in Anbetracht all der obskuren Messegestalten.

Unbekannte Wesen, dem Menschen zum Täuschen ähnlich, bevölkern diesen irreal anmutenden Ort. Sie sprechen die gleiche Sprache und doch wirken sie wie Außerirdische.

Es herrscht Anarchie. Von Moral weit und breit keine Spur, hier regieren Brüste, Titten, Wonnekugeln, Möpse. Große, kleine, dünne und dicke Möpse. Vom Äpfelchen bis hin zur Wassermelone ist alles vertreten. Die »Venus« hat für jeden Geschmack die passende Oberweite.

Damit jeder Besucher bei den über 300 Ausstellern den Überblick behält, verteilen halb nackte Hostessen im Foyer bunte Flyer, auf denen geile Live-Peep-Shows angepriesen werden. Auch ich bekomme einen zugesteckt.

Das war wohl ein Versehen oder wirke ich, als würde mich das eigene Geschlecht in Ekstase versetzen?

An jeder Ecke im Sex-Olymp stehen reizvolle Damen in schicker Reizwäsche und verteilen eifrig ihren Künstlernamen auf Prospekte, Hemden oder blasse, behaarte Männerärsche. Den Anblick werden sie gewohnt sein – ich nicht, mir wird übel.

Es ist doch schon was anderes, vor dem Computer in einem grauen Büro für ein Erotikheft zu schreiben oder mittendrin zu sein – mittendrin in den tiefen Abgründen des Planeten Venus. Fernab jeder Zivilisation. So muss sich Kolumbus gefühlt haben, als er die neue Welt entdeckte. Weit weg von zu Hause unter vielen halb nackten Wilden. Ich versuche, mir einen Weg durch den Menschendschungel zu bahnen.

Trotz meiner stolzen 1,80 fällt es mir außerordentlich schwer, in dem Gewimmel die Orientierung zu behalten. Die Massen reißen mich mit. Eingekeilt zwischen Milchbubis und ewigen Spät-68ern, werde ich immer weiter in das Labyrinth der niederen Instinkte gezogen. Der dumpfe Beat lässt mich eins werden mit dem voyeuristischen Volk.

Auch kommerzielle Mitnahme- oder Bestellangebote zählen zu den Ausstellern der Erotikmesse. Frisch mit Papiertüchern ausgelegt, wartet so etwas Ähnliches wie ein Gyn-Stuhl, den Frauen vom Gynäkologen kennen, auf neue Besetzung. Ich lese mir kurz, im Vorbeigehen, die Werbeplakate durch. Es geht wohl um witzige Schablonen für eine Intimrasur.

Das muss man sich mal überlegen. Da soll sich jetzt jemand hinsetzen, die Beine spreizen und sich von einer wildfremden Frau einen Intim-Irokesen verpassen lassen. Öffentlich, vor Zuschauern, und er bekommt kein Geld dafür oder Ruhm und Ehre, nein, nur eine billige Muschifrisur. Also wirklich, kein Mensch macht so was.

Außer vielleicht diese Frau, die sich gerade von der Hand ihres in hautfarbenen Gummi gehüllten Gatten losreißt, um sich den freien Platz auf dem Enthaarungsthron zu sichern. Da ihr Outfit aus einem unten offenen Latexganzkörperkondom besteht, bietet sich das vielleicht sogar an.

*

Im Gleichtakt ziehe ich mit der Porno-Polonaise vorbei an bunten Dildos, brummenden Vibratoren und endlosen DVD-Reihen aus aller Herren Länder. Ja, auf dieser Messe geht es sehr international zu. Rassige Frauen aus Osteuropa, vollbusige Ladys aus Westeuropa, exotische Muttis aus Afrika und auch ein Stand aus Fernost ist vertreten. Die beiden kleinen japanischen »Schauspielerinnen« werden ihrem Image gerecht und posieren kokett in der typischen Schuluniform. Lange weiße Strümpfe, kurzes schwarzes Röckchen, weit geöffnete Bluse und natürlich nichts drunter. Der Stand gleicht der Burg Takeshi, so stark ist sie von den männlichen Fans belagert. Nur wenigen gelingt es, ein Autogramm ihrer nächtlichen Traumheldinnen zu ergattern. Wie bei der japanischen Spielshow *Takeshi's Castle* wird hier nicht Intelligenz, sondern Ausdauer und Geschick belohnt.

Ausdauer muss auch ich beweisen, um einen freien Blick auf ein bizarres Spiel ganz anderer Art zu haben. In Dreierreihen stehen starr und regungslos die geduldeten Spanner vor der Absperrung und folgen dem absurden Treiben einer Pornodarstellerin, bei dem es sprichwörtlich voll zur Sache geht. Die unbehaarte Aktrice rekelt sich routiniert auf einer roten Couch und bietet das, was das Sex-Volk haben möchte: nackte Tatsachen und tiefe Einblicke. Live und in Farbe verwöhnt sich die junge Frau, sie ist höchstens 19, vor all den Männern mit einem silbernen Vibrator. Wenn ich das nicht selbst erlebt hätte, würde ich es nicht glauben.

Wo ich mich diskret unter meiner Bettdecke verstecke, obwohl ich alleine zu Hause bin, führt sich dieses junge Ding in aller Öffentlichkeit den dicken Brummer in ihren Körper ein.

Im Blitzlichtgewitter posiert sie am Rand der Bühne und genießt sichtlich das haltlose Gedrängel nur wenige Zentimeter vor ihrer rasierten Scham. Einer der Zuschauer geht so dicht an sie ran, dass sein Teleobjektiv beinahe zum Riesendildo mutiert.

Ich bin sprachlos und nachdenklich. Die Kameras zoomen hörbar das Objekt der Begierde noch dichter heran. Was sind das nur für Männer, die am liebsten direkt auf Fotosafari durch die Feuchtgebiete der Frauen gehen würden? Sie sehen alle so normal aus. Der rechts in der ersten Reihe, mit der randlosen Brille und dem feinen dunklen Anzug, ähnelt eher einem erfolgreichen Anwalt oder Unternehmensberater als einem Lustmolch. Aber das eine schließt ja das andere nicht aus.

Doch es gibt auch den schleimigen Typen, zwei Meter weiter, der schon meilenweit gegen den Wind riecht. Dem Kerl glaube ich sofort, dass er hier elementarste Grundbedürfnisse befriedigt. Seine schwere Kamera ist größer als sein Hirn, wirkt jedoch winzig im Verhältnis zu dem dicken Bierbauch, der über den vergilbten Saum seiner beigefarbenen Chino hängt. Breite Hosenträger spannen über dem hochgekrempelten Karohemd. Die oberen Knöpfe sind geöffnet, was kein Zeichen von Lässigkeit, sondern ein Akt der Notwendigkeit ist, um den nicht mehr sichtbaren Hals vor Erstickung zu bewahren. Eingetrocknetes Frühstücksei garniert den wild wuchernden Yetibart. Von den Proteinresten könnte man mindestens zwei Pornomodels eine Woche lang ernähren. Sein aufgequollenes Gesicht versteckt er hinter dem Teleobjektiv und sein abgeknabberter Zeigefinger kennt nur eine Bewegung – das Drücken auf den Auslöser. Gnadenlos schießt er sein williges Opfer ab. Fotografiert jede Pore ihres makellosen Körpers.

Was treibt eine junge schöne Frau nur zu diesem Job? Lautes Gejohle reißt mich aus meinen Gedanken. Ich drehe mich um. Dank meiner Größe habe ich freie Sicht auf eine Bühne, die dank Sadomaso-Spielchen immer mehr Publikum gewinnt.

Der männliche Part ist an ein Andreaskreuz gebunden und wirkt hilflos wie eine Stubenfliege in einem Spinnennetz. Zu meiner Verwunderung hat das wehrlose Opfer keinerlei Ähnlichkeit mit dem Sklaven, den ich bei Celia angetroffen habe. Trotzdem kommt mir die Gestalt irgendwie bekannt vor. Allerdings wüsste ich nicht, wo ich schon mal einen Kerl nur in Lackchaps mit nacktem Oberkörper und Maske gesehen haben soll. Okay, er sieht aus wie Zorro ohne Hut und ohne Mantel, dafür mit Mundknebel. Während ich noch grübele, fängt die Szene auf der Bühne an auszuufern. Die peitschenschwingende Lady hat Zorro anscheinend so scharf gemacht, dass sein Degen auf Mittagszeit steht. Wie schafft man(n) das nur bei dieser Masse an Zuschauern? Die sexy Spinne pirscht sich jetzt an ihr wehrloses Opfer heran. Na ja, so wehrlos ist es ja nicht – bei dem Stachel. Was macht denn jetzt die Fliege? Sie zappelt wild mit der einen Hand. Es sieht fast aus, als würde der Typ versuchen zu winken.

In meine Richtung. Hinter mir steht aber keiner. Immer wilder wedelt er mit der Hand. Mein Gott, merkt denn niemand, dass der Mann anscheinend etwas will? Jetzt fuchtelt er schon mit beiden Händen. Endlich befreit ihn seine Partnerin von dem Mundknebel.

»Johannaaahhaaahaaaa! Hieeer! Hier oben!«

»Quentin?«, platzt es aus mir heraus. Natürlich! Spinnt der, meinen Namen zu rufen! Wie peinlich ist das denn? Er ruft meinen Namen, während er einen Ständer hat und von einer langbeinigen Rothaarigen penetriert wird? Wahrscheinlich sollte ich stolz sein. Stattdessen schüttele ich nur ungläubig den Kopf. Die Rote Zora schlingt ein Bein um Quentin.

Alles Weitere muss ich mir nicht geben. Sorry, Quentin, das war wohl wieder nichts. Ihm live beim Sex zuzusehen, auch wenn es diesmal keine Solo-Nummer ist, steigert seine *Haben-wollen*-Chancen bei mir keineswegs. Wirklich schade, dass er immer so ein schlechtes Timing hat, wenn wir aufeinandertreffen.

Ich habe auf jeden Fall genug. Mein Kreislauf ist kurz davor zu kollabieren und mir brennen die Füße. Da kommt mir der Prosecco-Stand gerade recht. Ich muss verrückt gewesen sein, die hochhackigen Dominastiefel anzuziehen. Doch wo sonst, wenn nicht hier? Zu gerne würde ich die unbequemen Dinger ausziehen. Würde – denn zum einen habe ich meine Würde nicht an der Garderobe abgegeben und zum anderen fürchte ich, möglichen Fußfetischisten falsche Hoffnungen zu machen. Und die wird es auf der »Venus« genauso geben wie all die anderen (S)Exoten. Anhänger der SM-Szene präsentieren sich stolz in ihren Hochglanzkostümen oder werden geknebelt und angekettet durch die Gänge gezogen.

Marilyn Manson ohne Haare verteilt Flyer. Seine klobigen, schwarzen Arbeitsschuhe und sein kahl geschorener Kopf vermitteln einen rechtsradikalen brutalen Eindruck, der zusammen mit seinem langen femininen Wickelrock sofort zur Lächerlichkeit führt. Die Krönung seiner gewagten Kombination ist jedoch die mit unendlichen Schnüren gebundene Korsage, die den dürren Körper noch schlanker, aber bei Weitem nicht hübscher macht. Tatsächlich sieht es so aus, als wollte er damit seine kleinen Männerbrüste nach oben pushen. Auf dem Rand der Korsage thronen seine Minititten wie zwei halb abgebissene Puddingberliner, gespickt mit einer verschrumpelten Cocktailkirsche.

Ein anderer versucht sich als lebender Kerzenständer. Die Brustwarzen gespickt mit Wäscheklammern, dekoriert mit Tannenbaumkerzen. Was für eine Bescherung. Unter all den Nackten und Schönen muss man sich schon etwas Besonderes einfallen lassen, um aufzufallen. Ich falle nicht auf, sondern gleich um. Ich muss raus. Weg von diesem verrückten Planeten Venus. Ich fliehe Richtung Ausgang, als mich eine Hand an der Schulter packt und eine atemlose Stimme hinter mir keucht: »Mensch, Johanna, jetzt renn doch nicht weg, ich will mit dir reden.« Normalerweise wollen doch nur Frauen reden, denke ich mir, als sich Quentin immer noch mit nacktem Oberkörper vor mir aufbaut. Wenigstens hat er wieder eine Hose an.

»Was ist denn?«, herrsche ich ihn unfreundlich an, aber das ganze Spektakel hier geht mir doch eine Spur zu weit.

»Gehst du heute Abend mit mir essen?«, fragt Quentin immer noch atemlos und reibt sich über die makellose Brust, die mir ein Quäntchen zu mager erscheint. Er wirkt fast ein bisschen genant, was ihn mir wieder sympathisch macht.

»Ich weiß nicht, ich …«, versuche ich auszuweichen, doch er lässt nicht locker.

»Bitte, ich würde dich gerne einladen.« Sein lausbübisches Lächeln und der unschuldige Blick entwaffnen mich.

»Okay«, sage ich verkniffen und ernte einen flüchtigen Wangenkuss.

»Super, ich freu mich.« Quentin strahlt bis über beide rot angelaufenen Ohren.

22

Hier poppt der Profi

Gefällt es dir hier? Was möchtest du essen?«, fragt Quentin konsequent höflich. Sein unschuldiger Blick wirkt echt.

»Ähem, ja, etwas rustikal vielleicht, aber ganz nett. Ich nehme eine scharfe Curry mit Pommes, bitte.«

Nicht dass ich mir unser Treffen anders vorgestellt hatte, als mitten in Berlin fröstelnd an einer Currywurstbude zu stehen und mich von einem Budenfritzen bedienen zu lassen, dessen Haare ihm in bratfettigen Strähnen ins Gesicht hängen. Im Grunde hatte ich gar keine Erwartungen an den Abend, insofern man sich erwartungsfrei mit einem Mann respektive einem Pornostar treffen kann. Aber nachdem mich Quentin mit seinem Onanier-Spektakel auf dem Bistro-Klo und der Trauervorstellung in Lederhosen mit Pobacken-Löchern bereits negativ überrascht hat, schockt mich bei ihm fast gar nichts mehr. Warum ich mich trotzdem mit ihm treffe? Das frage ich mich auch. Vielleicht bin ich einfach zu gutmütig oder es ist seine Art. Irgendwie kann ich ihm nichts wirklich lange übel nehmen. Diese Form von Unbedarftheit, leicht naiv anmutender Freundlichkeit und unerschrockenem Mut weckt seltsame Gefühle in mir. Bei Quentin habe ich meistens den Wunsch, ihn entweder hemmungslos anzuschreien oder einfach nur tröstend in den Arm zu nehmen. Momentan überwiegt allerdings gerade das Anschreienwollen. Missmutig trete ich von einem Fuß auf den anderen. Die Nässe der Nacht kriecht durch die dünnen Plastiksohlen meiner Stiefel. Bei kalten Füßen und Hunger bekomme ich immer ganz schlechte Laune. Beides ist gerade der Fall, und diese verschrumpelte Currywurst in der kleinen Pappschale, die Quentin vor mir auf einem der drei Stehtische platziert, macht es nicht besser.

»Das ist aber wenig«, kommt es mir über meine vor Kälte zittrigen Lippen, als ich mit dem vertrockneten Brötchen auf die Tischkante haue und die Kruste demonstrativ zerspringt.

»Willst du meine auch noch haben, ich hol mir 'ne neue. Oder magst du eine Bulette oder mehr Pommes?« Aufopfernd schiebt mir Quentin seine Wurst über die ketchupbefleckte Tischplatte.

»Danke, lass mal gut sein«, reagiere ich schnippisch. Wenn es ums Essen geht, verstehe ich einfach keinen Spaß. Das bleibt auch Quentin nicht verborgen.

»Es schmeckt dir nicht!«, stößt er seufzend aus und sackt dabei Mitleid erweckend in sich zusammen.

»So kann man das nicht sagen. Die Wurst geht ja und auch die Idee mit dem Imbiss war ja eigentlich ganz süß von dir«, sage ich beschwichtigend. »Aber als du mich zum Essen eingeladen hast, bin ich nicht von einem Würstchen im Stehen ausgegangen.«

Demonstrativ schaut Quentin an sich herunter: »Na ja, als Würstchen würde ich *ihn* nicht bezeichnen.«

»Nein, im Ernst, Quentin. Es muss ja nicht gleich das Ritz sein, und spare dir gleich jeglichen sexistischen Kommentar. Aber für ein romantisches Dinner zu zweit erwarte ich zumindest ein Dach über dem Kopf und mehr als ein paar matschige Pommes. Verstehst du das?«

»Ich mach's wieder gut, wirklich. Ich zaubere dir nachher bei mir einen ganz leckeren Cocktail. Davon kannst du so viel trinken, wie du lustig bist.«

»Du meinst wohl eher, bis ich lustig werde. Und wie kommst du überhaupt auf die Idee, dass ich noch mit zu dir komme?«

»Äh, also, ich dachte ja nur …«, stammelt Quentin eine Spur verlegen. Solche Antworten ist der Pornohengst wohl nicht gewohnt. Allerdings wirkt er gerade so irritiert, dass ich mich ernsthaft frage, wie er das mit den Frauen sonst in den Griff kriegt. Oder sind die meisten einfach nur neugierig darauf, wie es ist, einmal mit einem Pornostar Sex zu haben, dass ihnen der Rest völlig egal ist? So bin ich nicht. Neugierig zwar, aber mir ist nicht alles Currywurscht …

*

»Herzlich willkommen in meiner bescheidenen Hütte.« Quentin präsentiert mir formvollendet den »Zonk«.

»Das ist keine Hütte, das ist ein Campingbus.«

»Eine fahrbare Hütte eben, oder genauer gesagt, mein Bulli. Es kommt doch alles im Leben auf die Sichtweise an, findest du nicht auch?«

»Klar.« Gelassen schwenke ich meine Hand durch die Luft, als ließe sich jedweder Zweifel damit verscheuchen.

»Mit meinem Bulli bin ich total unabhängig, vor allem bei den Hotelpreisen heutzutage. Und wenn ich will, fahre ich damit einfach nach Barcelona oder Madrid oder an den Gardasee oder nach Dänemark …«

» … oder Berlin«, nuschele ich ernüchtert. Hatte ich erwähnt, dass ich Camping hasse? »Und wenn du mal ein bisschen knapp bei Kasse bist, parkst du in einer Waldschneise und hängst einfach ein blinkendes Herz in die Frontscheibe. Verstehe!«

»Wie kann man nur so hübsch und so gehässig sein? Mach dich lieber nützlich und reiche mir bitte mal die Getränke aus dem Schrank. Ich werde dir einen Drink wi … äh … mixen, der dich in eine andere Hemisphäre katapultieren wird!«

Quentins Blick wandert hinter und über mich zu den eingebauten, kleinen Hängeschränken. Ich öffne eine der leicht vergilbten Klapptüren.

»Nicht! Der! Schrank!«, schreit Quentin noch, doch zu spät. Eine Armee aus Riesendildos, Handschellen, Peitschen, Mundknebeln und Gummimuschis regnet auf mich herab.

Quentin guckt mich mit weit aufgerissenen Augen an, aber ich winke entspannt ab: »Macht nichts, so sieht das in meiner Schreibtischschublade auch aus …« Wir lachen herzhaft. Das erste Mal an diesem Abend.

Mit Tränen in den Augen drehe ich an einem ziemlich mächtigen Dildo zum Umschnallen.

»Das sind alles Fan-Geschenke«, schießt es schallend aus Quentin heraus. Er haut sich prustend mit den Händen auf die Oberschenkel. Entsetzt werfe ich das Teil weg. Wenn Blicke töten könnten …

»Ist alles gereinigt und desinfiziert«, versucht mich Quentin zu beruhigen und lässt sich ächzend auf die schmale Sitzecke fallen. Mit den Ellbogen auf seine Knie gestützt, eine Hand an seinem Wuschelkopf. »Irgendwie habe ich das untrügliche Gefühl, als würde ich es mir mit dir in einer Tour vermasseln, oder?«

Unschlüssig verziehe ich mein Gesicht und setze mich neben Quentin, der Umschnalldildo hat sich in einem Getränkehalter verfangen und wirkt mindestens genauso bemitleidenswert wie sein Besitzer.

»Na ja, sagen wir mal so, dein Timing ist eher bescheiden.«

Quentin wirft den Kopf zurück und stößt dabei gegen die Fensterscheibe.

»Ausgerechnet mein Timing. Ich versage ausgerechnet in dem, was ich sonst am besten kann.«

Fragend runzelt sich meine Stirn. »Wie meinst du das, bitte?«

Quentin dreht den Kopf zu mir, ohne ihn von der Fensterscheibe zu nehmen, und lächelt etwas hilflos.

»Na, vor der Kamera stehe ich meinen Mann im wahrsten Sinne des Wortes. Wenn der Regisseur meint, ich muss kommen, dann komme ich. Aber bei dir, da kriege ich gar nichts auf die Reihe und versau's einfach nur. Dabei wäre mir das wirklich …« Quentin stockt und beugt sich nach vorne, um die kleine Häkeldecke auf dem Campingtischchen zu richten.

»Es wäre dir wirklich was …?« Kann er denn nicht einmal etwas in meiner Anwesenheit zu Ende bringen?

Fahrig zieht er weiter an dem Deckchen herum, bis ich es ihm verärgert aus den Händen reiße.

»Jetzt sag schon.«

»Na, es wäre mir wirklich wichtig gewesen, dich zu beeindrucken.«

»Ach, tatsächlich? Und warum?«

Quentin windet sich, bis er endlich sagt: »Weil ich glaube, du würdest mich verstehen, also wir würden uns verstehen auf eine ganz eigene, besondere Weise. Normalerweise nehmen die Frauen immer gleich Reißaus, wenn sie wissen, was ich beruflich mache. Die meisten kommen damit nicht zurecht, faseln die ganze Zeit was von Fremdgehen und Eifersucht und so ein Zeug. Aber Sex ist einfach mein Job. Ich sehe das alles rein professionell, so wie ein Schuster, der jeden Tag fremde Schuhe neu besohlt. Das ist doch bei mir nicht anders.«

Klingt irgendwie plausibel und dermaßen gefühlig, dass mich Quentin schon wieder voll erwischt hat. Ich habe keine Ahnung, wie er das anstellt, aber mit einem Mal kann ich ihm alles verzeihen. Mein Herz geht auf bei so viel Tiefsinn. Ich muss Quentin einfach umarmen, ganz fest drücken. Und er drückt zurück. Eine kleine Ewigkeit verharren wir in der Umarmung und plötzlich erscheint mir alles ganz romantisch, seine Worte, die naturbelassene

Umgebung, seine Nähe. Er hält mich immer noch fest und fest und fest, bis ich irgendwann etwas hibbelig werde. Zwischen meiner Wange und seiner bildet sich ein feiner Schweißfilm. Wir lösen uns voneinander, sehen uns beide tief in die Augen, um uns einen Augenblick später knutschend auf der schmalen Bank zu wälzen.

Küssen gehört wohl nicht so zu den Pornostärken, denke ich mir, als er mit seiner Zunge zahnstochergleich in meinem Mund herumtackert. All meinen Versuchen zum Trotz, ihn in die richtigen Bahnen zu lenken, entweicht er ungeschickt. Ich hole Luft. Sein Mund wandert über meinen Hals. Meine Hand verirrt sich unter sein Hemd, ich will einen Knopf öffnen, als Quentin verschreckt die Hände vor seine Brust hält, den Kopf senkt und leise sagt: »Kannst du bitte das Licht ausmachen.«

Verdattert schaue ich ihn an.

»Welches Licht?« In dem engen Bulli brennt gerade mal eine kleine Funzel, die gedämmtes Schummerlicht im Innenraum verteilt.

»Hinter dir, da ist ein Schalter.«

Ich drehe mich um und drücke auf den Knopf. Das Licht ist aus. Wieder drücke ich auf den Knopf, es wird mäßig hell wie eine dieser schlecht entwickelten Energiesparleuchten.

»Was soll das, Quentin? Seit wann wollen es Männer dunkel beim Sex?« Ich kann es kaum glauben.

»Mit Licht ist es wie beim Pornodreh. Klappe die Erste! Spot an! Und Action! Das will ich nicht. Nicht mit dir.«

Ich schaue ihn fragend an. Ist das alles wahr, was ich da höre? Oder ist er vielleicht doch ein besserer Schauspieler, als ich dachte? Nein, dieser treue Hundeblick kann nicht lügen.

Ich schalte das Licht aus.

Es ist anders, als ich es erwartet hätte, mit einem Profi zu schlafen. Quentin ist extrem zärtlich, fast zurückhaltend in allem, was er tut, und vor allem ist er sehr selbstlos. Er kümmert sich fast ausschließlich um mich, streichelt und liebkost meine intimsten

Stellen scheinbar unendlich lange, ohne dafür etwas zu erwarten. Jedes Mal, wenn ich Hand an ihn legen will, um ihm etwas von seiner Zuneigung zurückzugeben, bemüht er sich nur noch intensiver um mich. Es dauert etwas, bis ich mich daran gewöhne, einfach nur zu empfangen und ihn machen zu lassen. Bisher ist mir noch kein Mann begegnet, der sich fast aufopfernd beim Sex verhält und daran seinen Spaß zu haben scheint und vor allem, die Kraft hat, sich zurückzuhalten. Dank der Dunkelheit überwältigt mich jede noch so kleine, hauchzarte Berührung. Nichts lenkt mich davon ab, mich voll und ganz hingeben zu können, Quentins Geruch in mir aufzusaugen, seinem leisesten Stöhnen zu lauschen und seine ganz männeruntypische, babypopoweiche Haut unter meinen Fingerkuppen zu ertasten.

Während der faszinierenden Streichelarie entgehen mir auch nicht die flügelschlagkurzen Momente, in denen mich Quentins harter Penis ab und an berührt, ohne dabei auch nur eine Spur an Festigkeit zu verlieren. Ich habe fast den Eindruck, als wäre es sogar mehr für mich als für ihn eine Erlösung, als sich unsere Körper endlich völlig vereinen. Trotz des endlosen Vorspiels verausgabt sich Quentin immer noch ausgiebig in mir, ohne es zu übertreiben, und schickt mich schließlich in eine Umlaufbahn fernab meiner sexuellen Vorstellungskraft. Diesmal ist sein Timing wirklich perfekt.

*

Quentin röchelt leise im Takt, als er schläft. Er hat sich wie ein Baby zusammengerollt. Fast niedlich wirkt er, irgendwie schutzbedürftig. Aber ich bin nicht die Richtige für einen Mann wie ihn, einen, dem das Herz auf der Zunge liegt und der von einem Fettnäpfchen ins nächste stolpert. Der Sex mit ihm war besonders, genauso will ich ihn in Erinnerung behalten. Man soll gehen, wenn es am schönsten ist, und mein Gefühl sagt mir, dass es beim nächsten Mal nicht anders würde, und das reicht mir nicht. Ich brauche nicht nur einen starken Mann im Bett, sondern einen starken Mann im Leben. Und Quentin macht mir den Eindruck, als hätte er mehr meine Schulter zum Anlehnen nötig als ich seine. Ich schreibe ein paar Worte auf einen Zettel und lege ihn auf den kleinen Klapptisch. Quentin wird verstehen und vielleicht enttäuscht sein, wenn er meine Zeile liest: *Ich melde mich …*

23

Swinging Times

Du willst also hier anfangen, Mädel? Adrett siehste ja aus. Servieren kannste auch? Na, der Rest ergibt sich schon, nä. Bierchen zapfen is' ja nich so schwer. Und 'n Schnäpschen wirste schon einschenken können, gelle. Aber anziehen musste dir dringend was Neckischeres. In dem Fummel kannste hier nich rumlaufen. Jeans und Pulli – nee, das geht gar nicht. Sonst denken die Leute noch, du wärst prüde. Hua, hua, hua!«

Herbert hält sich seinen Bierkugelbauch beim heiseren Lachen.

Herbert ist der Besitzer des Swingerclubs Tropical. Und der *Swingerclub Tropical sucht aufgeschlossene Aushilfskräfte, Kellnerinnen und Barkeeper. Erwartet wird ein gepflegtes Äußeres mit freundlichem Wesen.*

Ich scheine alle Kriterien zu erfüllen, auch wenn einige davon sehr interpretierbar sind. So *aufgeschlossen,* wie Herbert vermutlich erwartet, bin ich nämlich nicht. Aber das muss ich ihm ja nicht sofort auf seine dicke Knollennase binden.

»Am besten fängste gleich heute Abend an, da haben wir Oben-ohne-Party.«

Oben-ohne-Party? Ich sehe meinen neu gewonnenen Nebenjob zerrinnen. Ist ja wohl sonnenklar, dass ich nicht »oben ohne« servieren werde!

Als ob Herbert meine hirninterne Panikattacke mitbekommen hätte, fügt er beschwichtigend hinzu: »Keine Bange, Mädel, die Angestellten tragen Arbeitskleidung.«

Glück gehabt. Wie sollte ich sonst an die Informationen kommen, die ich für meine neue Reportage dringend brauche? Herr Hartlieb war der Meinung, dass ich einen besseren, weil unverfälschten Eindruck von der Swingerszene bekomme, wenn ich inkognito »ermittle«.

Meine vorübergehende Identität macht da schon eine viel bessere Figur. In einem schwarz glänzenden Lack-Servierkleid mit weißer Spitzenschürze und Häubchen aus der Requisitenkammer des Verlages stehe ich am Abend wie vereinbart hinter der Bar im Tropical.

Ich hätte es nicht besser treffen können. Wenn ich will, komme ich fast mit allen Anwesenden in Kontakt, ganz beiläufig und ohne Absichten. Ich kann jeden unvermittelt anquatschen, ohne dass ich sexuelle Anzüglichkeiten zu befürchten habe. Ich bin ja hier nur das Personal.

Auch in einem Swingerclub ist eben der beste Platz an der Theke, zumindest für mich. Diejenigen, die keinen Anschluss finden, sammeln sich vor ihren Trostdrinks und lassen sich zum öffentlichen Jammern hinreißen. Andere wiederum finden beim Brüderschaft-Trinken Anschluss.

Eine Frau Ende 20 mit dunkler Lockenpracht auf dem Kopf hat sich auf einem der Barhocker neben ihrem Freund platziert. Sie trägt nicht viel außer einem schwarzen BH und knappen Hotpants. Unter allen Anwesenden ist sie eine der wenigen, die sich dieses Outfit figürlich leisten kann. Da ich ihr schon drei Sektgläser serviert habe, kennen wir uns sozusagen ganz gut. Während sich die beiden und ein anderes Pärchen intensiv beschnuppern, zwinkert die Brünette mir immer wieder zu. Zweimal zwinkern heißt Sekt nachfüllen. Insofern klappt die wortlose Verständigung zwischen uns prima.

Als ihr Partner mit dem anderen Paar für kurze Zeit zum Buffet verschwindet, versuche ich einen Vorstoß, um herauszukriegen, was sie bewegt, mit ihrem Freund oder Mann in den Swingerclub zu gehen.

»Eierlikörchen?« Freundlich lächelnd schiebe ich der Dame ein kleines Glas mit cremegelbem Inhalt über die Theke.

»Oh, wie süß von dir, woher weißt du das denn? Ich liebe Eierlikör, geiles Zeug! Erinnert mich immer an die Konsistenz von Sperma, ist ja auch so ein geiles Zeug!«

Schade, bisher mochte ich Eierlikör.

Nur zwei Sätze und schon hat sie mich komplett aus der Bahn geworfen. Ich muss mich wirklich auf mehr gefasst machen und wage einen weiteren Versuch.

»Sag mal, wie ist das eigentlich, wenn sich einer an dich ranmacht, der so ganz und gar nicht dein Typ ist? Wie wimmelst du den dann galant ab?«

Die junge Frau legt den Kopf schief und runzelt die Stirn. »Wieso abwimmeln? Ist mir doch wurscht, wie der Kerl aussieht. Hauptsache, ich krieg einen hinten rein. In der Stellung seh ich ihn doch eh nicht.«

Stoßartig entweicht mir der Atem, begleitet von einem leisen, unvermeidlichen Seufzen. Da sich alle anderen Fragen für mich erübrigt haben, bin ich froh, als sich die restlichen Glieder der Gruppe wieder um die Frau auf dem Barhocker versammeln.

*

»Hey, Täubchen, schieb mir doch mal 'n Bier rüber, bitte!«

Unwahrscheinlich, aber ich habe tatsächlich das Wort »bitte« vernommen, obwohl es gar nicht zu dem Rest passt, aus dessen Mund das Zauberwörtchen kommt.

Ich hätte nicht gedacht, dass Mister Bierbauch überhaupt dazu fähig ist.

Ein gutes Bier braucht sieben Minuten. Weil mir der Schnelltrinker aber mit wildem Handfuchteln seinen Dauerdurst signalisiert, bekommt er mehr Schaum als Flüssigkeit. Aber das spielt bei einem wie ihm sicher keine Rolle.

Während ich den Zapfhahn nach unten knicke, mustere ich beiläufig seine – Wie soll man das jetzt nennen? – Interessante oder besser merkwürdige Aufmachung. Die Frage ist nur, ob eine Aufmachung auch dann als merkwürdig zu bezeichnen ist, wenn sie an einem Ort der Merkwürdigkeiten zur Schau gestellt wird. Mein gelacktes Servierkleid stellt ja in diesen Räumen auch niemand zur Debatte. In einem »normalen« Bistro würde ich damit sehr wahrscheinlich so schief angeguckt, wie bei Mr. Jever die Hornbrille auf der Nase hängt. Sehe ich da etwa noch einen Popel, der in seinem schlecht zurechtgestutzten Schnurrbart einen wohligen Horst gefunden hat?

Mein Blick wandert weiter, und zwar zu dem Bereich, der unter den drei verschieden stark durchbluteten Speckfalten – bei anderen Hals genannt – liegt. Ob er daheim einen Shar-Pei in seinem Körbchen sitzen hat? Hund und Herrchen sollen sich doch häufig ähneln. Ein Shar-Pei mit Bierbauch – nein, da würde PETA eingreifen!

Zum Glück gibt es diese Organisation, bei der sich Menschen für den ethischen Umgang mit Tieren einsetzen. Wenn ich das Exemplar vor mir genauer betrachte, sollte man die Hilfeleistungen nicht bloß auf Tiere beschränken.

Oder ist es ethisch vertretbar, dass ein Mann Anfang 60 sich in einer solchen Aufmachung zeigt? Das sittliche Verständnis ist hier mal zu missachten, da wir uns in einem Swingerclub befinden. Aber auch an einem solchen Ort verlieren doch nicht alle Regeln der Ästhetik ihren Wert.

Und sein schwarzes Achselnetzhemd gehört in die Altkleidersammlung.

Darunter sieht es aus, als hätte er eine Fußballmannschaft stillen müssen. Seine hängenden, birnenförmigen Brüste sind bei einigen Stämmen Afrikas das absolute Schönheitsideal. Und selbst dort nur bei Frauen, die kein Netzhemd tragen.

Der Bieropi runzelt seine großporige, kurze Stirn, als er das nur noch mit einer Schaumpfütze gefüllte Glas prüfend in der Luft schwenkt. Das Zwei-Minuten-Bier hat nur eine halbe Minute überlebt.

Bevor er wieder mit seinen vom Zigarettennikotin vergilbten Fingern nach mir winken kann, drehe ich mich um, schnappe mir eines der silbernen Tabletts und wackele auf meinen Stöckelschuhen davon. Da räume ich lieber die Stehtische ab!

Außerdem muss ich mein neckisches Kleidchen ausführen. Hinter der Theke sieht man davon viel zu wenig. In dem Laden ist mir wirklich nichts peinlich.

Auf den Barhockern an den Stehtischen sitzen zwar auch keine Männer, mit denen ich mir nur annähernd etwas vorstellen könnte, trotzdem sind sie in rege Gespräche mit den anderen Besuchern vertieft. Man spürt förmlich die Funken fliegen, die sexuellen Funken. Ich fühle mich so immun gegen diese erotischen Blitze, als würde ich einen feuerfesten Asbestanzug tragen.

Ein Tisch steht besonders voll mit leeren Gläsern. Das kommt davon, wenn die Getränke und auch das Buffet inklusive sind. Besonders blöd an dieser Einrichtung finde ich die Sache, dass man einem nackten Mann schlecht in die Tasche greifen kann. Trinkgeld gibt es also keins. Dabei würde ich für mein höfliches Dauergrinsen und meine gute Miene meinen Lohn mit Trinkgeld bestimmt verdoppeln können. Pech gehabt.

Aber ich wäre nicht ich, wenn ich nicht trotzdem mein Bestes geben würde. Also räume ich das benutzte Geschirr auf mein Tablett und wische die glänzende Marmorplatte mit einem feuchten Tuch sauber. Ein Gast auf dem Barhocker nickt mir anerkennend zu. Plötzlich fährt seine Hand in meine weiße Schürze. Hilfe, eine Fummelattacke!

Doch genauso schnell, wie seine Grapschhand in meinem Kleid verschwunden ist, hat er sie auch wieder zurückgezogen. Augenzwinkernd wendet er sich seinen Freunden zu.

Was sollte das denn? Ob er mir doch ein Trinkgeld zugesteckt hat? Vielleicht hatte er das Geld in seiner angegrauten Schießer Feinripp versteckt.

Igitt! In seiner Unterhose! Na ja, sollten es Münzen sein, sind sie leicht zu desinfizieren. Ob man Geldscheine waschen kann?

Um nicht den Neid meiner Mitstreiter zu ernten, verziehe ich mich kurzerhand in ein Räumchen hinter der Theke und überprüfe die heiß ersehnten Nebeneinkünfte in meiner Schürze.

Tatsächlich finde ich nur ein gefaltetes Papier. Geld ist es leider nicht, sondern eine Einladung!

Einladung zur Venezianischen Nacht im Schloss d'Amour
Sie können sich glücklich schätzen, zu den Auserwählten für eine unvergessliche Nacht voller Erotik und knisternder Leidenschaft zu gehören. Folgen Sie uns in das Schloss d'Amour und zelebrieren Sie mit 200 geladenen Gästen ein erotisches Event der Extraklasse.

Angemessene Kleidung im venezianischen Stil wird erwartet. Maskierung ist erwünscht.

Nur mit dieser Einladung wird Ihnen und einer Begleitung an diesem Abend Einlass gewährt. Ihr Codewort für die Aufnahme in den geheimen Kreis der Lust lautet: Voulez vous coucher avec moi!

Wenn's sonst nichts ist. Fehlt nur noch der Hinweis darauf, dass sich das Papier vor meinen Augen nach dem Durchlesen selbst zerstört oder ich es hinunterwürgen muss, damit es nicht in falsche Hände gelangt. Vielleicht sind meine Hände bereits die falschen?

Zweifel durchfahren mich, ob ich der richtige Empfänger für diese Nachricht bin. Vielleicht hat mich der Mann in Unterhose verwechselt! Andererseits kann mir das auch egal sein. Diese Veranstaltung hört sich extrem spannend an und ich könnte daraus eine exklusive Geschichte machen.

Allerdings kann ich Fotos bei der Sache bestimmt vergessen. Der Blick durch die Linse schließt sich allein aufgrund der »Auserwähltheit« und dem »geheimen Kreis« ganz von alleine aus.

»Johanna, Hannilein! Mensch – wo ist die denn?«

Herberts Stimme reißt mich aus meinen Gedanken. Ich hatte ganz vergessen, dass ich zum Arbeiten hier bin.

Schnell verstaue ich meinen Geheimzettel wieder in der Schürze und beeile mich, aus der Kammer an die Theke zu kommen.

»Hier bin ich. Ich habe frische Geschirrtücher gesucht.«

Herbert scheint etwas irritiert zu sein, aber nicht unbedingt meinetwegen. Verlegen krault er sich die letzten verbliebenen Haare. »Mmmh, könntest du dich bitte um eine der Spielwiesen kümmern?«

Ich wusste gar nicht, dass die Gäste sogar beim Poppen Getränke bestellen können. Mir wird etwas unwohl bei dem Gedanken daran, wild durcheinandergewürfelten Leuten, die gerade mitten im buntesten Treiben stecken, wahlweise barfuß oder in Lackstiefeln, Sekt oder Selters zu servieren. Aber da muss ich jetzt wohl durch, damit meine Tarnung nicht sofort auffliegt. Ich kann ja weggucken.

»Was wollen die Herrschaften denn? Bier? Sekt? Schampus?«

Herbert schüttelt energisch den Kopf.

»Nein, keine Getränke. Im Spiegelzimmer war gerade XXL-Renate zugange. Die Bettlaken müssten abgezogen werden, bevor die nächsten Gäste sich darauf vergnügen können.«

Bettlaken abziehen? Wenn ich das wollen würde, hätte ich mich als Putzfrau beworben. Habe ich aber nicht.

Mein ungläubiger Blick scheint Herbert nicht verborgen zu bleiben.

»Och, Schneckchen, ich weiß, du bist hier als Thekentussi engagiert. Aber die Putze hat gerade angerufen. Sie kann nicht kommen, weil ihre russische Oma aus dem Rollstuhl gefallen ist. Mach doch mal schnell, geht auch ratzfatz. Ich leg auch noch was drauf!«

Mit flehendem Blick, leicht geknickten Knien und gefalteten Madonnenhänden bekommt mich Herbert rum.

Immer noch zweifelnd, mache ich mich auf den Weg ins Spiegelzimmer. Ich meine, es sind ja nur Bettlaken, die regelmäßig abgezogen werden. Ist ja nicht so, dass die Dinger stinken, weil sie seit Wochen niemand mehr gewechselt hat. Ein Atemschutz wäre mir trotzdem lieb.

Ich suche den Lichtschalter im besagten Raum, um mir einen Überblick verschaffen zu können.

Licht an …

Licht aus!

So etwas will ich nie wieder sehen müssen!

Anfassen werde ich dieses – was auch immer es ist – in diesem Leben ganz sicher nicht, und wenn Herbert auf allen vieren angekrochen kommt und mir noch ein Einfamilienhaus oben drauflegt.

Dieser ekelhafte Anblick hat sich innerhalb einer Millisekunde irreparabel für ewige Zeiten auf meine Netzhaut eingebrannt. Das ist so wie mit den schrecklichen Szenen in einem Horrorfilm – die kann man nicht mehr ausblenden, auch wenn man nachts, um doch noch ruhig zu schlafen, versucht, an blühende Wiesen und blökende Lämmer zu denken.

Mitten auf dem blauen Bettlaken hat sich ein nasser, durchgeweichter Fleck in der Größe eines Kleinwagens abgezeichnet.

XXL-Renate muss zu XS-Renate ausgelaufen sein!

Oder wie viele Männer haben sich auf dem Betttuch bis zum nächsten Waschgang verewigt? Wer nur produziert literweise, ach, was sage ich, tonnenweise, schillernde Körperflüssigkeit!

Ich will gar nicht wissen, wie die Matratze darunter aussieht. Ein Biotop für Kleinsttiere, die sich nach menschlichen Ausscheidungen verzehren.

Allein die Vorstellung schickt mir einen nur schwer zu unterdrückenden Würgegruß in meine Kehle.

Warum legen die denn keine Handtücher unter oder eine Slipeinlage in Luftmatratzenformat?

Hätte ich doch bloß die passenden Latexhandschuhe zu meinem Kleid mitgenommen.

Panik macht sich in mir breit. Ich lehne mich an den Türrahmen und schüttele den Kopf, den ich in meinen zitternden Händen vergrabe.

Nein, ich fasse das nicht an. Dann soll Herbert mich eben rausschmeißen. Genügend Eindrücke, wie es in einem Swingerclub aussieht und abgeht, habe ich für meinen Teil sowieso schon gesammelt.

Kurz bevor ich anfange, meine innere Aufgewühltheit Oberhand gewinnen zu lassen und davonzulaufen, geht das Licht wieder an.

»Challo Madel. Waas standst du chierrr in dunkle Zimarrr? Uuh, grrrosser Fleck. Muus ich schneel machen weeg, bevorrr Cheefe koomt.«

Eine kleine dickliche Gestalt mit Kopftuch, Kittelschürze und leuchtend gelben Gummihandschuhen schiebt mich zur Seite und stützt sich auf die versaute Spielwiese.

»Aahh, warr sischa wiedarrr Rrrenata. Imarrr daas Gleische!« Schnaufend reißt die ostdeutsch geprägte Putzfrau die Laken runter. Ohne Mundschutz. So wie sie daran zerrt, spritzen jetzt sämtliche Bakterien durch die Luft.

Mit diesem unhygienischen Problem lasse ich sie besser alleine. Wortlos drehe ich mich um und schlurfe zurück zur Theke. Jegliche Energie ist aus meinem Körper gewichen. Selbst die Rüschen an meinem Kleid scheinen sich hängen zu lassen. Solche herben Eindrücke sind nichts für mich.

Für meine Verhältnisse habe ich mich durch meinen Job und die Erfahrungen, die ich bisher machen durfte, ziemlich gut entwickelt, wie ich finde. Ich bin offener, toleranter und ein ganzes Stück hemmungsloser und selbstbewusster geworden. Trotzdem stehe ich vielen Dingen noch kritisch gegenüber, und das ist auch gut so.

Ein bisschen Verklemmtheit möchte ich für mich behalten. Man muss nicht alles wissen und machen, und vor allem nicht alles sehen …

24

Nacht mit Nachwirkungen

Erschlagen von den Eindrücken, dem Tablett-Tragen und dem ständigen Umhergelaufe, schleppe ich mich die Stufen zu meiner Wohnung hinauf. Jetzt nur noch Schuhe aus, den Abend mit einer heißen Dusche abwaschen und meine geplagten Beine mit einer Rosskastaniensalbe eincremen oder mit Franzbranntwein, wenn ich so etwas im Haus haben sollte. Und dann nichts wie ab in die Federn. Vor meinem inneren Auge kann ich schon die Matratze unter mir spüren und fühlen, wie ich mich in meine mollige Bettdecke einmummele. Eine herrliche Vorstellung, die sich jäh verzerrt, als ich etwas Unvorhergesehenes auf meiner Fußmatte vorfinde.

Zwischen dem Rahmen auf dem Boden hockt Pitti, den Kopf an die Tür gelehnt, den Mund halb geöffnet. Er schnarcht. Ein Bild für die Götter … der Unterwelt. Der hat mir heute Abend gerade noch gefehlt. Leise drehe ich den Schlüssel im Schloss, schiebe vorsichtig die Tür auf und Pitti kippt direkt in meinen Flur. Herzlichen Glückwunsch. Sabbernd kommt er zu sich.

»Schatzi, wo hast du dich nur so lange rumgetrieben?« Er wirft einen Blick auf sein Handgelenk und die stehen gebliebene Tag Heuer, die auch schon bessere Zeiten gesehen hat.

»Ich hab noch gearbeitet«, sage ich mit müdem Hirn.

»Gearbeitet? Fängt das bei dir auch schon an mit diesen ganzen Überstunden? Da musst du dich echt wehren, sonst ziehen die dich aus bis aufs Hemd. Dabei würde ich das doch viel lieber übernehmen«, grinst Pitti und zwirbelt eine meiner Haarsträhnen um seinen Finger.

»Och, Pitti, ich bin hundemüde, können wir das nicht auf ein anderes Mal verschieben?«

»Müde? Das macht doch nichts, ich bleib einfach bei dir und wiege dich in den Schlaf. Du wirst mich gar nicht merken, versprochen. Ich kann auch auf der Couch pennen.« Eigentlich möchte ich protestieren, aber selbst dafür reicht meine Kraft nicht mehr.

»Ich geh duschen«, sage ich matt.

»Soll ich dir den Rücken schrubben?« Pitti strahlt bis über beide Ohren.

»Den Rücken schrubben?«

»Ja, das wird dir sicher guttun.«

»Woher willst du wissen, was mir guttut?«, nuschele ich, ohne ihn weiter zu beachten.

»Das habe ich so im Gefühl. Und? Darf ich?«

Ich überlege kurz, dass Pitti mich dann ganz nackt sieht, was er ohnehin schon getan hat. In meine Irritation mischt sich diese Art von zweifelhafter Neugierde, die mich schon oft zu Sachen getrieben hat, die mir auf den ersten Blick eigentlich nicht ganz geheuer sind. Ohne ihm eine Antwort zu geben, schlurfe ich ins Bad und streife mir den Pulli über den Kopf.

Noch nie hat mir ein Mann angeboten, mir den Rücken zu schrubben. Irgendwie süß von ihm, so fürsorglich, stolpert es mir durch den Kopf, während mein Rock auf die Fliesen rutscht. Im Halbschlaf steige ich in die Dusche und merke kaum, wie Pitti zur Tür hereinkommt und anfängt, sich auch auszuziehen.

»Was machst du da?«, frage ich ihn, als ich den Duschvorhang zuziehen will.

»Mich ausziehen? Wie soll ich dir sonst beim Duschen helfen?«

Na ja, ehrlich gesagt, dachte ich daran, dass er nur seinen Arm durch den Schlitz des Duschvorhangs streckt und von dort aus mit der Rückenbürste hantiert. Der Gedanke war wohl ziemlich einfältig von mir. Ich drehe das Wasser an und springe zur Seite, um dem ersten kalten Strahl zu entgehen. Aah, endlich, es wird wärmer, wie wunderbar. Ich schließe die Augen und genieße, wie die heißen Tropfen aus der Brause auf meinen Körper prasseln. Ich könnte stundenlang so stehen bleiben.

Eine ebenso warme Hand legt sich von hinten auf meine Schulter und fängt an zu massieren. Oh, das tut gut! Eine zweite Hand legt sich auf meine andere Schulter, beide massieren synchron. Ich muss unweigerlich stöhnen. Ein Duschgeldeckel ploppt auf. Sanft kreisen Finger auf meinem Rücken und verteilen den Schaum. Ich spüre eine Bürste zwischen meinen Schulterblättern. Obwohl diese Situation mit einem nackten Mann im Rücken bei mir normalerweise für Anspannung sorgen würde, relaxe ich gerade total. Vielleicht bin ich auch nur viel zu erschöpft, um mich mit Nebensächlichkeiten wie Hemmungen und Sonstigem zu beschäftigen.

Also vergesse ich alles um mich herum und gebe mich voll und ganz diesen himmlischen Berührungen hin. Samtweich kreisen Pittis Finger über meinen Rücken, rutschen über die Knubbel meiner Wirbelsäule und drücken eine Spur kräftiger in meinen Poansatz. Ich halte kurz die Luft an, doch sofort bewegen sich seine Fingerkuppen wieder an meinen Seiten aufwärts, um meinen Nacken bestimmt zu kneten. Ich lehne meinen Kopf zurück, um den Druck zu erwidern. Ich kann spüren, wie mein Rücken mittlerweile an Pittis nacktem, nassem und heißem Oberkörper lehnt und seine Hände sich unter meinen Armen durch zu meinem Bauch schleichen, um von dort aus aufwärts zu gleiten. Er schwebt förmlich über meine Brüste wie eine seifige Feder. Dann gleitet er wieder abwärts, umfasst meine Hüfte und reibt meine Schenkel ein, erst die Außenseite, dann traut er sich nach innen. Ein Anflug von Gegenwehr erstickt in dem wohligen Gefühl, das er auf mir hinterlässt und in mir entfacht. Seine Finger graben sich in meinen Schoß. Vor Überraschung sacke ich kurz in die Knie und presse mich damit noch mehr auf seine Hand, die diesen angenehmen Druck ausübt. Gerade als ich mich den kleinen elektrischen Schlägen hingeben will, die Pitti durch meinen Körper jagt, lässt er von der Stelle ab und wandert zu meinem Po. Meditativ seift er meine Backen ein und dreht mehrere Runden auf ihnen, bevor er mit einem seiner eingeseiften Finger abrutscht …

Ich zucke kurz zusammen und stoße ein irritiertes »Hey!?« aus.

»Nicht gut?«, fragt Pitti und lässt den Finger in meinem Po kreisen. Seine freien Glieder rotieren in und an meinem Schoß. Meine Beschwerde verebbt in einem Seufzer. Ich will mich seinen Fingern nicht entziehen, sondern lasse mich ganz darauf ein.

»Lass dich geh'n, Baby«, raunt mir Pitti in die nassen Haare, und nur zu gerne höre ich ausnahmsweise mal darauf, was mir ein Mann sagt …

Meine erotische Emanzipation nimmt ihren Lauf, ob unter der Dusche, auf der Baustelle oder im Visagistenraum. Wenn Frauen heutzutage entscheiden, ob sie lieber hinter dem Herd stehen oder hinter dem Schreibtisch sitzen, darf ich mir auch aussuchen, ob ich von hinten oder von vorne genommen werden will. Das klingt nach Flittchen? Nein, nach Selbstbestimmung auf sexueller Ebene. Adieu, Heimchen am Herd! Adieu, Blümchen im Bett! Willkommen, Spaß in allen Lebenslagen!

25

Im Schloss d'Amour

Die geheime Einladung, die mir die Unterhose im Swingerclub zugesteckt hatte, gilt für mich und eine Begleitung – und das ist auch gut so. Alleine würde ich auf keinen Fall zu diesem speziellen Event gehen. Dafür klingt mir das Ganze zu unheimlich und wiederum nicht abschreckend genug, um auf diese Erfahrung zu verzichten. Aber wen nehme ich zu der »Party« mit?

Pitti wäre eigentlich ein idealer Kandidat für ein erotisches Schloss-Experiment, aber ich glaube, dass er mir nach unserem letzten Zusammentreffen weibliche Wankelmütigkeit vorwerfen würde. Obwohl Pitti selbst kein Kind von Traurigkeit ist, lag nämlich nach unserem feuchtfröhlichen Dusch-Intermezzo eine befremdliche Mischung aus Verliebtheit und Anhänglichkeit in seinem Hundeblick, die mich ziemlich irritierte. Um seinen aufkeimenden Wunsch nach romantischer Zweisamkeit zu bremsen, musste ich uns beiden einen Gefallen tun und ihn noch, ehe seine

Haare trocken waren, mit möglichst feinfühliger Warmherzigkeit à la »Ich weiß zwar nicht, wie ich ohne dich weiterleben soll, aber ich probiere es jetzt schon mal aus« hinauskomplimentieren. Als er mich auf der Fußmatte anschaute wie ein ausgesetzter Welpe, musste ich zwar kurz schlucken, aber ich bin hart geblieben. Auch das ist ziemlich neu für mich, meinen frisch gewonnen Prinzipien treu zu bleiben und nicht aus bloßem Mitleid nachzugeben. Alles, was mit Leid zu tun hat, soll in meinem Bett und auch auf meinem Sofa kein freies Plätzchen mehr finden. Und Pitti wird es verkraften, er ist ja ein erwachsener Junge mit einem großen Garten voller Trostpflanzen, in dem er wildern kann.

Aber wer kommt sonst noch infrage?

Christina wäre sicher sofort dabei, es sei denn sie hätte dringende Termine und die hat sie eigentlich immer.

Meine Kolleginnen fallen auch aus, weil sie es ohnehin nicht begreifen können, wie ernst ich es mit meiner Arbeit nehme. Aber Studien am lebenden Objekt sind eben durch nichts zu ersetzen. Sogar der Verleger höchstpersönlich hat angeboten, mich auf meine »Dienstreisen« zu begleiten. Ich glaube mein Swinger-Bericht und die sonstigen Geschichten über Celia & Co haben ihm Appetit gemacht. Auch wenn die Vorstellung, Sex mit dem Boss zu haben, verlockend klingen mag, habe ich keine Ambitionen, mich hochzuschlafen.

Eindeutig wohler würde ich mich trotzdem mit einem Mann an meiner Seite fühlen, mit einem, der im Notfall nicht den Schwanz einzieht …

*

Ich hatte mir geschworen, nicht die Erste zu sein, die sich meldet. Ich wollte ihn kommen lassen. Unsere gemeinsame Nacht ist jetzt zwei Wochen her. Seitdem habe ich Nils nicht mehr gesehen. Was vielleicht daran liegen mag, dass ich jedes Mal unten im Hauseingang lausche, bevor ich hastig die Treppen hinaufeile, nur um ihm nicht zu begegnen. Die Wohnung verlasse ich ausschließlich, nachdem ich vorher meine Ohrmuschel schmerzhaft gegen die Flurwand gedrückt habe, um sicherzugehen, dass er nicht im selben Moment wie ich vor die Tür tritt.

Und jetzt bin doch ich diejenige welche, die auf seiner Fußmatte steht. Allerdings habe ich einen guten Grund dafür. Und was gibt es Besseres, als mit einem wirklich guten Grund bei einem Mann anzuklopfen, bei dem man sich eigentlich nicht melden sollte.

Oder sollte ich es doch lieber lassen? Nachher denkt er noch, ich laufe ihm nach. Mit einer halben Hüftdrehung signalisiert mir mein Körper, dass es Zeit ist, zu gehen und nicht mit ihm zu sprechen. Doch meine linke Hand reißt sich wie von Marionettenfäden gezogen nach oben und klopft gegen die Tür. Mist.

Vielleicht habe ich Glück und er ist nicht da. Allerdings parkt sein rotes MG-Cabrio auf dem Bordstein vor dem Haus. Er könnte auch auf dem Klo sein und deshalb nicht aufmachen. Eine dieser Varianten nehme ich als Ursache, falls er nicht öffnet und ich den Gedanken verdrängen muss, er habe mich durch den Türspion entdeckt und sich entschieden, mich wie einen lästigen Klinkenputzer einfach davor stehen zu lassen.

Leider habe ich vergessen, mir einen Zettel auf die Stirn zu kleben, auf dem er bereits durch das Guckloch lesen kann: *Ich habe einen guten Grund, um bei dir zu klopfen, und es hat nichts mit UNS zu tun!*

Ich könnte auch einfach wieder gehen, als wäre nichts gewesen. Kann doch mal passieren, dass man aus Versehen beim Nachbarn anklopft. Das ist so ähnlich wie Verwählen.

»Hallo Johanna!«

Zu spät. Nils steht vor mir, die Hand lässig auf die Tür gelegt.

»Ach, du bist ja da, ich dachte, du bist vielleicht nicht zu Hause.«

»Und weil du denkst, ich wäre nicht zu Hause, klopfst du bei mir?«

Na, das fängt ja prächtig an.

»Was kann ich Gutes für dich tun, meine Hübsche?«

Reagiert so, als wäre nichts gewesen. Mistkerl!

»Ich bräuchte dich ...«

»Davon gehe ich mal aus ...« Er deutet ein Lächeln an, das lässiger nicht sein könnte.

»Das nennt man dann wohl Selbstüberschätzung«, blaffe ich ihn an und will schnaubend auf dem Absatz kehrtmachen, doch er hält mich am Arm fest.

»Jetzt sei doch nicht gleich eingeschnappt, war doch nur ein Spaß«, sagt Nils schuldbewusst.

»Ich bin nicht eingeschnappt, ich bin nie eingeschnappt, ich kann gar nicht einschnappen, nicht mal wenn ... also, ich bin ein absoluter Anti-Schnappi, ist das klar!«

»Ganz klar«, Nils zuckt amüsiert mit der Nase. »Wofür brauchst du mich, mein kleines Anti-Schnappi?«

Arrrg! Mit zusammengebissenen Zähnen presse ich hervor: »Sozusagen für einen Undercover-Einsatz. Dafür brauche ich dich, aber wenn du keine Zeit hast, kein Problem, dann frage ich einfach einen anderen.«

»Undercover-Einsatz? Willst du mit meiner Hilfe andere Nachbarn ausspionieren, die nicht zu Hause sind?«

Der Kerl bringt mich auf die Palme. Was soll denn dieses bedeutungslose Gefasel. Könnte er nicht etwas sagen wie »War schön, unser letztes Date« oder »Entschuldige, dass ich mitten in der Nacht gehen musste, aber ich wurde zu einem lebenswichtigen Sondereinsatz gerufen«?

Obwohl ich langsam echt stinkig werde, reiße ich mich zusammen und versuche, ihm mein Vorhaben zu erklären.

»Ich habe eine Einladung für eine Party.«

»Aha? Erst mal nichts Besonderes, oder?«

»Doch! Diese Veranstaltung ist ein erotisches Event, an dem nur ein auserwählter Kreis teilnehmen darf. Man muss sich verkleiden und Masken tragen.«

»Und du willst dort Sex mit mir haben?«

»Nein, das will ich nicht!« Mein Protest poltert eine Spur zu energisch aus meinem Mund.

»Nicht?«

Oho, eine schwache Note der Enttäuschung schwingt in seinem Wort mit.

»Ich weiß einfach nicht genau, was bei einer solchen Party passiert, und ich wollte jemanden mitnehmen, der zur Not eingreifen kann. Verstehst du?«

»Ich verstehe. Du hast Schiss! Und du brauchst einen starken Mann an deiner Seite?«

»Von mir aus, dann habe ich eben Schiss. Und ja, mir wäre es lieb, wenn du mich begleiten könntest, schließlich gehört Personenschutz ja zu deinem Beruf, nicht wahr, Herr Kommissar?«

»Mmh, und verkleiden muss man sich?« Nils schaut mich fragend an.

»Ja, aber da finden wir schon was Passendes. Ich kenne da einen guten Laden, der für solche Zwecke ausgerüstet ist.«

»Du meinst einen Sexshop?«

Da kann man doch nur den Kopf schütteln. »Nein, kein Sexshop, du Witzbold.«

*

In »Friedas Fantasiewelt« statten wir uns für die Nacht der Nächte bestens aus. Da ich der Besitzerin des Kostümverleihs schlecht sagen kann, dass wir zu einer venezianischen Erotikveranstaltung gehen, habe ich ihre persönliche Vermutung stillschweigend lächelnd bestätigt. Wir spielen in einer Laienspielgruppe die Hauptrollen. Irgendwie ist da ja was Wahres dran, wenn ich uns in unseren Gewändern betrachte.

Nils sieht aus wie eine Mischung aus Seeräuber und Musketier. Der breitkrempige Hut verdeckt seine verwegenen Geheimratsecken. Die lange Jacke – eigentlich ist es fast ein Mantel – reicht ihm bis über die Knie und beeindruckt mit einem imposanten Stehkragen. Darunter trägt er eine Art Puffhose für Erwachsene. Jedes Kleidungsstück ist mit üppigen Goldborten, Knöpfen und Stickereien versehen.

Genau wie Nils trage auch ich als Grundfarbe Schwarz. Unter meinem ausladenden Rock könnte ich locker eine ganze Reservistenbrigade einschleusen. Die ebenfalls mit Goldfäden reich verzierte Korsage schnürt mir eine Taille, auf die so manche Wespe und vor allem Biene Maja richtig neidisch wäre. Alles, was nicht zwischen Rückenmark und Brustkorb passt, wird nach obenhin hinausgepresst, was selbst in meinem Fall ein annähernd rundes Dekolleté zaubert. Im Gegensatz zu meiner Begleitung schmücken mein Kleid etliche Federn und Perlen, mit denen ich jedem Perlhuhn Konkurrenz mache. Darüber trage ich einen schweren Samtumhang. Wir verdecken unsere Gesichter mit Masken, die nicht minder stark verziert sind als der Rest. Nils hat eine Maske mit spitz zulaufender Hakennase – lange nicht so schön wie sein echter Räuberzinken.

*

In dieser für meine Verhältnisse perfekt venezianischen Aufmachung fahren wir stilgerecht in Nils' Oldtimer durch die schmiedeeisernen Pforten des Schlossgartens, die sich wie von Zauberhand öffnen, als sie von dem Licht der Scheinwerfer getroffen werden.

Im zweiten Gang schleichen wir langsam die nicht enden wollende Auffahrt zum Schloss hinauf, begleitet von dem Knirschen der Kiesel. Eine Eskorte von Fackeln steht stramm und säumt den Wegesrand. Aus der Luft könnte so mancher Pilot diese Beleuchtung leicht mit einer Landebahn verwechseln.

Durch die Dunkelheit lassen sich die alten dicken Bäume nur vermuten, die auf dem ausladenden Grundstück als Wächter des

Anstands fungieren. Wie viele solcher Nächte sie wohl schon miterlebt haben? Die Baumkronen schütteln sich im Wind. Das Rauschen der Blätter klingt wie ein Murmeln, ein Tuscheln. Ein Tuscheln über das, was hier heute Abend vor sich geht? Oder erzählen die Bäume Schauergeschichten, Märchen aus tausendundeiner erotischen Nacht, deren heimliche Zuschauer sie sein durften oder mussten?

Der Wagen hält vor dem Schloss, das schneeweiß in der tiefblauen Nacht leuchtet. Zwei Männer in historischen Mänteln und ebenfalls mit Masken verkleidet, stehen wie zwei Zinnsoldaten neben den imposanten Hauptsäulen, die den Dreiecksgiebel des Daches auf ihren Schultern tragen.

Die kleine Schlossgarde kommt uns zu Hilfe, öffnet die Wagentüren und nimmt Nils' Autoschlüssel in Empfang.

Ich muss mein Kleid anheben, um die Stufen bis zu der Pforte des Palastes hinaufsteigen zu können. Der Schlosswächter unterstützt seine Verbeugung mit einer rudernden Handbewegung. »Herzlich willkommen zur venezianischen Nacht der Nächte, bitte nennen Sie das Codewort.«

Ich komme mir ein bisschen blöd vor, als ich sage: »Voulez vous coucher avec moi?«

»Vielen Dank – wir wünschen Ihnen unvergessliche Stunden.«

»Davon bin ich überzeugt!«, murmelt Nils, als sich vor uns die schwere Flügeltür öffnet und den Blick auf das Innere des bedeutenden Gebäudes freigibt.

Hunderte von Kerzen lassen das barocke Foyer im Glanz vergangener Tage erstrahlen. Etwas unsicher nehmen wir Schritt für Schritt Besitz von dem alten Schloss und seinen Geheimnissen und tauchen allmählich ein in diese mysteriöse Welt der unbekannten Lust, die uns magisch in ihren Bann zieht. Ich bin überwältigt von diesem Prunk, von dieser Eleganz, die ich sonst nur von den Schönen und Reichen aus dem Fernsehen kenne. So muss sich auch Aschenputtel gefühlt haben, als sie zum ersten Mal das herrschaftliche Parkett betrat. Der edle hölzerne Boden wechselt wie in einem Kaleidoskop die Musterung. Einfache geometrische Motive werden von prachtvollen Rosetten abgelöst, die sich an dem mit Gold verputzten Stuck an der Decke wiederfinden, aus dessen Mitte ein riesiger Lüster strahlt. Tausende Kristalle brechen das gelbe Licht der Kerzen und funkeln mit den zahlreichen Leuchtern an den mit schweren dunkelroten Stoffen verhangenen Wänden um die Wette.

In einem prunkvollen Kamin, in dem man locker zwei große Hausschweine grillen könnte, knistert verheißungsvoll das Feuer, an dem zahlreiche Gäste ihre nur noch leicht bekleideten Körper wärmen. Die dicken alten Mauern schirmen das Innere vor den Außentemperaturen ab, sodass eine angenehme Kühle im Schloss herrscht. Wer sich ausziehen will, rückt freiwillig in die Nähe des offenen Feuers.

Ich spüre, wie mich Dutzende Augenpaare hinter glamourösen Masken von Kopf bis Fuß fixieren, bevor sich diese wieder in ihre intimen Gespräche vertiefen. Ein Gewisper und Getuschel erfüllt die Räume.

Einige stolzieren wie auf einer Promenade zur Jahrhundertwende auf eine breite Treppe in der Mitte des großen Foyers zu, die augenscheinlich zu den »Gemächern« führt.

Die Bauweise erinnert mich an den Palast von Lara Croft in *Tomb Raider*. Wenn sich jetzt noch eine bezopfte, waffenbestückte Amazone in engen Leggings mittels Strickliane von Kronleuchter zu Kronleuchter schwingen würde, wäre es ein Spektakel ganz nach meinem Geschmack. Leider bedienen sich die meisten anwesenden Gestalten lediglich ihrer Füße, um über den breiten Treppenaufgang in die oberen Etagen zu entfleuchen.

Mitten in meine Action-Romantik-Dramaturgie platzt Nils mit einem mehr als banalen Anliegen: »Hier gibt's bestimmt auch irgendwo etwas zu trinken. Ich geh mal gucken.«

Ich kann gerade noch nach seinem Rockschoß greifen, um ihn daran zu hindern, sich ohne mich zwischen zwei dickbusigen

Doppel-D-Auslagen hindurchzuzwängen und in der Menge zu verschwinden. »Halt! Ich komme mit!«

Am liebsten würde ich Nils mal gehörig die Meinung geigen. Wie kann er mich hier zwischen all diesen fremden, mysteriös erscheinenden Menschen alleine stehen lassen wollen, wenn ich ihn ausgerechnet zu meinem Schutz mitgenommen habe? Einfach rücksichtslos!

Da Vorwürfe bei Männern generell nicht gut ankommen, schlucke ich meinen Anflug von Ärger hinunter und stöckele brav hinter ihm her.

Urplötzlich formiert sich die Menschenmenge zu einer Schlange, greift sich nacheinander an die Schultern und veranstaltet eine – profane Polonaise. Ich spüre zwei Hände, die sich auf meinen Rücken legen, und ducke mich reflexartig weg. Die Hände lösen sich von mir. Schnell mache ich ein paar Schritte zur Seite, um der Kettenbildung zu entrinnen, und klammere mich an einen männlichen Alabastertorso. Auch wenn es nur ein Bruchteil von einem ganzen Kerl ist, lasse ich den so schnell nicht wieder los.

Nils ist leider nicht so standhaft wie ich. Als ihn eine der Doppel-D-Damen am Schlafittchen zieht, lässt er sich mitreißen. Ich kann ihm nicht folgen, ohne meinen Gipsfreund zu verlassen. Also hoffe und warte ich darauf, dass Nils direkt nach seiner Sause mit zwei Sektgläsern wieder zu mir zurückkehren wird.

Doch er bleibt wie vom Schlossboden verschluckt. Leicht angenervt mache ich mich nach einer ganzen Weile auf die Suche nach meinem verlorenen Begleiter. Die Frage ist nur, wo ich mit meiner Recherche anfangen soll. Vielleicht im Keller? Aber alleine in die Katakomben des betagten Prunkbaus zu gehen, traue ich mich nicht. Möglicherweise existiert hier sogar noch ein altes Folterverlies, in dem es von Spinnen und Ratten nur so wimmelt.

Ich kann mich nicht entscheiden, ob ich es befürchten oder ob ich es mir wünschen soll, dass Nils gerade Daumenschrauben angelegt bekommt oder jemand unter seinen nackten Füßen ein kleines Fegefeuer entfacht. Wenn es so sein sollte, wäre er selbst schuld daran. Ich habe ihm gleich gesagt, wir müssen zusammenbleiben. Eigentlich gehören ihm dafür, dass er mich schmählich zurückgelassen hat, vor allem die Ohren lang gezogen.

Soll er doch im Keller verkommen! Ich ziehe es vor, nach oben zu gehen und meine halbherzige Fahndung in der Beletage fortzusetzen. Vielleicht finde ich dort noch etwas Besseres als ihn!

Ich bahne mir den Weg über die Treppe durch bunte Masken, wogende Dekolletés und Herren, die sich den Hut ziehend vor mir verbeugen. Milde lächelnd ignoriere ich diese indirekten Einladungen und schaffe es unversehrt bis in den ersten Stock.

Auf dem, mit rotem Teppich ausgelegten, breiten Flur vernehme ich schallendes Gelächter, das aus den angrenzenden Räumen dröhnt. Ich pirsche mich vorsichtig an die Türen heran, um ein paar Worte zu erhaschen. Aber ich empfange nur undefiniertes Gemurmel.

Zum Glück kann ich mich nicht blamieren, wenn ich durch eines der Schlüssellöcher luge. Spannen gehört bei dieser Veranstaltung sicher zum guten Ton.

Im ersten Zimmer bleibt mir leider die Sicht verwehrt, weil jemand direkt vor der Tür steht und ich außer einer Brokatschleppe, die hier fast jede Zweite trägt, nichts erspähen kann. Ich finde diese Verkleidung für ein amouröses Abenteuer ziemlich unpraktisch. Quickietechnisch doch total inakzeptabel, allein schon wegen der knielangen Rüschenunterhosen.

Enttäuscht von der mageren Ausbeute meiner ersten Spionageaktion, schleiche ich zur nächsten Tür. Ich lüpfe meinen Rock, damit ich nicht ständig mit der Schuhspitze im Saum hängen bleibe, wenn ich beim Lauschen leicht in die Knie gehe. Als ob man in gebückter Haltung besser hören könnte. So ein Unsinn! Besser sehen aber in jedem Fall.

*

Die Schlüssellöcher sind außergewöhnlich groß. Vielleicht sind die extra für solche Events installiert worden? Mir soll's recht sein, auch wenn ich manches Mal mehr erspähen kann, als mir lieb ist.

Was machen die denn da? Ich muss augenblicklich an meinen Abend im Casino denken, als jede der anwesenden Damen wegen des *Ladies' Day*-Mottos einmal am Glücksrad drehen durfte. So ein ähnliches Gerät hängt in dem Raum an der Stuckwand. Ob man damit auch ein Wellnesswochenende gewinnen kann, wenn man den Dreh raus hat?

Allerdings sind keine Zahlen oder Buchstaben auf dem Glücksrad deponiert, sondern eine nackte Frau. Sie ist an Armen und Beinen mit Manschetten gesichert. Ein ebenfalls vollständig entblößter Mann dreht das Rad ganz langsam im Uhrzeigersinn. Eben noch hing die Frau wie eine in die Jahre gekommene Gallionsfigur in den Riemen, bis ihr Glücksradagent sie in die umgedrehte Lage manövriert hat. Kopfüber baumelnd, schießt ihr augenblicklich das Blut ins Gesicht und ihm in die Lenden, erst recht, als der Peter-Bond-Verschnitt anfängt, laut schmatzend an der ihm dargebotenen Intimzone rumzuschlabbern.

So schräg muss man als Frau mal drauf sein. Damit der Typ es sich bequem im Stehen schmecken lassen kann, platzt der Trulla gleich der Kopf. Wer weiß? Nachher ist das ja auch schon wieder ein ganz eigener Fetisch, vorteilhaft für Menschen mit Durchblutungsstörungen oder schweren Beinen.

Ich, für meine Verhältnisse, habe genug gesehen. Da es hier nichts zu gewinnen gibt, versuche ich mein Glück in einem anderen Gemach.

Hinter der nächsten Tür ist es allerdings verräterisch still und im Schlüsselloch steckt ein Schlüssel. Da! Ich höre ein Stöhnen und Genuschel. Warum flüstern die denn?

Eigentlich könnte ich einfach in das Zimmer hineingehen. Uneigentlich käme ich mir ziemlich blöd vor, wenn ich geradewegs in eine Orgie platze, die in vollem Gange ist.

Lieber presse ich mein Ohr noch ein bisschen fester an die Holztür.

»Ja, du geile Sau, mach's mir!«

Die Stimme kenne ich doch!

Aber das kann ich mir beim besten Willen nicht vorstellen, dass er …

»Jippieh, ihr seid die Besten!«

Das reicht! Zaghaft, aber bestimmt drücke ich mit beiden Händen die Türklinke nach unten und ziehe die Tür ein Stückchen auf. Zehn Zentimeter genügen, um mehr zu sehen, als gut für mich ist.

Auf einem großen Himmelbett ohne Himmel liegt Nils auf dem Rücken. Auf ihm thront hüftschwingend eine barbusige Mätresse. Neben ihm wälzen sich zwei Frauenleiber knutschend aufeinander. Im Schoß der einen steckt seine – Hand. Eine vierte Gespielin leckt genüsslich an seinem großen Zeh. Nils hat wirklich alle Glieder wärmstens verstaut.

Ich fasse es nicht. Wie kann er nur? Ich nehme ihn zu dieser Veranstaltung mit, damit er auf mich aufpasst, und was macht er? Vergnügt sich mit anderen Weibern, ohne Rücksicht auf emotionale Verluste.

Oh, ich bereue es, dass ich keine Kamera mitgenommen habe. Sonst würde ich jetzt ein Beweisfoto schießen und es an seine Kollegen schicken. Obwohl? Die würden ihn dafür wahrscheinlich grölend feiern und ihm einen Lorbeerkranz für herausragende sexuelle Leistungen verleihen! Männer!

Ich könnte das Corpus Delicti auch in unserem Mietshaus ans Schwarze Brett nageln. Der verheiratete Frauenanteil liegt auf den Etagen bei über 60 Prozent und das Durchschnittsalter kurz vor Rentenbeginn. Ha! Da wären 15 Jahre Treppenputzdienst wöchentlich noch die mildeste Strafe!

Aber ich habe ja gar kein Foto.

Ich bin so sauer, dass ich ihm am liebsten eine Verletzte-Ehefrauen-Szene hinlegen würde. Aber das würde aus den verschiedensten Gründen ganz schlecht ankommen. Erstens sind wir in keinster Weise aneinander gebunden, geschweige denn verheiratet. Zweitens wird dieser feierliche Rahmen absichtlich veranstaltet, damit man sich sexuell vergnügt, und drittens: Was habe ich eigentlich von ihm erwartet?

Wutschnaubend drehe ich mich um, raffe meinen Rock hoch über die Knie und renne über den Flur zurück zur Treppe. In meinem Ungestüm remple ich zwei Männer an.

»Sorry, aber ich … ich muss mal«, entschuldige ich mich.

»Oh, dürfen wir zusehen?«

Entsetzt schüttele ich den Kopf und mustere die beiden. Die Gestalten sind um einiges größer als ich und haben sehr breite Schultern. Die idealen Türsteher, um Längen geeigneter als diese schmalbrüstigen Gockel, die heute Abend die Einladungen kontrolliert haben. An denen hier kommt so schnell keiner vorbei.

»Da hinten, seht ihr die offen stehende Tür? Dort herrscht Frauenüberschuss. Die brauchen dringend potente Verstärkung. Der einzige Mann vor Ort ist ziemlich überlastet und außerdem … Außerdem hätte er gerne einen Herrn an seiner Seite – ihr versteht, was ich meine?«

Die beiden schauen sich strahlend an und nicken synchron wie zwei Wackeldackel, die auf die Läufigkeit der benachbarten Klorolle hoffen. Forschen Schrittes eilen sie den Gang entlang.

»Er ziert sich gerne – aber das ist nur gespielt!«, rufe ich den beiden noch nach, bevor sie die Tür hinter sich schließen.

*

Auf den Schock brauche ich erst mal einen Schnaps oder Cognac oder Whiskey. Ich zupfe dem nächstbesten Mann am Ärmel.

»Wo gibt's denn hier was Hartes? Ich hab's echt bitter nötig«, stammele ich in einem Zustand tiefster emotionaler Ergriffenheit. Oder anders gesagt – ich bin am Boden zerstört.

Der Schönling in edlem Kostüm zieht wachen Blickes eine Augenbraue nach oben und mustert mich eingehend von oben bis unten.

»Was ist denn?«, frage ich verdutzt und folge seinem einer Nacktschnecke bewegungsgleichen Blick auf mir.

»Was? ... Oh verzeihen Sie. Meine Gedanken waren gerade auf Abwegen. Ich habe etwas ganz Hartes für Euch, my Lady, an dem Ihr Eure Begierde stillen könnt.«

Na, also. Geht doch! Gedankenverloren folge ich dem gestiefelten Kater in Knickerbockern und Samtweste, als er ohne Weiteres hinter einer schweren Holztür verschwindet. Dahinter offenbart sich mir ein exklusiver, vertäfelter Raum, dem eine prunkvolle Ottomane, ein Billardtisch sowie ein herrschaftlicher Schreibtisch mit ebensolchem Stuhl ein edles Ambiente verleihen. Der Raum ist erfüllt von den Klängen von Rondò Veneziano. In einer halb geöffneten Erdkugel, die neben der Récamiere steht, entdecke ich Flaschen mit hochprozentigen Stimmungsaufhellern.

»Reicht das, gnädige Frau?« Der vornehme Unbekannte präsentiert mir mit einer einladenden Geste die Hausbar.

»Die Welt ist nicht genug«, zwinkere ich ihn an, stürme schnellen Schrittes auf den Globus zu und greife nach einer der Kristallkaraffen. Ich öffne den Glaspfropfen und schnuppere an der Flasche. Hui, das haut rein. Riecht nach Cognac, schmeckt nach Cognac, ist Cognac – Chanté!

»Ich nehme auch einen, my Lady, wenn Ihr erlaubt?« Den aufmerksamen Fremden hatte ich schon fast vergessen. Jetzt aber hält er mir seinen Cognacschwenker entgegen, und lächelt mich wohlwollend an. Zu meiner Verwunderung hat er seine Maske bereits abgelegt und ein wahrlich hübsches Männergesicht damit enttarnt. Weiche Züge ohne jegliche Falten oder Unebenheiten lassen ihn in dem schummrigen Licht fast wie einen Jüngling in meinem Alter erscheinen. Doch eine gewisse Aura aus Erfahrung und Gelassenheit umhüllt ihn, die mir verrät, dass er bereits einige Lenze mehr als ich zählen muss, wenn auch nicht viele.

»Wollen wir uns nicht setzen, meine Gnädigste?« Er deutet galant auf die Ottomane. Schweigend lasse ich mich auf dem weichen Polster nieder und nippe an meinem Glas. Der Fremde lässt mich nicht aus den Augen, das spüre ich. Sogar wenn er trinkt, verfolgt er jede meiner Gesten noch mit seinem Blick. Seine Aufmerksamkeit irritiert mich doch sehr. Nervosität steigt in mir auf, ich nestele nervös am Kragen meiner Rüschenbluse.

»Ich heiße Alexander«, erreichen mich flüsterlaut seine Worte. Er greift zärtlich nach meiner Hand, mit der ich eben noch unsicher über meinen gefühlt glühenden Hals gerieben habe. Ich fahre erschrocken zusammen, entspanne mich aber im nächsten Moment, als Alexander aufsteht und sich mit einem kleinen Diener vor mir verbeugt, bevor er mich zu sich zieht und anfängt, sich geschmeidig zu den Klängen von *Musica Fantasia* zu bewegen. Wir tanzen. Er führt mich. Ich lasse mich führen und versuche, dabei nicht über meinen Rock zu stolpern. Vermutlich bin ich eine denkbar schlechte Tanzpartnerin, aber er schafft es, dass ich mich wie eine zarte Elfe fühle, die feengleich über das Parkett schwebt. Alexander strahlt mich an, nicht offensichtlich, eher geheimnisvoll, aber ich spüre, dass es ein Strahlen sein soll. Seine Schritte werden überschwänglicher, wir fegen durch den Raum wie ein wild gewordener Derwisch. Ich lege mich gegen seine Arme, neige den Kopf nach hinten und versuche, seinen gezielten Schritten zu folgen. Wir drehen uns, gleiten über den Boden. Die Wände, die Decke verschwimmen. Mir wird schwindlig. Ich schließe die Augen.

Es kommt mir vor wie eine kleine Ewigkeit, die wir uns von der Musik leiten lassen, bis die ausschweifenden Bewegungen durch ein sanftes Wiegen abgelöst werden. Eben noch am Boden zerstört und jetzt trunken vor Glück. Ist es der Cognac oder der berauschende Tanz, der meine Sinne betört? Egal – ich fühle mich einfach nur gut und könnte ewig so weitermachen. Ein Kuss trifft meinen Hals. Lippen bewegen sich auf meiner Haut. Mir wird heiß, überall. Es kribbelt wie ein warmer Sommerregen, als er mit seinem Mund meine nackte Haut erforscht und mit der Hand über meine Schlüsselbeine fährt, bevor er die obersten Knöpfe meiner Bluse löst. Die Wärme seiner Küsse löst in mir einen Hitzeschwall aus. Mein Puls durchbricht die Schallgrenze.

Neugierig abwartend, konzentriere ich mich nur auf die Empfindung seiner Zärtlichkeiten und lasse die Augen geschlossen, um die Realität auszublenden. Stück für Stück löst er Haken und Ösen, die mein Kleid zusammenhalten. Der Stoff rutscht langsam von mir ab.

Zwei Hände legen sich von hinten um meine Taille. Ich spüre den Druck eines Körpers in meinem Rücken und Hände an meinem Bauch. Viele Hände. Zu viele Hände. Lippen an meinem Ohr, Lippen auf meinem Hals. Zu viele Lippen. Ich öffne die Augen, sehe wie Alexanders Kopf in meinem Dekolleté liegt. Aber jemand drückt sich von hinten gegen mich. Ich taste hinter mich. Da ist noch jemand! Meine Knie werden weich.

»Wer ist das?«, frage ich leise, kurz davor, flüchten zu wollen, andererseits gebannt von dieser misslichen Lage, die mich wiederum verheißungsvoll an diesen Ort fesselt.

»Meine Liebe, darf ich Euch Ludwig vorstellen«, sagt Alexander und zieht den Mann zu sich, der eben noch seine Hände in meinen Nacken gelegt hat. Ludwig ist beeindruckend. Eine Schrankwand auf zwei Beinen. Es müssen die breitesten Schultern sein, die ich je gesehen habe, auf einem Körper, der ansonsten keine überflüssigen Pfunde aufweist, aber auch keine missen lässt. Die Hände hat er vor seinem Körper verschränkt, als er sich formvollendet vor mir verneigt. Dabei fällt ihm eine seiner hellbraunen Locken in das verschmitzt lächelnde Gesicht. Reflexartig, als hätte jemand meinen Arm angeschoben, greife ich danach und streiche sie ihm aus der Stirn, um mich im selben Moment über meine Initiative zu wundern. Mein Mund steht vor Überraschung über mich und den ungewissen Moment halb offen. Ludwig nutzt die Gelegenheit, um mir einen Kuss zu geben. Ich weiß nicht, wie mir geschieht, doch nach den ersten Sekunden der Starre erwidere ich seine Zärtlichkeit, die er leidenschaftlich auf meine Lippen drückt. Seine Zunge ist bestimmt und fest, lässt mir keine Möglichkeit, mit meiner zu flüchten. Ich muss seinen Druck erwidern und gerate wie in einen Sog aus unbekannter Begierde.

Als wäre ich selbst eine Figur in diesem verruchten Film, lasse ich mich auf die ungewöhnliche Szenerie ein und zappe wie mit einer Fernbedienung in meinem Kopf herum, auf der Suche nach dem Ausschalter für meine Gedanken. Ich will nicht überlegen, sondern einfach nur machen oder machen lassen.

Selbstvergessen in dem Strudel aus leidenschaftlichen Küssen, lässt Ludwig von meinen Lippen ab, um Alexander Platz zu machen, der mir seine Zunge ganz anders, so zart und weich, in den Mund spielt. Wie unterschiedlich Männer doch sein können, schießt es mir in den Kopf, und doch bietet genau die Kombination aus beidem geradezu ein Suchtpotenzial. Das Auf und Ab meiner Gefühle spiegelt sich wunderbar in den Küssen der beiden wider. Mal stürmisch hart und gezielt, mal weich und verspielt – ein wahres Lustpotpourri. Als ich merke, dass es nicht aufhört und eins das andere ergibt, ersticken meine aufkeimenden Komplexe. Nur kurz öffne ich die Augen, um nicht aus diesem wahnsinnigen Traum zu erwachen, und sehe, wie sich Alexander bereits vollständig ausgezogen hat. Er entblößt einen drahtigen Körper, dessen bestes Mittelstück sich bereits in freudiger Erwartung gen Lüster streckt. Ludwig trägt nur noch ein weißes, halb offenes Hemd, unter dem seine harte Erregung zwischen den letzten Knöpfen durchschimmert.

Die beiden scheinen Routine darin zu haben, sich vor anderen zu entblößen. Warum auch nicht. Jedem das Seine. Ich für meinen Teil bin gerade ein wenig unfähig, etwas zu dem spannenden Schauspiel beizutragen. Dankenswerterweise übernehmen die Männer den aktiven Teil für mich und fangen an, mich langsam auszuziehen.

Mit jedem Stück Stoff, das ich verliere, fallen auch meine Hemmungen ein Stück weit von mir ab, obwohl ich es eigentlich andersherum erwartet hätte. Hurra, ich lebe noch!, rufe ich in Gedanken – und genau das ist es. Als ich merke, dass ich nicht vor Scham sterbe, je näher die zwei mir kommen, kann ich mich umso entspannter ihren routinierten Handgriffen fügen. Meine Aufregung wandelt sich schnell in Erregung, als 20 Finger gierig über meine nackte Haut tänzeln und mir vor lauter Reizüberflutung fast schwindlig wird. Ludwig greift nach meinem Ellenbogen, um mich zum Billardtisch zu führen. Ich stolpere fast über meine Füße, weil meine Knie augenblicklich weich werden, als wären sie nur aus Knete gemacht. Er lehnt sich rücklings gegen den Rand und zieht mich langsam an sich. Das Hemd trägt er noch immer, es liegt wie ein verheißungsvoller Vorhang auf seinem Schwanz, der sich mir erhaben entgegenreckt. Mein Bauch drückt sich dagegen, als mein Körper seinen berührt. Seine Eichel berührt meinen Bauchnabel und ich merke genau, wie es darin feucht wird, als er sich fast unmerklich dichter an mich drängt. Es tobt in meinem Inneren, vom Kopf bis zu den Füßen, als wäre ich ein lebendiges Heizkissen, bei dem gerade die Sicherungen durchbrennen. Alexander drückt sich von hinten gegen meinen Rücken, küsst meine Schultern und meinen Nacken. Er ist warm und weich, seine sehnigen Oberschenkel berühren meine, sein Glied drückt sich hart gegen meinen glühenden Po. Langsam fährt er zwischen meinen Backen auf und ab, bevor er mich plötzlich umdreht und nun Ludwig seinen strotzenden Schwanz an meiner Kehrseite reibt.

Alexander streicht mit seinem angelutschten Finger eine imaginäre Linie auf meinem Körper nach, von den Ohrläppchen über den Hals, über meine Brustwarzen, die sich wie zwei kleine Minikanonen, zum Abschuss bereit, aufrichten. Mein ganzer Körper spannt vor lauter Erregung, als wäre meine eigene Haut zu eng. Ich merke, wie Ludwig über meinen Hintern streichelt, erst mit einer Hand, dann mit beiden, und ordentlich zulangt, richtig kräftig, als wolle er testen, was ich vertragen kann. Ich muss aufstöhnen ob dieser dreisten Handgreiflichkeit. Doch meine erste Empörung wandelt sich in Lust, als ich immer noch den Druck wie ein Phantom auf meinem Po spüre und mich schon nach der nächsten dermaßen intensiven Berührung sehne. Wieder bin ich von mir selbst überrascht. Als wüsste Alexander, was mir fehlt, kneift er in meine Brustwarzen, beißt sanft in meinen Hals.

Wenn ich nicht so dicht gedrängt zwischen den beiden stehen würde, müsste ich augenblicklich in mich zusammensinken vor Lust. Ludwigs Atem legt sich wie ein nebelfeuchter Schleier auf meinen Nacken. Er weicht eine Kleinigkeit hinter mir zurück und platziert seinen Schwanz zwischen meinen Beinen, sodass ich darauf reiten könnte wie eine Hexe auf ihrem Besen. Das harte Stück macht mich fast verrückt, als er sein Becken vor und zurück bewegt.

Meine Verhaltenheit weicht dem unermesslichen Verlangen, seine männliche Macht in mir spüren zu wollen. Ludwig zieht sich ein Stück zurück, um dann der ganzen Länge nach in mich zu stoßen. Ich ringe nach Luft, halte mich hemmungslos an Alexanders Steifem fest und reibe ihn rhythmisch zu Ludwigs Bewegungen in mir. Mal kurz und schnell, mal langsam und tief.

Obwohl ich stehe, lasse ich mich ganz auf Ludwig nieder, habe das Bedürfnis, ihn noch tiefer in mir aufzunehmen, als es überhaupt möglich ist. Alexander keucht unter meinen Handbewegungen, Ludwig umfasst mit der einen Hand meinen Bauch, mit der anderen meinen Hals, als wolle er mich noch fester an sich klammern, obwohl das kaum mehr geht. Ungewollt lasse ich Alexanders Erregung los, die er sich selbst weiter massiert. Plötzlich entweicht mir Ludwigs innere Stütze. Ich sacke leicht in die Knie vor Überraschung und drehe mich um. Ludwig hat sich auf die Billardumrandung gehockt, sein bestes Stück wippt verlockend und ragt als geiler Wegweiser in die Höhe. Im Gegensatz zu meiner sonstigen Nacktphobie finde ich diesen Anblick gerade extrem überwältigend. Überwältigt bin ich auch von meiner eigenen Courage. Ich kann gar nicht anders, als einen Schritt auf ihn zuzugehen. Er legt seine Hände unter meinen Hintern und hebt mich hoch, als wäre ich leicht wie ein Schmetterling, um mich auf seinem Schwanz wieder abzusetzen. Er gleitet in mich und lenkt meine Bewegungen, die mich Raum und Zeit vergessen lassen.

Ein leises Stöhnen hinter mir erinnert an den Dritten im Bunde, der dem geilen Schauspiel beiwohnt und sich daran ergötzt. Tatsächlich macht mich diese Vorstellung, beobachtet und begehrt zu werden, noch rasender als ohnehin schon. Ich scheine mich dank Ludwigs hartem Körpereinsatz förmlich aufzulösen und spüre einen Schauer nach dem anderen, als er mit einem dumpfen Stöhnen an meinem Hals erlöst ausatmet.

Sekunden der Stille, ach was, Minuten. Langsam komme ich wieder zu mir, den Geschmack seiner salzigen Haut auf meinen Lippen, den Geruch seines Körpers in der Nase. Er hat die Augen geschlossen, lächelt trotzdem so verklärt, als liefe das ganze Szenario noch einmal in seinem ganz privaten Plüschkopfkino ab. Da stehen sie nun, meine beiden Muske(l)tiere mit hängenden Degen. Aus Alexander dem Großen wurde ein ganz Kleiner, und der Sonnenkönig von Ludwig ist nur noch der Schatten seiner selbst. Eine irrwitzige Situation. Ich allein mit zwei nackten Männern. Nackt!

Wie der Vorhang nach dem letzten Akt fällt auch von mir mit einem Mal der Schleier der Begierde. Die Hitze meines Körpers weicht einem eisigen Frösteln. Schützend halte ich meine Arme verschränkt vor meine Brüste. Oh Gott, was habe ich getan! Ich bin geschockt und irritiert zugleich. Geschockt von der verdorbenen Dreistigkeit dieser beiden Möchtegern-Bourgeois, wie sie mich verführten, irritiert von meiner Schamlosigkeit, welche ich mir in meinen kühnsten Träumen nicht hätte vorstellen können. Gestern noch das behütete Mädchen aus gutem Hause, heute die Schloss-Gespielin sexgesteuerter Casanovas. Ich eine Konkubine? Ich schüttele vehement diesen Gedanken aus meinem Kopf. Wer hat denn hier mit wem geschlafen? Sie mit mir, ich mit ihnen oder wir mit uns? Ist nicht guter Sex, wenn man so sein kann, wie man ist, sich der Lust hingibt, die man verspürt, ohne sich in ein Korsett aus falschen Moralvorstellungen zu zwängen? Und ich hatte guten Sex. Ohne Wenn und Aber. Nicht gewollt, nicht geplant, sondern einfach getan. Wenn ich in mich hineinhorche, fühle ich mich gut, und nur das zählt. Ein Kuss trifft meinen Hals und befreit mich von meinen philosophischen Ausschweifungen.

»My Lady, Ihr seid ganz wunderbar«, haucht Alexander mir ins Ohr, so als sollte es der andere neben mir nicht hören dürfen. Ich glaube zu erröten, obwohl es jetzt wohl eher zu spät dafür ist. Sprechen kann ich aber auch nicht. Wir lösen uns voneinander. Die beiden helfen mir beim Anziehen und zeigen dabei die gleiche Geschicklichkeit wie vorhin. Galant bis zum Schluss. Danke, Jungs, für alles!, denke ich nur. Sagen würde ich das nie. Schließlich habe auch ich meinen Stolz.

*

Was für eine Woche. Die Reportage »Schloss d'Amour« ist aufgeschrieben, Nils ist abgeschrieben und ich bin um zwei Erkenntnisse reicher: Männer können einfach nicht treu sein, und was Männer können, können Frauen schon lange. Nur dass ich mit meinen Abenteuern nicht hausieren gehe. Es würde mir eh keiner glauben. Außer vielleicht Christina, aber die hat es noch viel dicker hinter den Ohren – oder auch woanders …

26

Der etwas andere Aushilfsjob

Bist du verrückt? Das kann ich auf gar keinen Fall machen! Warum sagst du ihm nicht einfach ab?«

»Solch einem Kunden sagt man nicht ab, dann habe ich ihn für immer verloren. Ich weiß, du kannst das. Bitte! Ich versichere dir auch, dass es ganz unkompliziert wird. Du musst nichts machen, außer mit ihm essen zu gehen, Wein zu trinken und dich gut zu unterhalten. Okay, nett lächeln und dir was Hübsches anziehen solltest du auch, aber das dürfte dir in Erwartung eines attraktiven Mannes mit guten Manieren nicht schwerfallen. Außerdem bekommst du für diese netten Gesten immerhin 3000 Euro plus Spesen – nur für ein paar Stunden Gesellschaft.«

»3000 Euro!!??« Mir fällt vor Schreck fast das Handy aus der Hand.

»Ja, ich überlasse dir meine volle Gage, schließlich hast du die ganze ›Arbeit‹.«

Das muss man sich mal überlegen. So viel Geld für einen unverfänglichen Abend zu zweit. Was sollte ich dagegen einzuwenden haben?

Immerhin habe ich auch die Erfahrung mit meinen zwei Gespielen im Schloss nicht bereut. Auch wenn es mir im Nachhinein immer mehr wie ein wunderbarer Traum vorkommt, weiß ich, dass es real war. Ein Dreier. Nie im Leben hätte ich damit gerechnet, dass mir einmal so etwas passieren könnte, und nie im Leben hätte ich mir vorstellen können, es wirklich, ganz wirklich zu tun. Eine Prise Stolz und Sehnsucht mischt sich in meine Gedanken an den Abend, der mich immer wieder stimuliert, wenn ich ihn mir in einsamen Nächten vor Augen hole. Warum nicht noch mal etwas Neues wagen, was mir vielleicht genauso imponieren und den Alltag aus den Angeln heben könnte?

»Und wenn er mehr will?«

»Dann gibst du ihm mehr.«

»Wie bitte?«, schreie ich empört ins Telefon.

»Er hat mich nicht zum ersten Mal gebucht. Bisher hat sich sein Liebesbedürfnis immer darauf beschränkt, gemeinsam die Nacht im Hotelbett zu verbringen – wie ein altes Ehepaar. Das heißt ohne Sex oder sonstige erotische Fingerfertigkeiten!«

»Hattet ihr dabei etwas an?«

Die kurze Pause am Telefon wird mit einem leichten Rauschen und Knacken übertönt, als wolle die Leitung die Antwort vertuschen.

»Ja, was man im Bett nun mal so trägt. Unterwäsche oder Ähnliches. Jetzt mach dir mal keine Sorgen oder meinst du wirklich, ich würde dich zu einem Kunden schicken, von dem du etwas zu befürchten hättest?«

Das ist auch wieder wahr. Obwohl ich es immer noch nicht glauben kann, wie ein Mann für solch einen Abend so eine Stange

Geld bezahlen kann. Christina hat auch darauf eine plausible Antwort für mich.

»Der Mann hat vor einigen Monaten seine Frau verloren. Er ist einer der wenigen, denen ich einen Seitensprung niemals zutrauen würde. Das Einzige, was ihm fehlt, ist weibliche Gesellschaft, jemanden, mit dem er reden und dessen Nähe er spüren kann. Nicht mehr, aber auch nicht weniger!«

Ich brummele unschlüssig in den Hörer, anscheinend ein Anreiz für Christina, mich weiter aufzuklären.

»Johanna, wie oft hast du schon in einem fremden Bett gelegen oder dich mit einem Mann unterhalten und dabei im Grunde nur draufbezahlt? Deine Zeit verschwendet, deine Jugend, deine Aufmerksamkeit für nichts, weil er sich als Vollkatastrophe entpuppt hat. Nur Unkosten – moralisch und im Portemonnaie. Sicher hast du dich frisch geduscht, hübsch geschminkt, was Nettes angezogen – kostet ja alles: Wasser, Strom, Nerven. Manche Typen sind zudem so knickrig, dass sie sich schon einen dabei abbrechen, wenn sie die Pizza bezahlen müssen. Oder etwa nicht?«

Wo sie recht hat, hat sie recht. Ich will gar nicht weiter daran erinnert werden, an die vielen Rechnungen im Lokal, die ich übernehmen musste, weil der feine Herr gerade auf die Toilette musste oder sein Geld vergessen hatte. Großzügigkeit ist eben eine Tugend und hat lange nichts mit dem Kontostand zu tun.

»Deswegen ist es gut, dass es Frauen wie uns … ähm … wie mich gibt. Was bleibt einem einsamen Geschäftsmann anderes übrig, wenn er ständig unterwegs ist. Einer, dem es zuwider ist, abends alleine an der Bar bei Whiskey und Zigarre einen geistlosen Abend ausklingen zu lassen, der ihm seine Einsamkeit vor Augen führt? Eine Frau ansprechen, die sofort eine unerwünschte Anmache vermutet oder, im Gegenteil, zu viel von ihm fordert? Das ist nicht sein Stil. Außerdem könnte er ohnehin keine Beziehung zu ihr aufbauen, weil er schon am nächsten Morgen drei Zeitzonen weiter reisen muss.«

Eigentlich müssten mir gleich vor lauter Rührung über die Schilderung dieser besonderen Spezies die Tränen kommen, aber Christinas Formulierungen haben mich gleichzeitig amüsiert. Von der Existenzberechtigung ihres Gewerbes war ich schon vorher überzeugt.

»Ist ja gut, ich habe es verstanden. Zur Not kann ich ja immer noch gehen, falls etwas vorfällt?«

»Sicher.«

Also halten wir mal die Fakten fest. Ich soll für Christina einen Kunden übernehmen, weil sie an dem betreffenden Wochenende bereits einen exorbitant lukrativen Auftrag in London hat. Insgeheim frage ich mich, wie lukrativ der wohl sein mag. Ich finde diesen Verdienst schon grandios! Dafür soll ich einen Herrn in Hamburg übernehmen. Alle anfallenden Kosten werden komplett bezahlt. Mir bleibt nur, mich in das Flugzeug zu setzen und alles auf mich zukommen zu lassen und dafür an einem einzigen Wochenende 3000 Euro mit nach Hause zu nehmen. Das hört sich wirklich einfach an. Etwas zu einfach für meinen Geschmack. Aber was, wenn es wirklich genau so ist, wie Christina sagt?

Und was ist, wenn ich mich auf diesen Deal einlasse?

Bin ich käuflich?

Ich muss ehrlich sagen: Für 3000 Euro kann ich mir persönlich Schlimmeres vorstellen, als mit einem Mann essen zu gehen und in einem 5-Sterne-Hotel zu übernachten. Ohne Sex! Im Grunde ist das wie ein Fünfer im Lotto, wenn mir Chrissy einen solch unkomplizierten Kunden überlässt.

»Ich überleg's mir …«

27

Flieger, grüß mir Hamburg

Letzter Aufruf für den Flug 4576 nach Hamburg. Die Passagiere für den Flug nach Hamburg werden gebeten, zu Gate 21 A zu kommen. Last call for the flight 4576 to Hamburg. Passengers booked on flight 4576 to Hamburg please come to gate 21 A.«

Die Stimme, die aus dem Flughafenlautsprecher schallt, hört sich genauso verärgert an wie die Stimmen der Navigationsgeräte, wenn sie einen zum dritten Mal mitten auf der Autobahn zum Wenden auffordern.

Wenn ich den Flieger verpasse, beiße ich mir in den Hintern.

Gate 21! Super! Das allerletzte Gate, das dieser Flughafen zu bieten hat. Auch auf den dämlichen Transportlaufbändern ist man nicht schneller. Im Vergleich zu denen ist jedes Rollband an der Supermarktkasse ein Überschallgerät.

Schnaufend überhole ich einen Japaner, der mich sofort mit seiner Nikon knipst. Ich wusste gar nicht, dass ich eine Attraktion bin?! Allerdings sehe ich außer mir niemanden, der atemlos über die Gänge hetzt. Selbst mein Trolley überschlägt sich immer wieder bei dem Versuch, mit mir Schritt halten zu wollen.

Vielleicht hätte ich die Rasierklingen für meinen Ladyshaver nicht in das Handgepäck stecken sollen. Und auch nicht die Nagelschere. Aber dass die einen dafür bei der Sicherheitskontrolle aussortieren und in einer improvisierten Kabine bis auf die Unterhose filzen ist doch wirklich übertrieben! Womit soll ich jetzt den Piloten zwingen, einen Abstecher auf die Malediven zu machen?

Der ganze Spaß hat mich wertvolle Minuten gekostet, um nicht zu sagen, fast eine halbe Stunde. Das ist für jemanden wie mich, der unter chronischem Zeitmangel leidet, nicht verschmerzbar.

Ich kann wirklich kaum noch laufen. Es sind gefühlte zwei Kilometer bis zu dem Ziel-Gate und ich habe nicht mal den 1000-Meter-Lauf bei den Bundesjugendspielen durchgehalten.

Mit letzter Kraft erreiche ich den Schalter. Was mache ich nur, wenn der Flieger schon weg ist? Ich will es mir gar nicht ausmalen.

»Hallo, hier bin ich, ist die Maschine noch da?«

»Aaah, Frau … Schwick. Bedaure, Ihren Platz mussten wir leider an einen anderen Passagier vergeben …«

»Ooh. Aha, ja, dann …« Schuldbewusst lasse ich den Kopf hängen. Die Dame mit dem Dutt und dem zur Krawatte gefalteten Halstuch fliegt mit den Fingern über die Tastatur ihres Buchungscomputers.

»Wir haben nur noch einen freien Platz in der Businessclass für Sie. Hier, Ihr Ticket. Und jetzt beeilen Sie sich. Bitte.«

»Danke!« Mit einem freundlichen Lächeln zolle ich der Flughafenangestellten meine Anerkennung und laufe in die gezeigte Richtung. Businessclass. Das ist natürlich die Höchststrafe für mein Zuspätkommen!

»Geschafft!« Ich lasse mich in den breiten Kunstledersessel fallen. Hier hat man wirklich viel mehr Beinfreiheit als in der Economyclass, was für meine Körpergröße und die daraus resultierende

Beinlänge nicht gerade von Nachteil ist. Außerdem wittere ich weit und breit keine Familie mit Kleinkindern, die aufgrund kleinster Unregelmäßigkeiten im Dickdarm die komplette Flugzeit über die anderen Passagiere an dem mächtigen Klangvolumen ihres heranwachsenden Resonanzkörpers teilhaben lassen.

Ein perfekt geschminktes Gesicht, wie man es sonst nur von den Damen aus den Douglas-Filialen kennt, beugt sich zu mir herunter.

»Häppchen? Sekt? Orangensaft?«

»Ja, danke. Sekt, bitte!«

Ob der Umstand, dass man in den ersten Reihen aus echten Gläsern trinken darf und für eine knappe Stunde Flug eine Dattel im Speckmantel als Nahrungsergänzung bekommt, den horrenden Preisunterschied zur Holzklasse rechtfertigt?

Mir soll es egal sein, da ich ja nur für Plastikbecher bezahlt habe. Anscheinend bin ich nicht die Einzige, die sich den Platz in der Snobabteilung durch penetrante Unpünktlichkeit ergattert hat. Der Mann neben mir hätte seine Dattel im Speckmantel beinah mitsamt dem kleinen Holzspieß verschlungen. Auf den Schock leert er sein Glas Orangensaft in einem Zug, während er dabei den mit einem dicken, goldenen Siegelring verzierten kleinen Finger abspreizt.

»Sehr angenehm hier vorne. Ich war zu spät dran, wissen Sie, da haben die mich in die Businessclass gesetzt. Ist viel besser als hinten. Hat man auch mehr Platz für die Füße.«

Ich drehe meinen Kopf leicht nach rechts und atme einen Hauch Räucherspeck ein. Da der Fluggast zwei Plätze weiter zwar einen geöffneten Mund hat, aber nur leise Schnarchgeräusche absondert, muss ich davon ausgehen, dass diese Ansprache eben mir gegolten hat.

Ich frage mich, ob die Fluglinie extra eine Reihe nur für Aussätzige reserviert hat, die es eigentlich nicht verdient haben, ihren Hintern in diese bequemen Sessel zu pressen.

»Ja, die Beinfreiheit ist wirklich toll«, entgegne ich. Mein Sitznachbar mustert meine Zehen, die zustimmend in den offenen Sandalen nicken.

»Sie haben sehr schöne Füße.«

Entrückt schaue ich ihn an. »Ähm, danke.«

Was soll ich auch dazu sagen? Ein »Danke, Sie auch« wäre angesichts seiner braunen Halbschuhe mehr als unangebracht.

Auch wenn der Mann nicht aussieht, als ob er Geschmack hätte, muss ich ihm in Bezug auf meine Füße wirklich recht geben. Da ich es nicht gewohnt bin, Komplimente zu erhalten, fühle ich mich irgendwie unter Zugzwang. Ein einfaches »Danke« empfinde ich als zu lapidar für diese Nettigkeit. Ich fühle mich dazu genötigt, etwas davon zurückzugeben.

»Gewusst habe ich das schon immer, aber gesagt hat mir das noch niemand.«

»Wirklich nicht? Das kann ich kaum glauben. Solchen Prachtexemplaren muss doch entsprechend gehuldigt werden.«

Auch wenn ich meine Füße wirklich sehr schön finde, aber jetzt übertreibt er.

»Sind Sie Schuhhändler?« Vielleicht habe ich ja Glück und er gibt mir Prozente.

»Schuhhändler? Ach, das wäre schön. Nein, leider nicht. Ich habe ein Büro für Telekommunikation in Hamburg.«

Oh, wie aufregend.

»Und Sie? Verschlägt es Sie aus beruflichen Gründen nach Hamburg?«

Jetzt nur nichts Falsches sagen.

»Ja, ich habe ein Meeting.«

»Lassen Sie mich mutmaßen. Sie sind Fußmodell?«

Mein Kopfschütteln löst bei ihm heiteres Beruferaten aus.

»Kosmetikbranche?«

Kopfschütteln meinerseits.

»Anwältin?«

Diese Hypothese verneint er selbst, ohne meine Reaktion abzuwarten, obwohl das noch am naheliegendsten wäre, wenn man in meiner Vita ein paar Monate rückwärts blättert.

»Lehrerin? Ach nein, auch nicht, so was Spießiges traue ich Ihnen nicht zu.«

Was habe ich denn da gehört? Sollte ich meinen eigenen Zenit überschritten und endlich den Eindruck des anständigen Mädels mitsamt seinen moralischen Altlasten abgeschüttelt haben?

»Journalistin – für den *Spiegel*?«

Wenn er das denkt, kann es mit meiner verruchten Wirkung doch nicht so weit her sein.

»Nicht *Spiegel*.«

Da wir uns in keinem Bordell, sondern in einem Flugzeug befinden, schätze ich die Fluchtgefahr meines Mitreisenden als sehr gering ein, wenn er erfährt, was ich wirklich mache.

»Ich arbeite für ein Erotikmagazin«, antworte ich in zurückhaltendem Ton, der nur für meinen engsten Dunstkreis bestimmt ist.

Betretene Stille.

Hoppla. Ich kann förmlich sehen, wie es in dem Kopf des Mannes rattert. Als seine Hirnmuskeln ihre Arbeit beendet haben, setzt sich ein schelmisches Grinsen in seinem Gesicht fest.

»Und da hat Ihnen noch niemand gesagt, dass Sie schöne Füße haben?«

»Ich tippe ja schließlich mit den Fingern und nicht mit den Füßen. Außerdem bin ich noch nicht so lange in dem Job.«

»Und was haben Sie davor gemacht?«

»Jura studiert.«

»Uuii!«

Langsam fange ich an, mich über meine Ehrlichkeit zu ärgern. Warum erzähle ich irgendeinem Fremden nicht einfach was vom Pferd. Falls mich in diesem Leben noch mal irgendjemand fragt, was ich beruflich mache, dann verdiene ich mein Geld damit, dass ich die Zacken in den Rand von Briefmarken beiße.

»Dann lag ich ja mit meiner Anwältin von vorhin gar nicht so verkehrt«, freut sich mein Sitznachbar. »Ich heiße übrigens

Tilmann«, sagt Tilmann und reicht mir die Hand. Mir bleibt nichts anderes übrig, als nach seinen zu kurz geratenen, wulstigen Fingern zu greifen.

»Johanna.«

»Erotikzeitschrift, sehr interessant. Es ist immer gut, wenn man sein Hobby zum Beruf machen kann.«

Tilmann zwinkert mir energisch zu. Seine Augenlider müssten mittlerweile einen Krampf kriegen.

»Ehrlich gesagt, hätte ich mir die Person anders vorgestellt, die in einer …« Bevor er den Satz beendet, schaut er sich hektisch um, als befürchte er Abhörattacken. Mit auffällig gedämpfter Stimme fährt er fort: » … die in einer Erotikredaktion arbeitet.«

»Wie denn?«

»Na, irgendwie anders, nicht so … anständig.«

Da ist es wieder. Dieses verfluchte Attribut, das mir womöglich mein ganzes Leben lang anhaften wird.

»Ja, ich muss dich leider enttäuschen. Unter meinen Kollegen befinden sich nur anständige Leute.«

Und wirklich. Wenn ich die Belegschaft in Gedanken durchgehe, wirken alle noch viel anständiger, als ich es jemals wieder sein werde. Im Grunde sind sie sogar richtig bieder und aufs Schlimmste seriös, wenn man den Ausnahmezustand einer Betriebsfeier außer Acht lässt.

Barbara Brenner zum Beispiel ist gerade mal Ende 20, seit acht Jahren Single, kinderlos, lebt nur für ihre Arbeit und ist, wie sie selbst sagt, »weg von dem Zeug«, über das wir wöchentlich berichten. Das muss man sich mal vorstellen – das grenzt ja fast an Arbeitsverweigerung. Unsere Bildredakteurin Anja Zietel sieht so spießig aus, dass selbst ich neben ihr wie die fleischgewordene Sünde wirke. Und auch die Redaktionsassistentin Sonja geht lieber in die Kirche als zur Arbeit. Aber das glaubt mir sowieso keiner. Ich lasse ihm seine Illusion. »Ja, wir sind schon ein sonderbarer Haufen, aber selbst wir ziehen uns auf Reisen immer etwas an.«

Der weitere Flug verläuft ohne nennenswerte Turbulenzen, wenn man mal von den Kratzspuren an meinem Arm absieht. Warum sitzen eigentlich immer die Leute mit Flugangst neben mir? Ich bin nur froh, dem Rückwärtstrend seiner Dattel im Speckmantel entgangen zu sein.

»Soll ich dich noch zum Hotel bringen? Mein Wagen steht im Parkhaus!«

Nach dem Flug glänzt das Gesicht von Tilmann wieder schweinchenrosig. Während er mir dieses nette Angebot unterbreitet, starrt er unentwegt auf meine Zehen. Also unterhalte ich mich weiter mit seiner Halbglatze. »Danke, aber ich nehme ein Taxi.«

Tilmann überreicht mir seine Visitenkarte mit dem Hinweis, dass ich mich unbedingt bei ihm melden soll, wenn ich mal wieder in Hamburg bin. Ich nicke und nehme das erstbeste Taxi, das direkt vor meinen, von Tilmann vergötterten, Füßen hält.

*

Der Taxifahrer kommt mit meiner Adressangabe schlechter zurecht, als erwartet. Anstatt sofort loszufahren, schlägt der südländische Schnauzbartträger erst mal den Stadtplan auf. Mit der erfolgversprechenden Bemerkung »Da müsste es sein« und einem energischen Tippen auf die Karte löst er endlich die Handbremse.

Mir fällt ein, dass ich Christina gar nicht danach gefragt habe, ob man dem Kunden ein Freizeitprogramm anbieten muss. Theater, Oper, Kino, Casino? Casino wäre mir am liebsten. Ich muss sagen, dass mich die Spielwut gepackt hat, auch wenn ich stets Frau über meine Finanzen bleibe.

»Gibt es in Hamburg ein Casino?«, frage ich den Taxifahrer, der sich mit hektischem Seitenblick um einen Fahrbahnwechsel bemüht.

»Casino? Ja, so was gibt es hier auch. Soll ich mal auf dem Stadtplan gucken, wo das ist?«

Ich kann ihn gerade noch davon abhalten, den Wagen in zweiter Reihe zu parken, um mir erneut seine mangelnden Ortskenntnisse vorzuführen.

Ich spüre, wie die Blicke des Fahrers über den Rückspiegel auf mir brennen, als würden Sonnenstrahlen reflektiert.

»Sind Sie denn eine Spielerin? Das hätte ich jetzt nicht gedacht. Sie sehen nicht gerade sehr risikofreudig aus.«

Was bildet sich dieser Hobbypsychologe eigentlich ein? Wie muss ich bloß wirken, dass sich wildfremde Leute nach nicht mal fünf Minuten zwanghafter Zweisamkeit dazu hinreißen lassen, über mich zu urteilen. Und warum schneide ich dabei immer so fragwürdig ab? Ich weiß doch, wie ich aussehe. Ich habe eine schwarze Lederjacke im Bikerstil an und einen wild zersausten Pferdeschwanz – wenn das nicht risikofreudig wirkt, dann weiß ich auch nicht. Vielleicht ist es mein Blick. Mein Gesichtsausdruck. Das wirkt alles viel zu harmlos, zu lieb. Ich muss dringend vor dem Spiegel den bösen Blick üben. Den Rest der halben Irrfahrt schweige ich, obwohl ich dabei bin, innerlich zu explodieren. Wenn der wüsste …

28

Grenzerfahrung – oder: die Reifeprüfung

Erschöpft lasse ich mich auf das Hotelbett fallen. Die speziell entworfenen therapeutischen Betten – die Rezeptionistin kam aus dem Schwärmen gar nicht mehr raus – sind wirklich sehr bequem. Das gesamte Hotel ist ein echter Hingucker. Moderner Luxus trifft klassische Eleganz. Mit den Handflächen streiche ich über die aus ägyptischem Leinen gewebte Tagesdecke. Der Kopfteil am Bett wird von handgearbeiteten Glaskanten eingefasst. Das Hotel nennt es *unauffälligen Wohlstand* – ich finde ihn auffällig, aber gefällig.

Ob es an den therapeutischen Betten liegt oder doch an dem ägyptischen Leinen oder den kuscheligen Kissen? Ich werde müde. Das kann ja ein vielversprechender Abend werden, wenn ich jetzt schon den Geist aufgebe.

Ich setze alles auf die wiederbelebende Kraft einer heißen Dusche, die nur der Anfang einer notwendigen Aufhübschzeremonie sein wird.

Christina hat mir während unserer Shoppingtour die besten Tricks verraten, wie ich mich mit ein paar Handgriffen in einen Vamp verwandele, in einen dezenten Vamp. Auch in diesem Fall gilt wieder mal das Motto: Weniger ist manchmal mehr. Schließlich sollen die Herren nicht dem Verdacht ausgesetzt sein, sie würden für die auffällige weibliche Begleitung an ihrer Seite Geld bezahlen.

Deshalb beschränken sich meine kosmetischen Maßnahmen auf eine getönte Gesichtscreme, »Smokey Eyes« und etwas Lipgloss. Alles andere in Sachen Lippenstift wäre bei mir ausweglos. Echter Lippenstift trocknet meine Lippen in Sekundenschnelle aus – eine Eigenschaft, die man sonst nur von einem guten Nagellack erwartet. Abgesehen davon, dass meine kanuförmigen Lippen weder in Rot noch in Dunkellila voller wirken.

Aber der Rest kann sich jetzt wirklich sehen lassen. Meine frisch gesträhnten blonden Haare glänzen dank Glätteisen wie eine frisch polierte Motorhaube und meine Fingernägel sind echt und trotzdem fest und mit einem unaufdringlichen hellrosa Understatement-Nagellack bepinselt.

Jetzt muss ich nur noch etwas anziehen. Natürlich überlasse ich hier nichts dem Zufall. Aus meinem Koffer zaubere ich mein schwarzes Wickelkleid mit Rüschenkragen und tiefem Ausschnitt. Strumpfhosen finde ich total überflüssig, außerdem sorgen diese Polyesterträume bei mir nur für Schweißfüße. Falls der Herr Nylonfetischist sein sollte, hat er heute Abend leider Pech. Also schlüpfe ich barfuß in meine hochhackigen Peeptoes. Der Laden, in dem Christina und ich die Schuhe gefunden haben, ist ein echter Geheimtipp, vor allem für Transvestiten – und für mich. Ich kann ja auch nichts dafür, dass die Schuhhersteller eher männliche Damenwäscheträger im Blick haben als groß gewachsene Frauen mit ebensolchen Füßen. Es sieht fast so aus, als könnte man es Männern, die gerne Frauensachen tragen, nicht zumuten, in beigefarbenen Omabequemlatschen durch das Leben zu laufen – mir aber schon.

Das, was ich jetzt im Spiegel betrachte, hat glücklicherweise ganz und gar keine Ähnlichkeit mit Seniorenschick. Und bequem sind meine geilen Hochhackigen trotzdem, ätsch!

Ich werfe einen Blick auf den elektronischen Radiowecker, der auf dem Nachttisch steht.

Es wird Zeit für den großen Auftritt.

*

Als er mich sieht, nehme ich in seinem Gesicht eine Regung wahr, die ich nicht richtig deuten kann. Der Fremde begrüßt mich mit den Worten: »Christina hat mich ja schon vorgewarnt, aber …« Tiefe Sorgenfalten brauen sich in seinem Gesicht zusammen, als er den Satz unterbricht. Mir sackt das Herz in den schwarzen Spitzenstring, in der bitteren Erwartung einer sagenhaften verbalen Ohrfeige, einem Zeichen von Enttäuschung über mein Erscheinen.

»… aber ich hätte nie zu träumen gewagt, eine Vertretung empfangen zu dürfen, die mich in solch einer Art und Weise beeindrucken könnte, dass ich unendlich dankbar für diesen unvorhersehbaren Umstand sein muss.«

Ich glaube, das war ein Kompliment.

Der Mann greift nach meiner Hand, um sie nur halb in der seinen zu halten, so als wolle er mich formvollendet auf ein Tanzparkett führen. Ebenso künstlerisch stilvoll salutieren seine Mundmuskeln zu einem verzückten Lächeln. Mir fällt sofort das irre Grinsen von Jack Nicholson ein, das ihn weltberühmt gemacht hat. Immer noch hält er meine Hand, während ich mich auf den vom Kellner zurechtgerückten Stuhl setze.

Ich warte auf den Moment, in dem Robert erkennt, dass es Zeit wäre, mich loszulassen. Erst der Aperitif zwingt ihn dazu, seine Finger zum Halten des Champagnerglases zu benutzen.

»Auf dich, meine Liebe, und darauf, dass uns das Schicksal zusammengeführt hat.«

Die Gläser klirren.

Mir wäre es schamhafterweise lieber, wenn wir auf den Weltfrieden anstoßen würden oder sonst etwas, das niemals eintreten wird.

Mit Jakobsmuscheln an Safransoße auf Belugalinsen beginnt das lukullische Vergnügen. Mein flaues Gefühl im Magen nimmt mit jedem Gang ein bisschen mehr ab, ich selbst hingegen wohl eher zu.

Bei Lammkarree mit Kräuterkruste an Rotweinjus kommt das flaue Gefühl wieder hoch, weil mich Roberts intensive Blicke und Komplimente nervös machen. Besänftigend auf meine Magenschleimhaut wirkt erst die Nachspeise, eine köstliche Crème brulée.

Der Abend verläuft meiner Meinung nach sehr gut. Wir unterhalten uns prächtig über Gott und die Welt. Bis kurz vor Mitternacht habe ich beinahe komplett vergessen, dass es sich bei unserem fast schon vertrauten Beisammensein nicht um eine ganz »normale« Verabredung handelt. Für Außenstehende ist dieser kleine Unterschied umso schwerer ersichtlich, da wir uns wie zwei alte Bekannte benehmen, die sich ewig nicht gesehen und deshalb unendlich viel zu erzählen haben.

Robert ist wirklich ein sehr aufmerksamer Gesprächspartner. Auch sonst ist an ihm als Person nicht viel auszusetzen. Trotzdem knistert es bei mir nicht, nicht mal ein klitzekleines bisschen. Ich hätte daher nichts dagegen einzuwenden, wenn dieser Abend bei einem Glas Wein ausklingen würde und jeder in seinem eigenen Hotelbettchen verschwindet – so wie Christina es im besten Fall prophezeit hat.

Mit einem tiefen Blick in meine Augen stößt Robert sein Weinglas an meines, etwas zu zaghaft, um ein Klingen zu erzeugen.

»Auf dich und auf unsere erste gemeinsame Nacht.«

Tja.

Ich schaffe gerade noch ein verzerrtes Lächeln – eine wahre Höchstleistung meiner Gesichtsmuskeln, die gerade dabei sind, aus dem Speisesaal zu flüchten. Mit Mühe und Not kann ich sie zwingen zu bleiben, um meinen Unmut zu verbergen.

Na, das kann ja heiter werden.

Augenblicklich ist meine gelassene Stimmung einer eher angespannten Nervosität gewichen. Ich hoffe nur, dass Robert davon nichts bemerkt.

»Was ist los mit dir? Du siehst plötzlich so niedergeschlagen aus?«

Das ist der Moment, in dem ich mir verspreche, ab heute Herrin über meine Mimik zu werden. Es kann nicht sein, dass mein unkontrollierbarer Gesichtsausdruck mich immer wieder in prekäre Situationen bringt.

»Es ist nichts, ich glaube nur … ich fange an, den Rotwein zu spüren.«

Am liebsten würde ich ihm sagen, dass mich Rotwein immer ganz fürchterlich müde macht und ich außerdem ganz schlimme Kopfschmerzen davon bekomme und einen Brechreiz sowieso. Doch das will er für sein Geld sicher nicht hören.

»Lass uns nach oben gehen!«

Ich nicke wie ferngesteuert.

Mein Tischherr winkt den Ober mit einem Fingerzeig heran, der sofort mit einer dicken Mappe angetanzt kommt. Ein kurzer Blick zwischen die Lederklappen genügt Robert, um einen 500-Euro-Schein hineinzulegen und dem Kellner mit einem Blick zu signalisieren, dass er gerade ein fürstliches Trinkgeld bekommen hat. Der bedankt sich mit einem huldigenden Diener und wirft mir im Umdrehen noch ein anerkennendes Augenzwinkern zu.

Eventuell kann ich ihn überreden, an meiner Stelle mit diesem ach so großzügigen Gast ins Bett zu steigen. Unterwürfig genug ist er ja und sein Gesicht verstellen kann er auch gut.

Ich hätte erwartet, dass Robert mir jetzt seinen Arm anbietet, um mich galant aus dem Salon zu führen. Anstelle dessen packt er mit einem festen Griff meine Hand und schiebt mich dicht vor sich gedrängt aus dem Raum.

Der Aufzug gehört uns alleine. Robert steht immer noch dicht neben mir. Ich spüre seinen schwülen mit Zigarrenaroma angereicherten Atem an meiner Wange. Seine Lippen befeuchten meine Ohrmuschel, als er flüstert: »Ich bin so stolz, dich kennenlernen zu dürfen, und ich werde jede Sekunde, die ich mit dir verbringen darf, vollends auskosten.«

Ich bin mir sicher, er will nur reden!

Mit der Codekarte öffnet er die Tür zu seinem Hotelzimmer und wirft mir einen kurzen, süffisanten Blick über die Schulter zu. Er hat eine Suite gemietet.

Sicheren Schrittes steuere ich das Sofa an.

»Nein, nicht da, komm hierher, zu mir.«

Robert ist derweil in das Schlafzimmer marschiert. Er steht circa einen Meter vom Bett entfernt und streckt mir seine Hand entgegen. In der Gewissheit, dass es nichts bringen wird, ihn von den Vorteilen eines Sofagesprächs zu überzeugen, gehe ich zu ihm. Langsam wird mir mulmig zumute. Ich entdecke in seinen Blicken und Gesten nichts von der angeblichen Zurückhaltung, die Christina mir angepriesen hatte. Mangels Motiven räume ich dem Gedanken, dass sie mich reingelegt hat, keinen Platz ein. Noch nicht.

Ich lege meine Hand in seine. Was soll ich auch sonst tun, wenn er mir sie so derart aufdrängt? Robert reißt mich an sich wie ein Tänzer seine Partnerin, der unbedingt die Weltmeisterschaft in der Standardkategorie gewinnen will. Einen derart sexy Hüftschwung traue ich ihm allerdings nicht zu.

Nun hält er mich in seinen Armen wie Humphrey Bogart seine Ingrid Bergman auf dem *Casablanca*-Cover. Nur mit dem kleinen Unterschied, dass es nicht so zärtlich wirkt. Dafür drückt seine

Gürtelschnalle zu sehr in meine Bauchdecke. Trägt er überhaupt einen Gürtel?

Ich kann sein Gesicht vor meinem kaum erkennen, so nah ist er mir. Der Duft seines Aftershaves brennt sich augenblicklich in mein Gedächtnis. Das Letzte, was ich sehe, ist eine wulstige Ader, die bedrohlich in der Mitte der Stirn fast strohhalmdick anschwillt. Dann wird es dunkel.

Ich halte die Augen geschlossen, als er mich küsst. Es ist kein freundschaftlicher Kuss.

Küssen ist eine der Sachen, die ich praktischerweise auch mit Personen machen kann, für die ich nichts empfinde. Während seine Zunge mit meiner um Führung ringt, frage ich mich, zu was ich sonst noch imstande bin?

Ich spüre, wie er uns um die eigene Achse dreht, sodass ich Sekunden später unter ihm auf der Tagesdecke liege und fast erdrückt werde.

Endlich löst er seinen Mund von meinem und sagt: »Du bist wie meine verstorbene Frau.«

»Wie bitte?«

Ich erinnere ihn an eine Tote? Gratulation! Obwohl mir dieser morbide Zustand momentan ganz gelegen käme.

»Deshalb hatte ich Christina ja auch ausgewählt. Bei ihr bin ich nie ernsthaft in Versuchung geraten, weil sie trotz ihrer Anmut nicht meinem Typ Frau entspricht. Bei dir sieht das ganz anders aus«, haucht Robert in einem kussfreien Moment, während sich seine rechte Hand ihren Weg über meine Brust und meinen Bauch nach unten bahnt. Roberts Berührungen grenzen an die Intensität einer Herzdruckmassage. Noch muss er mich aber nicht wiederbeleben. Leider bin ich bei vollem Bewusstsein, als seine Finger sich unter das Kleid schieben und in meiner Unterhose verirren. Das ist zu viel!

Ich stemme mich gegen Roberts Brust und versuche, mit einer halben Drehung unsere Positionen zu tauschen.

Jetzt sitze ich auf ihm und umfasse seine Handgelenke, die ich neben seinen Ohren in das Laken drücke. Wie ein Zicklein, das die milchspendende Zitze seiner Mutter erreichen will, wippt er mit dem Kopf nach oben. Ich komme ihm nicht entgegen.

»Aaah, du willst mich zappeln lassen, du durchtriebenes Luder. Ja, benutz mich!«

Es gefällt ihm? Das macht die Situation nicht besser.

Hätte ich doch nur Handschellen dabei, dann könnte ich ihn ans Bett fesseln und abhauen. Dazu fehlt aber auch alles: Handschellen und Bettpfosten. Nur selten findet sich in einem 5-Sterne-Luxushotel ein für Bondagespiele geeignetes Metallbett von Ikea.

Ich könnte ihm auch die Augen verbinden und ihn als blinden Bullen in der Luft tasten lassen, während ich mich auf Zehenspitzen davonschleiche. Und dann? Sekunden später hätte er den Verlust bemerkt und wäre mir auf mein Zimmer gefolgt. Ich muss mir etwas anderes einfallen lassen. Schließlich kann ich nicht die nächsten Stunden in dieser Haltung verharren. Das merkt auch mein Untendrunter.

»Komm jetzt, komm zu mir!« Robert bettelt förmlich um meine Zuneigung und versucht, sich aus meinen Manschetten zu lösen. Also lasse ich locker – was sich als grober Fehler herausstellt.

Robert setzt sich auf und umklammert erneut meinen Oberkörper. Stürmisch wedelt seine Zunge über meinen Hals. Von Koordination keine Spur. Hat dieser Mann denn überhaupt kein Feingefühl? Selbst wenn ich mich dazu bereit erklären würde, mich für ihn erotisch zu begeistern, wäre es spätestens jetzt vorbei. Andere mögen es animalisch finden, wie von einem jungen Rüden abgeschleckt zu werden – ich nicht, außer es handelt sich in der Tat um einen Hund.

Das Einzige, was es rechtfertigt, sich wie die Tiere zu benehmen, ist die Hündchenstellung. Aber so weit sind wir noch lange nicht und werden wir auch nie kommen. Nur, wie bringe ich das dem Ungestüm bei?

Plötzlich erhebt sich Robert von der Bettkante, gemeinsam mit mir. Er trägt mich – Kraft hat er. Im nächsten Moment lässt er mich fallen.

Schon wieder liege ich auf dem Bett und er auf mir. Diesmal liege ich auf dem Bauch – eine denkbar schlechte Position. Sein harter Schritt drückt zwischen meine Pobacken. Ich versuche, unter ihm wegzurobben – ein aussichtsloses Unterfangen.

Roberts Geschnaufe steigert meine Anspannung, je atemloser es wird. Er scheint einer von diesen Typen zu sein, die es einfach nicht merken, wenn sie bei einer Frau nicht ankommen, auch wenn es sich nur um ein Geschäftsverhältnis handelt. Nur auf das eigene Bedürfnis bedacht, gehen sie null auf die Wünsche der Partnerin ein. So nett und zuvorkommend Robert sonst sein mag, so egoistisch scheint er im Bett zu sein. Nur gut, dass ich nicht in ihn verliebt bin, in dem Zustand nimmt man ja so einige männliche Schwächen ungeachtet in Kauf.

Plötzlich spüre ich eine Erleichterung. Er ist aufgestanden, um die Gürtelschnalle zu lösen. Ich springe auf.

»Hey, wo willst du hin?«

»Ins Bad.«

Sein »Aber« wird von dem dumpfen Zuschlagen der Badezimmertür übertönt.

Ich starre mein Spiegelbild an. Was soll ich bloß tun? Wenn ich mich ganz ruhig verhalte … vielleicht vergisst er mich dann.

Tock, tock, tock.

»Johanna, alles in Ordnung? Geht es dir nicht gut?«

Schweigen ist keine Lösung.

»Alles okay, komme gleich.«

Ich drücke die Klospülung – das muss ihn doch abtörnen. Nachdem sich der Spülkasten wieder gefüllt hat, drücke ich abermals. Insgesamt löse ich fünf Wassergänge aus, bevor es erneut an die Tür klopft – diesmal um einiges energischer.

»Was machst du denn da drin? Mach doch die Tür auf. Ich mache mir Sorgen!«

Ob ihm die präzise Beschreibung eines vorgetäuschten Durchfalls wohl endgültig den erotischen Appetit nehmen könnte?

Wieder donnert es gegen die Tür. »Mach jetzt auf!«

Ganz schön anhänglich, der Herr.

Resigniert stelle ich fest, dass es keine Lösung ist, sich im Bad zu verschanzen. Wenn ich Glück habe, schaffe ich es doch noch, ihn von den Vorteilen der Enthaltsamkeit zu überzeugen.

Ich drehe den Schlüssel herum und öffne die Tür.

»Du kannst mich doch nicht so lange alleine lassen, ich bezahle schließlich für deine Anwesenheit, mein Herz.«

»Ähm, ja, ach, mir ist etwas übel, sicher der Rotwein«, versuche ich mich rauszureden und hoffe auf sein Mitgefühl. Ich meine, Migräne zieht doch immer, oder?

»Dann leg dich einfach hin, meine Süße, ich weiß ja, wo alles ist. Du machst mich auch ohne Zutun schon wahnsinnig heiß.«

Robert schubst mich aufs Bett. Wie eine Schaufensterpuppe falle ich um und er auf mich drauf. Wie komme ich aus der Nummer nur wieder raus? Feucht wie eine Nacktschnecke schlabbert seine Zunge über meine Stirn, meine Ohrmuschel, er nimmt meine Nasenspitze in den Mund und knabbert an meinem Kinn. Das ist so abtörnend! Mein Gesicht fühlt sich an, als wäre ich mit einem Cabrio durch die Waschanlage gefahren – offen.

»Schau doch mal in der Nachttischschublade nach, meine Liebe, was ich da Schönes für ganz besondere Anlässe wie diesen deponiert habe …«

Begleitet von meinen schlimmsten Befürchtungen, führt Robert meine Hand in die Schublade, während er mein Gesicht und meinen Hals weiter abschlabbert. Zaghaft taste ich mich vorwärts, spüre aber erst mal nichts, nur etwas Flauschiges, etwas mit Pelz …

»Hast du es gefunden, das weiche Schätzchen?«, nuschelt mir Robert in die Halsfalte. Ich zerre das plüschige Etwas aus der Schublade. Endlich hält er inne. Gemeinsam betrachten wir das braune Ding in meiner Hand.

»Was ist denn das?«, rufe ich entsetzt.

»Ein Teddybär«, sagt Robert und stimmt tonal ein, »ein kleiner Bär mit großen Ohren, das ist mein Talisman, noch nie hab ich ihn je verloren, meinen Bär mit großen Ohren ...«

»Ah!?« Ich versteh nur Teddybär ...

»Setz den kleinen Schlingel auf den Bettrand, damit er uns beobachten kann«, stöhnt Robert ekstatisch, als er dem Teddy in meiner Hand zärtlich über die zotteligen Öhrchen streicht, sich lasziv über die Lippen leckt und seinen Finger in den felligen Bauchnabel bohrt.

Jetzt bin ich mir sicher, an einen plüschophilen Spinner geraten zu sein. Ganz ruhig bleiben, Johanna, nur nichts anmerken lassen und keinen Fehler machen. Ich versuche, meinen holprigen Herzschlag wieder unter Kontrolle zu kriegen, und lehne den Bär wie gewünscht gegen die Nachttischlampe.

Robert fährt gerade wieder seine Zunge aus, um mir auch das andere Ohr auszuwischen, während ich verzweifelt nach einer rettenden Lösung suche.

»Oh Gott, du bist so schön. Du duftest, wie Engel duften müssen«, säuselt er mir liebestrunken zu.

»Oh Gott«, schreie ich erleichtert. »Das ist es!«

Reflexartig greife ich nach meiner Erlösung und haue in Gottes Namen Robert die Hotel-Bibel um die Ohren, dass ihm Hören und Sehen vergeht. Einmal von links, einmal von rechts gegen die Backen und noch einmal von oben auf den Kopf. Stöhnend rutscht er von mir runter und nuschelt etwas, was sich anhört wie: »Uuh, auuhuu, jaaa, wow, schmerzen muss es, Baby ... geil!«

Ich nutze die Chance, schnappe meine Tasche und flüchte aus dem Zimmer ...

Ich renne den Flur entlang, stelle mir beim Laufen selbst ein Bein und kann mich gerade noch mit Hilfe wilden Armfuchtelns fangen, um nicht der Länge nach hinzufallen. In mein eigenes Hotelzimmer traue ich mich nicht. Selbst wenn Robert die

Zimmernummer nicht kennt, so ist es ihm sicher ein Leichtes, mithilfe eines bunten Scheinchens die Zahl herauszufinden und mir mitsamt seinem treuen Plüschgefährten einen Besuch abzustatten. Also hetze ich über den langen Hotelflur. Ich weiß nicht wohin. Ich weiß nur eins, ich muss hier weg, hier raus. Vor dem Hotel sammele ich mich, fahre mit den Fingern durch meine Haare und zupfe mein Kleid zurecht. Und nun? Viel Zeit zum Nachdenken bleibt mir nicht. Ein Mann mit Teddybär ist unberechenbar. Ziellos laufe ich ins Nirgendwo. Immer weiter hinein in eine fremde Stadt. Was soll ich nur machen? Mein Flug ist erst für morgen gebucht, meine Sachen sind noch im Hotel und meine Füße schmerzen vom Großstadtmarathon auf viel zu engen Stilettos. Wo soll ich nur hin? Fragend blicke ich in den Himmel, der durch die Lichter der Nacht in einen rötlichen Schimmer getaucht ist. Vielleicht steht die Antwort ja doch in den Sternen, die sich wie kleine Diamanten vor dem dunklen Hintergrund in Szene setzen. Außer dem Großen Wagen und der Milchstraße ist nicht viel Verkehr da oben. Einige der Himmelskörper bewegen sich gleichmäßig durch das Geschwader hell leuchtender Punkte. Eine schöne, klare Nacht. Manche Sterne leuchten heller als andere, manche blinken. Blinkende Sterne? Ach was, das müssen Flugzeuge sein.

Flugzeug? Tilmann! Möglicherweise kenne ich in Hamburg ja doch jemanden.

Hektisch wühle ich in meiner Tasche nach meinem Handy. Es rutscht mir aus den zittrigen Fingern und knallt auf die Straße. Panisch probiere ich die Tasten und atme erleichtert auf, als es noch funktioniert. Armes gefallenes Handy, jetzt musst du einem beinahe gefallenen Mädchen helfen. Im Adressspeicher suche ich nach Tilmanns Nummer. Doch was soll ich nur sagen? Mir fällt nichts Sinnvolles ein, warum ich mitten in der Nacht anrufe. Ich könnte eine Fußmassage gebrauchen … Nein, zu zweideutig. Ich will nicht schon wieder in eine brenzlige Situation geraten. Obwohl das auch ohne Fußmassage-Angebot nicht gänzlich auszuschließen ist.

Ich kenne Tilmann schließlich überhaupt nicht, sogar noch weniger als Robert. Mit dem habe ich wenigstens zu Abend gegessen. Allerdings? Tilmann und ich haben ja auch schon gemeinsam gegessen, auch wenn es nur eine Feige im Speckmantel war. Immerhin!

Was soll's. Mir bleibt nichts anderes übrig. Es können nicht alle Männer heute Nacht einen erhöhten Testosteronspiegel haben … hoffe ich. Als ich das Freizeichen höre, befällt mich plötzlich die Angst, dass er eventuell gar nicht ans Telefon gehen könnte. Für diesen Fall habe ich keinen Plan B.

»Ja, halloo …?« Die Stimme ist tiefer und zäher als heute Mittag im Flieger. Er hatte schon geschlafen.

»Tilmann?«

»Hmm, ja.«

»Hier ist Johanna, weißt du noch, wir kennen uns aus der Businessclass.«

»Business was, hä, wer?«

Das fängt ja gut an. »Im Flugzeug heute Nachmittag, wir saßen nebeneinander?«

»Aaah, ja, jetzt – die Johanna. Weißt du eigentlich, wie spät es ist?«

Jetzt ganz cool bleiben.

»Weiß nicht, wieso, hast du etwa schon geschlafen? Das wäre aber sehr schade. Mein Meeting ist nämlich schon vorbei und ich dachte, wir könnten noch ein Gläschen trinken. Wer weiß, wann ich das nächste Mal nach Hamburg komme?«

Nie wieder.

29

Lieber Tick als Teddy

Das ist ja wirklich eine Überraschung«, begrüßt mich Tilmann freudig, als er mich an der frisch geschüttelten Hand in den Flur zieht. Fehlt nur noch, dass er sich wie in Erwartung eines knusprigen Gänsebratens die Hände reibt und mit seiner Zunge über die Oberlippe fährt.

Hoffentlich komme ich nicht vom Regen in die Traufe! Kurzzeitig bereue ich meine Entscheidung, ihn angerufen zu haben. Ich hätte mich in irgendeine Hafenkneipe setzen und die Nacht durchzechen sollen, begleitet vom hämischen »Ha, ha, ha, selten haben wir so gelacht, ha, ha, ha« eines Shantychors.

»Gut siehst du aus. Noch besser als im Flugzeug. Scheint ja ein sehr lockeres Meeting gewesen zu sein?«

Ich weiche Tilmanns bewundernden Blicken aus und schaue mich in seinem Wohnzimmer um. Die Einrichtung ist ungewöhnlich stilvoll. Ob Tilmann Single ist? Was mache ich nur hier, bei einem Mann, von dem ich gar nichts weiß?

Ein Gefühl der Verunsicherung macht sich in mir breit und führt zu leichten Lähmungserscheinungen, sowohl geistig als auch körperlich. Wie angewurzelt stehe ich kurz hinter der Türschwelle auf den glänzenden honigfarbenen Holzdielen und bewege mich nicht vom Fleck.

»Oh, wie unhöflich von mir. Bitte, setz dich doch! Möchtest du etwas trinken?« Mit akut hektischer Betriebsamkeit dreht mir Tilmann einen gemütlich wirkenden Ohrensessel hin. Ich setze mich in das vermutliche Erbstück. Der Sessel bestätigt meinen ersten Eindruck. Er ist sehr gemütlich. Ich merke, wie mich die Müdigkeit übermannt. Zu gerne würde ich nur für einen Moment die Augen schließen und …

»Hier, ich habe leider nur Wasser im Kühlschrank. Alkohol trinke ich nicht und von Cola bekomme ich immer Schluckauf.«

»Wasser ist toll!« Jetzt erst fällt mir auf, dass er auch in der Businessclass den Sekt verschmäht und vorzugsweise Orangensaft getrunken hatte.

»Ich hab noch Salzstangen.« Schon wieder springt Tilmann auf, nachdem er gefühlte zwei Sekunden auf dem Sofa neben mir Platz genommen hatte.

»Danke, aber wegen mir musst du dir wirklich keine Umstände …«

»Hab's gleich.« Kopfüber steckt Tilmann hinter der Holzklappe seiner Anrichte. »Hier!« Wie ein Jäger, der soeben sein erlegtes Karnickel am Nacken als Trophäe in die Luft hebt, schwenkt Tilmann eine stark demolierte Salzstangentüte.

Ich winke dankend ab. »Für mich nicht, danke, ich habe ein Fünf-Gänge-Menü hinter mir und auch sonst hat es mir den Appetit gründlich verdorben.«

Kein Grund für Tilmann, nicht selbst zuzugreifen und sich eine Handvoll abgebrochener Salzstangen in den Mund zu schieben und mit staubender Aussprache zu fragen: »War dein Meeting denn nicht erfolgreich?«

Was soll ich nur dazu sagen? Ich kann ihm doch nicht erzählen, was wirklich passiert ist. Nachher bekommt er noch etwas davon in den falschen Hals so wie jetzt die Salzstangenkrümel. Prustend sagt er: »Bisschen trockene Angelegenheit.« Tilmann legt die Tüte auf den Glastisch mit Marmorfuß und schaut mich erwartungsvoll an. »Und, was ist jetzt, warum treibst du dich so spät noch rum?«

Ich brauche eine zündende Idee oder zumindest eine halbwegs plausible Erklärung.

»Ja, also, es ist so. Ich habe … Das Hotel hatte kein Zimmer mehr frei. Buchungsfehler. Ich habe gar kein Zimmer für heute Nacht.«

»Und deine Sachen?«

»Meine Sachen?« Ich schaue fragend an mir herunter. »Natürlich, meine Sachen. Die habe ich bei einem Kollegen im Zimmer deponiert.« Tilmann runzelt die Stirn und hakt nach: »Was ist denn das für ein Service? Dann müssen die doch in einem anderen Hotel ein Zimmer für dich reservieren.«

Ich merke schon, dass ich aus der Nummer so einfach nicht rauskomme.

Also versuche ich, ihm zu erklären, dass ich mich in einer etwas prekären Lage befinde und diese Nacht nicht in einem Hotel verbringen kann. Ich bitte ihn inständig darum, nicht weiter nachzuhaken, und hoffe, dass er meinen Wunsch respektiert.

Das plötzliche Aufflackern in seinen Augen beruhigt mich allerdings kaum. Ich muss wohl doch etwas ins Detail gehen.

»Hör zu, mir geht es gerade wirklich nicht gut. Ich bin hundemüde, bin nur knapp einem menschlichen Desaster entkommen und suche eigentlich nur ein Bett für heute Nacht – oder ein Sofa. Außer dir kenne ich in Hamburg niemanden und da dachte ich …«

»Du hast echt schicke Schuhe!«, unterbricht mich Tilmann und starrt mir mal wieder auf die Füße. Hat er mir überhaupt zugehört?

»Ich muss dir was zeigen!« Ohne meine Übernachtungswünsche zu kommentieren, geht er noch einmal zu der Anrichte, aus der er schon die ollen Salzstangen gezaubert hat. Diesmal ist es ein Schlüssel, den er triumphierend neben seinen Kopf hält.

Mit ebendiesem Schlüssel geht er einen Schritt weiter zu einem dunkelbraunen Weichholzschrank. Mit feierlicher Miene steckt er den Schlüssel in das antik beschlagene Schloss, dreht ihn herum und zieht dann mit beiden Händen die Türen auseinander. Wie ein Zauberer, der soeben seine gespaltene Jungfrau wieder als ganzes Wesen dem staunenden Publikum präsentiert, weist er auf den Inhalt des Schranks.

Ich bin irritiert, solch eine stolze Sammlung in einem männlichen Singlehaushalt zu erblicken. Jetzt kann ich mir sicher sein, dass Tilmann alleine lebt. Seine Offenbarung schockiert mich nicht annähernd so sehr, wie sie es vor ein paar Wochen noch getan hätte.

Sofort fällt mir ein winselnder Mann auf allen vieren ein, der vor meinem inneren Auge das Gesicht von Tilmann trägt. Mit einem Kopfschütteln versuche ich, das Bild abzuwerfen.

»Wirklich, das ist eine sehr imposante Schuhsammlung. Passen dir die alle?«

Tilmann nickt etwas verschämt. Er scheint seine überschwängliche Darbietung zu bereuen. Wahrscheinlich hat er mehr Huldigung von mir erwartet. Ich gehe davon aus, dass ich die Erste und vermutlich Einzige bin, die seine Schätze zu sehen bekommt.

Ein unerwartetes »Darf ich dir die Füße massieren?« von Tilmann reißt mich aus meiner Fantasie, in der ich mir gerade überlegt habe, zu welchen Anlässen er wohl die hochhackigen Pumps, die glänzenden Lackstilettos oder die ledernen Overknees trägt. Zum Skatabend mit Kumpels wohl kaum …

»Du willst meine Füße massieren?«

Tilmann nickt verschämt und antwortet: »Hmm, gerne, du hattest doch einen schwierigen Abend. Das wird dir bestimmt guttun.«

Ein Mann, der freiwillig Fußmassagen anbietet, wie nett und doch einigermaßen unverfänglich. Meine Füße sind ja weit genug von meinen sensiblen Körperstellen entfernt.

»Nur die Füße«, spreche ich ernst wie eine Mutter zu ihrem Kind, das pünktlich nach Hause kommen soll. »Versprochen?«

Tillmann nickt freudig, und ich lasse es erschöpft geschehen. Bedächtig, beinahe ehrfürchtig zieht er mir die engen Schuhe aus und stellt sie pedantisch neben sich auf den Teppich. Ich beobachte ihn dabei, wie er ihre Position millimetergenau ausrichtet. Das macht mich nur noch mehr müde. Ich schließe die Augen und fühle, wie seine warmen Hände über meine kalten Füße streichen. Es ist unfassbar angenehm. Seine Finger sind warm und etwas rau, als sie sanft über meinen Spann gleiten und zwei Daumen in meine Fußsohle pressen. Das tut gut! Er bemüht sich erst um meinen linken Fuß, streichelt meine Zehen, legt seine Finger in meine Zehenzwischenräume. In seiner anderen Hand ruht meine Ferse, die er mit sanftem Druck massiert. Der Mann sollte sich als Podologe selbstständig machen. Ich spüre, wie meine Augenlider immer schwerer werden und sich ein leichter Dämmerzustand auf mein Gemüt legt. Ich nehme nur noch seine Berührungen wahr und eine leise Hintergrundmusik, die mir bisher gar nicht aufgefallen war. Irgendetwas Klassisches wiegt mich in den ersten Schlaf.

Ich spüre zarte Streichbewegungen, leichten Druck und einen nassen warmen Film, der meinen großen Zeh umhüllt, als hätte ich ihn in ein Fettnäpfchen gesteckt. Es kribbelt. Leise Schmatzgeräusche ertönen gemeinsam mit dem Streichorchester. Jetzt steckt auch mein mittlerer Zeh in diesem feuchtwarmen Klima. Benebelt kämpfe ich mit der Schwere meiner Lider. Aus halb geöffneten Augen sieht es so aus, als würde Tilmann inbrünstig an meinen Zehen lutschen. Geräusche der Wollust entfleuchen ihm jedes Mal, wenn er von einem Zeh zum nächsten wechselt und daran lutscht, als wären sie mit wertvollem, zuckersüßem Honig benetzt. Ich atme tief ein und tief aus. In mir kämpfen Engelchen und Teufelchen um meine Gunst. Das Engelchen sagt mir, ich solle es lassen, aufspringen und wie Cinderella davonlaufen, ganz ohne Schuhe, schließlich sei diese Situation mehr als merkwürdig. Das Teufelchen aber wetzt seine kleine Höllengabel an meiner Ferse und brummelt mir ins Ohr, dass dieser Tilmann sicher nur eins will, und zwar meine Füße. Meine Intuition stimmt mit dem Teufelchen überein. Engelchen und Teufelchen streiten sich auch darüber, ob ich es eigentlich gut oder eklig finden soll, wenn mir einer in den Fußzwischenräumen herumsabbert. Ich für meinen Teil bin nicht sonderlich kitzelig und solange ich das nicht bei irgendwem sonst machen muss, lehne ich mich zurück und harre der Gefühle, die da kommen. Es ist immer noch feucht. Das Teufelchen will, dass ich Tilmann dabei beobachte, wie er an meinen Zehen lutscht. Engelchen und ich wollen das lieber bleiben lassen. Aber der unverbesserliche Mini-Teufel zieht mein Augenlid mit seinem Pikser ein Stück weit nach oben, nur einen Schlitz breit. Engelchen und ich hatten recht … Spüren ist gut, Sehen nicht immer.

Es tut mir fast ein bisschen leid, dass ich in diesem Moment kein Tausendfüßler bin, ich glaube nämlich, das würde ihm noch mehr gefallen, so sehr, wie er sich um meine zwei Exemplare bemüht. Er stöhnt und keucht dabei, als wäre es Schwerstarbeit. Sogar kleine Schweißperlen stehen ihm auf der Stirn. Vielleicht ist es auch einfach die Aufregung, schließlich hat man nicht jeden Tag so viel schönen Frauenfuß vor sich. In dem Moment, als sich seine Finger in meinen Zehen wie zum Beten verkeilen, vernehme ich einen heiseren Brunftlaut. Ich luge aus einem Auge zu Tilmann und erkenne, wie sein Gesicht ein seliges Lächeln trägt und er erleichtert ausatmet. Wie zum Abschied fährt er ein letztes Mal über meine Fußsohlen – jetzt kitzelt es doch etwas. Seine Stimme klingt belegt, als er sagt: »Du kannst gerne im Gästezimmer schlafen. Ich habe nur eine Bitte …«

Jetzt kommt's.

»Ich möchte mir gerne deine Schuhe über Nacht ausleihen.«

Taubenartig ruckt mein Kopf ein Stück nach vorne. Ein die Stimmung belastendes »Hä?« kann ich mir gerade noch verkneifen.

Schnell überlege ich mir, wie ich darauf reagieren soll, und komme zu dem Schluss, dass es momentan die beste Lösung ist, meine Schuhe zu opfern. Ich verzichte auch darauf, mir vorzustellen, was er mit meinen Peeptoes anstellen will.

Ich brauche meinen Schlaf.

*

Am nächsten Morgen wundere ich mich nur kurz über meine Schuhe, die wie am Nikolaustag frisch poliert vor der Tür des Gästezimmers auf mich warten. Orangen, Nüsse und Schokolade fehlen leider.

Dafür trinke ich mit Tilmann einen frischen Cappuccino aus seiner *Saeco*-Kaffeemaschine, bevor er mich zurück ins Hotel fährt. Freundlicherweise begleitet er mich, als ich innerhalb von Minuten meine Sachen aus dem Zimmer hole, um dann aus dem Hotel und aus Hamburg auszuchecken.

30

Im Jammertal

Zu Hause angekommen, verkrümele ich mich für den Rest des Wochenendes in mein Bett. Ich habe das Gefühl, alles falsch gemacht zu haben. Wie konnte ich mich nur dazu hinreißen lassen, diesen Auftrag zu übernehmen. Normalerweise würde ich es meiner Gutmütigkeit zuschreiben, aber ich weiß selbst, dass es auch das leicht verdiente Geld war, das mich meine Grenzen hat vergessen lassen. Es hatte sich doch alles so einfach angehört. Zu einfach, ich hab's ja gleich geahnt. Ich sollte besser auf mich selbst hören, und zwar auf das gute Engelchen auf meiner rechten Schulter. Das kleine Teufelchen auf meiner linken Schulter hofft insgeheim immer noch, dass ich das Geld trotzdem bekomme, was natürlich total absurd ist. Ich kann froh sein, wenn ich nichts draufzahlen muss. Immerhin ist der Flug auch schon auf Kosten des Kunden gegangen – und was hat er dafür bekommen? Ich versuche, nicht mehr daran zu denken. Vergeblich.

Das Handy reißt mich aus meinen Gedanken. Das Gerät zuckt vibrierend über den staubigen Dielenboden. Christina ruft an. Wahrscheinlich weiß sie eh schon alles und will nur Bescheid blasen, dass mir gleich ein Schlägertrupp die Leviten lesen wird. Worauf habe ich mich da nur eingelassen? Ich drücke mir das Kissen auf den Kopf, bis der Klingelton erstirbt – schon mal üben, wie es sich anfühlt …

Es läutet. Diesmal an der Tür. Prima! Da ist sie schon, die erbarmungslose Bären-Mafia. Ich drücke das Kissen noch fester auf meinen Kopf. Ich will nichts mehr hören oder sehen. Es klopft, erst zaghaft, dann gewaltiger.

»Johanna?«

Sie kennen meinen Namen, sie wissen, wo ich wohne!

»Johanna, ich bin's, Nils. Mach auf, ich weiß, dass du da bist!«

Nils! Auch das noch. Eine weitere Standpauke kann ich jetzt nicht ertragen. Den Wagenschlüssel wird er ja wohl mittlerweile in seinem Briefkasten gefunden haben.

»Johanna, bitte, mach auf.« Das hört sich doch schon ganz anders an. Vielleicht hat er den Vorfall ja genauso verdrängt wie ich und will nur eine Tasse Zucker oder Eier – was Nachbarn eben so voneinander brauchen.

Ich schäle mich aus der Matratze und schlurfe ins Bad, um meinen Bademantel überzuwerfen. Auf dem Weg dahin murmele ich ein fast unhörbares »Ich komme«. Eigentlich will ich nicht, dass Nils mich so sieht. Ungewaschen, ungekämmt, ungeschminkt, unsagbar enttäuscht, einfach alles irgendwie »un«.

Ein Blick durch den Spion versichert mir, dass es wirklich Nils ist, der vor meiner Wohnung steht. Ich schließe auf, drücke die Klinke runter und gehe ohne abzuwarten ins Wohnzimmer, um mich auf der Couch zusammenzurollen.

Nils stellt sich fragend neben mich. »Was ist denn mit dir los?«

Tränen sagen mehr als tausend Worte. Innerhalb von Sekunden sind meine Wangen geflutet. Ich kann es nicht mehr zurückhalten.

Schweigend nimmt mich Nils in den Arm, während ich schniefend sein Hemd durchnässe.

»Ist was sehr Schlimmes passiert?«, fragt er nach einer gefühlten Ewigkeit. Seine Arme halten mich immer noch so stark fest, dass ich fast keine Luft mehr kriege, was auch an der vom Heulrotz verstopften Nase liegen könnte. Es fühlt sich einzigartig gut an, von ihm umarmt zu werden. Wenn er mich doch nie mehr loslassen würde, dann wäre alles wieder in Ordnung.

»Ich weiß nicht«, nuschele ich in das nasse Stück seines Oberteils.

»Wie, du weißt nicht?« Nils löst seine Umarmung und drückt mich an den Schultern von sich, um mir ins Gesicht zu sehen.

Um seinem Blick nicht standhalten zu müssen, senke ich den Kopf und sage leise: »Ich finde es schlimm.«

»Jetzt lass dich doch nicht so lange bitten. Wenn dir jemand etwas angetan hat, dann will ich das wissen. Ich bin doch dein Freund und Helfer.« Nils schaut mich eindringlich an und drückt mir einen Kuss auf die Wange.

»Also gut …«

*

Regungslos hört sich Nils meine absurde und doch wahre Hamburggeschichte an. Außer einem leichten Stirnrunzeln und ab und an hochgezogenen Augenbrauen kann ich seinem Gesicht keine nennenswerte Regung entnehmen. Als ich mit meiner Erzählung fertig bin, setzt er zu seinem ersten Satz nach meiner halbstündigen Beichte an. »Das hätte ich dir gar nicht zugetraut.«

Sollte das ein Kompliment oder ein Vorwurf sein?

»Und du hast dich echt küssen lassen?«

Wie kann er nur auf so einer Belanglosigkeit herumreiten? Es ist ja wohl erheblich Schlimmeres passiert.

Etwas verärgert sage ich: »Das hat nun wirklich keine Bedeutung.«

»Ach, nicht?« Er hält einen kurzen Moment inne. »Wir haben uns auch geküsst.«

»Das kann man doch nicht vergleichen.«

»Aha. Wieso nicht?«

Jetzt hat er mich erwischt. Den Teufel werde ich tun, mich in meiner momentanen Notsituation zu einem schmonzettenhaften Liebesbekenntnis hinreißen zu lassen.

»Na, weil, na ja, weil das eine privat war und das andere – nennen wir es mal – geschäftlich.«

»Geschäftlich, aha. Privat, hmm. Da muss ich fast von Glück reden, wie. Ein paar Tausend Euro hätte ich leider nicht klein, um mir deine Zuneigung zu erkaufen.«

Was soll das denn jetzt werden? »Ich habe dir die Sache nicht erzählt, damit du dich hinterher über mich lustig machst. Außerdem weißt du genau, dass ich so etwas niemals machen würde.«

»Ach, weiß ich das? Es kann mir ja auch egal sein, was du in deiner Freizeit treibst.«

Seine scheinheilige Art bringt mich fast zur Weißglut. »Und überhaupt kannst du deinen moralischen Zeigefinger gleich wieder einstecken. Wer hat sich denn auf dem Schloss wie ein nimmersatter Lustmolch verhalten?«

»Du hast mich gesehen?« Endlich bekommt sein Gesicht den verdutzt-entsetzten Ausdruck, auf den ich die ganze Zeit warte.

»Ja, habe ich.«

»Bist du deshalb einfach abgehauen?«

Das darf ich auf keinen Fall zugeben, sonst erklärt er mich für komplett gaga. Schließlich habe ich ihn zu dieser Sex-Gaudi mitgenommen.

»Das hatte damit nichts zu tun. Ich hatte einen Migräneanfall und musste heim.«

»Andere Frauen täuschen Kopfschmerzen vor, um Sex zu vermeiden und du bekommst vom Sex Kopfweh?«, zieht Nils mich lachend auf.

Ohne einen Rüffel lasse ich ihn nicht aus der Sache raus. »Das hätte trotzdem nicht sein müssen.«

Nils zieht die Augenbrauen hoch. »Du nimmst mich mit zu einer Sex-Party und dann darf ich keinen Sex haben?«

»Ich hatte dich mitgenommen, damit du auf mich aufpasst.«

»Dann wäre ich besser mit nach Hamburg gekommen.«

Wo er recht hat, hat er recht.

»Und weißt du, was das in dem Club für mich war?« Nils grinst mich herausfordernd an und fügt hinzu: »Das war rein geschäftlich.«

»Ha, ha – sehr lustig. Sag, was wolltest du eigentlich von mir? Du konntest ja nicht ahnen, dass du dich an meinem Unglück weiden kannst?«

Nils überlegt kurz. »Warum ich geklingelt habe?« Ich nicke. Es scheint ihm unangenehm zu sein, dass ich ihn darauf anspreche. Es kommt mir fast so vor, als wolle er mir den Grund seines Besuchs gar nicht mehr nennen.

Er versucht abzuwiegeln. »Ach, war nichts, ich habe dein Schluchzen gehört und mir Sorgen gemacht.« So feinfühlig, geschweige denn feinhörend ist kaum ein Mann, und Nils schon gar nicht.

Ich schaue ihn eindringlicher an, zeichne dabei mit meinem Blick die schwungvolle Form seiner Brauen nach und zähle die Lachfalten um seine Augen. Sieben auf der linken Seite, sechs auf der rechten. Unabsichtlich, wie von einer unsichtbaren Hand gelenkt, rücke ich ein Stück dichter mit meinem Gesicht an ihn heran, als könne ich dadurch noch mehr in seine unergründliche Tiefe vordringen. Wortlos sitzen wir uns auf meinem Sofa gegenüber. Ich fange an, seine Bartstoppeln zu zählen, die im Schein der Stehlampe kupferfarben schimmern. Nils kommt auf mich zu, ich schließe die Augen und spüre seinen Mund auf meinem, sein Bart kitzelt leicht an meiner Oberlippe. Als hätten wir wochenlang dafür geübt, ergibt eine Geste die nächste. Allein seine Nähe elektrisiert mich, als würde das Vorspiel schon eine kleine Ewigkeit dauern, dabei hat er nur meinen Oberarm berührt. Ich stehe förmlich in Flammen, als seine warmen Hände unter meinen Pulli gleiten und sich ihren Weg suchen. Bedenkenlos schiebe ich meine Finger in seine Hose, spüre bereits die harte Wölbung, die gegen den Jeansstoff drückt. Der Gürtel löst sich, der Reißverschluss rauscht nach unten. Eine Wolke Weichspülerduft wabert mir entgegen. Ich senke meinen Blick und sehe, wie seine Männlichkeit aus der Unterhose blinzelt und um endgültige Befreiung bettelt. Beherzt greife ich zu und umfasse sie mit der Faust. Warm und weich liegt sein Wunderwerk in meiner Hand und wird unter meiner Fingerfertigkeit noch praller als zuvor. Es macht mich unheimlich an, zu spüren, wie er unter meinen Fingern wächst und gedeiht wie ein kleines Pflänzchen, das sich zu einem stattlichen Baum entwickelt. Ich kann kaum von ihm lassen, als er meine Arme nach oben streckt, um mir den Pulli über den Kopf zu ziehen. Nils' selbstsichere Art strahlt mal wieder auf mich ab, so dass ich meine eigene Unsicherheit gänzlich abstreifen kann, mich geborgen und irgendwie angenommen fühle, so wie ich bin. Er ist in seiner Art so gewiss, dass ich nicht befürchten muss, ihm könne an mir etwas nicht gefallen. Dieses Gefühl macht mich rundum glücklich und hemmungslos.

Ich rutsche von dem Sofa herunter und ziehe ihn mit. Wir wälzen uns hin und her, bis Nils auf dem Rücken liegt. Seine Brustmuskeln tanzen unter meinen Händen, sein Bauch ist angespannt, verbirgt unter einer süßen Speckschicht ein Sixpack aus diesen niedlichen 0,2l-Cola-Dosen. Er schiebt mein T-Shirt hoch. Seine bewundernden Blicke auf meiner nackten Haut tun mir gut. Kraftvoll greift er in meine Taille; ich mag diese intensive Art, mit der er mich anfasst, männlich hart, aber niemals brutal. Ich fühle mich unter seinen Händen wie ein saftiges Steak, das er ordentlich durchwalken muss, damit es schön zart wird. Es fühlt sich gut an, so körperlich, so lebendig. Er richtet sich leicht auf, um meine Brustwarzen zu küssen, diesmal ganz zart, als könnten sie sonst unter seinen Liebkosungen zerbrechen. Mein Herz schlägt so laut, dass ich fast taub davon werde. Seine Berührungen durchfließen meinen Körper wie sanfte Stromschläge. Ich halte es nicht länger aus, drücke ihn wieder auf den Boden zurück und meine Zunge begibt sich auf eine sinnliche Entdeckungsreise. Vom Hals, vorbei an einem kleinen Muttermal, über die leichten Brusthügel, einmal den Bauchnabel umrunden, bis zum Ansatz seiner Schamhaare – also bis dahin wo sie ansetzen würden, wenn sie noch da wären. Ich schaue Nils noch einmal verliebt an, bevor ich ganz in seinem Schoß versinke. Nils' Becken zuckt wie wild unter meinen Küssen. Ein leichtes, tiefes Raunen dringt in mein Ohr. Seine Hände greifen aufgeregt in mein Haar und dirigieren den Takt meiner Lippen. Das Stöhnen wird lauter und lauter und raubt mir den letzten Verstand. Ein letztes Aufbäumen, ein letzter schmerzverzerrter Schrei. Nils' Hände krallen sich förmlich in meinen Kopf und halten ihn so fest, als würden sie ihn nie wieder loslassen wollen. Minuten der Stille. Nur das unaufhörliche Ticken des Weckers erfüllt den Raum mit Leben. Liebevoll streichelt mir Nils über die erröteten Wangen.

»Das war schön«, flüstert er mit dumpfer Stimme.

»Es ist schön.« Meine Augen funkeln ihn an. »Denk mal nicht, dass du mir so leicht davonkommst.«

»Sieht das so aus, als wenn ich davonkommen möchte?« Nils deutet auf sein bestes Stück, das einladend zuckt.

»Was ist denn das?«, fragt er plötzlich, nachdem er die Staubmäuse unter meiner Couch gezählt hat.

Mir rutscht mein Herz ins Höschen. Nils zieht den Karton hervor, den ich achtlos unter dem Sofa verstaut hatte. So achtlos, dass noch zwei Kugeln der rosaroten Liebeskette vorwitzig unter dem Deckel herausgucken. Ohne zu fragen, öffnet er die Kiste und kann sich ein erstauntes Grinsen nicht verkneifen.

»Hey, du hast wohl Geheimnisse«, kläfft Nils und begutachtet mein Sammelsurium an Sex-Spielzeug. Es ist mir plötzlich unendlich peinlich, wie er die Dildos und Vibratoren betrachtet.

»Das ist alles Arbeitsmaterial.« Meine Erklärung verebbt in seinem herzhaften Lachen.

»Klaro, so würde ich das auch nennen! Meine Handschellen nutze ich auch nur, um böse Buben zu verhaften, und niemals für unartige Frauen wie dich.«

»Du hältst mich für unartig?« Ein bisschen Stolz macht sich in mir breit und lässt meine Scham über die Entdeckung der Sammlung verblassen.

»Sicher, andere Frauen verlassen sich nur auf Männer und sind dann enttäuscht, wenn sie es nicht bringen. Du aber bist selbstständig genug, um dir zu holen, was du brauchst. Großartig. Eine Frau, die weiß, was sie will. Das macht mich echt an. Möchtest du mir zeigen, wie unartig du sein kannst?« Nils strahlt und zieht die Liebeskette aus dem Kasten.

Spricht er etwa von mir …?

31

Löchriger Herzbube

Um einen Schlussstrich unter meinen hanseatischen Fehltritt zu setzen, habe ich mir fest vorgenommen, alle Spuren zu beseitigen und die Indizien meiner Grenzerfahrung aus meinem Blickfeld zu räumen. Ich werde das Kleid, das ich an dem Abend des Grauens während der langen Flucht durch die kalte Hamburger Nacht getragen habe, umtauschen. Es war einfach zu teuer, um es wegzuschmeißen oder gar zu verbrennen – was mein erster Gedanke war. Die polierten Opferschuhe schicke ich Tilmann als Dankeschön für das gewährte Asyl eines sexuell verfolgten Flüchtlings. Er wird bestimmt seine Freude daran haben.

Voller Tatendrang und neuem Optimismus verlasse ich die Wohnung. Mit einem kurzen, gepressten »Hallo!« werde ich begrüßt. Vor Nils' Tür steht ein Mann mit Dreitagebart und dunklen, kurzen Haaren. Vollgepackt mit Umzugskisten macht er nicht nur einen ziemlich hilflosen Eindruck auf mich – er ist es auch. Denn im selben Augenblick rutscht die Hälfte der mindestens 20 zusammengeklappten Faltschachteln zäh die Treppe herunter.

»Verdammt! Diese dämlichen Dinger rauben mir noch den letzten Nerv«, schießt es dem Mann ärgerlich heraus.

»Warten Sie, ich helfe Ihnen«, biete ich selbstlos an.

Gemeinsam versuchen wir, der Kartons Herr zu werden.

»Jetzt haben wir uns aber die ganze Arbeit umsonst gemacht«, sage ich.

Rätselnd schaut er mich an.

»Die Wohnungen auf der Etage sind alle vermietet. Sie müssen den ganzen Krempel wohl noch einen Stock höher tragen«, kläre ich ihn auf.

Er lacht. »Danke, aber ich bin hier schon richtig. Ich bin ein Kollege von Nils und habe versprochen, ihm beim Umzug zu helfen.«

Ich verstehe nicht. »Umzug? Was für ein Umzug? Wollen Sie bei ihm einziehen?«

»Nee, umgekehrt. Nils zieht zu mir, also genauer gesagt seine Sachen, während er im Ausland ist.«

Ausland? Zählt Frankfurt schon zum Ausland? Die passenden Einwohner wären ja bereits angesiedelt.

»Nils geht ins Ausland? Davon hat er mir gar nichts erzählt«, murmele ich leise.

»Ja, für drei Jahre – Kanada.«

»Drei Jahre … Kanada …« Mit letzter Kraft schwappen die Worte aus meinem Mund.

Ich krümme mich wie ein Boxer, getroffen von einem Schlag in die Magengrube. Knapp daneben. Ein Treffer etwas höher auf den Solarplexus und er hätte mir komplett den Atem geraubt. Dennoch fühlt es sich an wie ein kleiner Tod. Kaum hörbar. Kaum sichtbar. Nur spürbar. Mir ist ganz elend zumute.

»Geht es Ihnen nicht gut?«, fragt der Fremde besorgt und greift mir an die Schulter. Er beugt sich zu mir runter, um mein Gesicht zu mustern.

Ich raffe mich auf. »Nur eine kleine … ähem … Verstimmung.«

Der Mann reibt sich den flachen Bauch, der von einem auf Taille geschnittenen Hemd verdeckt wird. »Ja, das kenne ich, vor allem nach durchzechten Nächten mit Nils.«

Zeche? Die muss ich wohl diesmal zahlen – der Preis für meine Naivität.

Er schaut auf mein Klingelschild. »Ach, du bist Johanna?!« Mit einem Mal strahlt er unangebracht fröhlich. »Ich wusste gar nicht, dass ihr Nachbarn seid. Nils hat nur erzählt …« Dann unterbricht er und enthält mir somit mögliche, defibrillierende Informationen vor.

»Was hat er denn erzählt?«, presse ich gequält hervor.

»Na ja, dass du …« Der Kerl druckst rum, als müsse er ein Ei legen.

»Von deinem Job hat er erzählt.«

Mich trifft der Schlag. Endgültig. Lebendig begraben. Im zweiten Stock.

Nils wird ihm doch nicht allen Ernstes von meiner Beichte erzählt haben. Das wäre ja, das wäre, ja, was wäre das eigentlich? Betrug? Verrat? Vorsätzliche Körperverletzung?

»Was ist mit meinem Job?« Mordlust muss in meinen Augen funkeln, das verrät mir sein erschrockener Blick.

»Nichts, gar nichts, nur ganz alltäglich ist er ja nun nicht. Das musst du schon zugeben.«

»Ich gebe gar nichts zu. Was weißt du alles?«, frage ich ihn.

»Dass du bei 'nem Pornoheft arbeitest. Was sonst?« Jetzt blickt er mich fragend an.

Pornoheft! Pornoheft! Man kann das auch ehrenhafter ausdrücken. »Gynäkologische Fachzeitschrift« zum Beispiel. Oder »Erotikmagazin«. Ich tendiere zur »Lifestyle-Illustrierten«. Alles Auslegungssache. Pornoheft! Das hört sich an wie: Mit der Pornotante kann man's ja machen. Die hat eh nichts Besseres verdient. Die kannst du ruhig verarschen. Ja, ja, hab's kapiert. Ich bin mal wieder reingefallen auf Sentimentalitäten. Habe mich in einem schwachen Moment – dauern Momente bei anderen auch ewig? – dazu hinreißen lassen, mich zu verlieben. Wie banal. Wie dumm. Wer sich leichtgläubig zu einer emotionalen Entgleisung hinreißen lässt, bekommt es eben mit der Schippe – voll auf die Zwölf. Schon mal einen Boxer gesehen, der sich in den anderen verguckt, nur weil die blutrünstigen Fleischklopfer spätestens in Runde sechs verschmuste Klammeräffchen im Wiegeschritt imitieren? Nein, nur ich falle darauf rein. Auf nette Gesten. Skizzierte Berührungen. Fragmentarische Zuneigung. In diesem Liebesmosaik fehlen eindeutig Schweißnähte, die den Wirrungen zwischenmenschlicher Sender-Empfänger-Störungen standhalten.

Ein Kartenhaus aus löchrigen Herzbuben. Einsturzgefährdet schon in der Bauphase.

»Ist das alles?«, frage ich gereizt.

»Ja, was soll denn sonst noch sein?« Der Fremde runzelt die Stirn. Seine Art, mich anzugucken, sagt mir, dass er mich langsam, aber sicher für merkwürdig hält.

»Wie dem auch sei, ich muss jetzt los ins Büro.« Ich dokumentiere meinen akuten Zeitmangel, indem ich meinen Ärmel hochraffe, um hektisch einen Blick auf meine Armbanduhr zu werfen.

»Äh, ja, sicher«, entgegnet Nils' Kumpel. Weitere Nachfragen bezüglich meines Arbeitstages scheinen ihm auf der Zunge zu brennen. Hoffentlich kriegt er beim Runterschlucken Sodbrennen von seinen schmutzigen Fantasien.

Unschlüssig stützt er die Umzugskisten gegen die Wand. »Kann ich die bei dir unterstellen?« Unbewusst verdrehe ich die Augen.

»Von mir aus.«

32

Trage nie den Rüssel des Elefanten

Bei jeder Schnecke würde heute im Vergleich zu mir das ADHS-Syndrom diagnostiziert. Obwohl – ein erhebliches Defizit an Aufmerksamkeit beschreibt auch meinen seelischen Zustand, nur dass ich es gerade noch vermeiden kann, den Kollegen meinen vorherrschenden Kontaktmangel mittels Faxen zu signalisieren. Ich falle eher in eine Art Kältestarre, hervorgerufen durch den Entzug menschlicher Wärme.

Ein Luftzug wirbelt die Blätter auf meinem Schreibtisch wie vertrocknetes Laub auf. Der Verleger steht in der Tür, die Klinke in der einen, einen Stapel Zettel in der anderen Hand.

»Ein großes Lob, Frau Schwick! Ich habe Ihre Reportagen gelesen, die sind gar nicht übel und so nah am Leben, als hätten Sie das alles wirklich selbst erlebt! Also, wie Sie sich in die Sachen hineinknien, für eine Anfängerin eine überzeugende Leistung. Vor allem die Geschichte aus diesem Schloss …« Herr Hartlieb lässt endlich die Tür los und stützt sich kumpelhaft neben mir auf dem Schreibtisch auf. Er kommt mir bedrohlich nahe, sodass ich die Poren seiner Haut zählen kann.

»Verraten Sie mir die Adresse?«, fragt er augenzwinkernd. »Oder aber Sie nehmen mich das nächste Mal einfach mit …«

Ich nicke schwach, auch wenn seine anerkennenden Worte nicht ohne Wirkung bleiben. Es ist doch schön, wenn Leistung gewürdigt wird, auch wenn ich meine ganz eigenen Erfahrungen natürlich für mich behalten habe. So viel Engagement würde ihn sonst noch aus seinen glänzenden Budapestern hauen. Job und Privatvergnügen zu vermischen ist ja meistens unangebracht, auch wenn ich das Gefühl habe, als würde Herr Hartlieb das wohl eher gutheißen. Außerdem würde er nur auf dumme Ideen kommen und mich sicher falsch einschätzen, wenn ich ihm von meinen Selbstversuchen erzähle. Und Vorurteile sind ja schnell gefällt. Aber ich lasse mich in keine Schublade stecken, auch nicht, wenn ein attraktiver Mann darin liegt. Ich möchte mir immer noch selbst aussuchen können, wann und wo ich mit wem über meinen Schatten springe.

Herr Hartlieb hockt sich gelassen mit einer Pobacke auf meine Tischkante, die daraufhin einen Zentimeter nachgibt und betrachtet mich nachdenklich. Je länger er mich so wortlos anschaut, desto unbehaglicher fühle ich mich. Vor allem spüre ich auch noch die durchdringenden, weil feindlich eifersüchtigen Blicke von meiner lieben Kollegin Frau Brenner, die schweigend aber gewaltig in ihre Tastatur haut, als wollte sie sich abreagieren.

Als ob außer uns niemand im Büro säße, redet Herr Hartlieb ungeniert weiter: »Ehrlich gesagt, hätte ich Ihnen das gar nicht zugetraut. Sie sehen ja nicht gerade sehr … hmm … risikofreudig aus. Ja, ja, stille Wasser können tief sein und man muss danach nicht aufstoßen, sage ich ja immer! Allerdings …« Plötzlich beugt er sich zu mir vor und beäugt mich besorgt wie ein Arzt ein auffälliges Muttermal. Ich kippe instinktiv mit meiner Stuhllehne nach hinten.

»Allerdings sehen Sie heute ziemlich erbärmlich aus, wenn ich das mal so sagen darf. War wohl anstrengend für Sie die letzte Zeit? Ja, wenn man's nicht gewohnt ist.« Er klopft sich heiser lachend auf den Schenkel.

»Ich würde vorschlagen, Sie gehen heute früher, damit sie mir nicht auch komplett ausfallen wie unser lieber Herr Dollerhein.«

Augenblicklich werde ich wach.

»Wieso? Was ist denn mit ihm?«, nuschele ich durch meine zusammengepressten Zähne.

»Ach, der hat sich den Kopf verdrehen lassen. Liebeskummer oder so was. Auf jeden Fall hat er sich sechs Wochen Auszeit genommen, um sich zu erholen. So fertig hab ich den Pitti noch nie gesehen, hab ihm aus Mitleid sogar das Ticket spendiert.«

»Das Ticket?«

»Jawohl, sechs Wochen Thailand, danach ist er wieder ganz der Alte …!«

*

Hetzlich Willkommen nach Salon Lotusblüte!
Können Sie sich ein Auszeit von Alltag!

An der Glastür zum Massagestudio wimmelt es von aufgeklebten Rechtschreibfehlern. Warum erklärt sich eigentlich kein der deutschen Sprache mächtiger Mitbürger bereit, bei seinen ausländischen Bekannten Korrektur zu lesen? Vor allem wenn manche scheinbar gute Beziehungen zueinander pflegen.

Nachdem Herr Hartlieb sich noch ausschweifend über meine geschwollenen Augen ausgelassen hatte, zauberte er aus seiner Brusttasche einen Stapel Gutscheine hervor. Allesamt für Thaimassagen.

Mit einem vielsagenden Augenzwinkern und unter den giftspeienden Blicken von Frau Brenner überreichte er mir einen und prophezeite: »Es sind zwar keine sechs Wochen, aber auch eine Stunde kann manchmal Wunder wirken …«

Ein fröhliches Windspiel kündigt meinen Besuch an.

»Wende dein Gesicht zur Sonne, dann fallen die Schatten hinter dich!«

Ich frage lieber nicht nach, ob sie mir einen Gesichtsbräuner verkaufen will, sondern drücke der Dame, die mich mit diesem netten Begrüßungsspruch empfängt, meinen Gutschein in die Hand. Die kleine Thailänderin trägt einen modernen Bob und eine randlose Brille. Im Verhältnis zu meiner Körpergröße ist sie nicht nur klein, sondern winzig. Der Wunsch bedrängt mich, sofort meine Absatzschuhe auszuziehen, auch wenn das in ihrem Fall nicht viel zur Reduzierung des Größenunterschieds beiträgt. Ich mache es trotzdem, schließlich läuft sie auch nur in ein paar Badeflipflops herum.

Sie mustert erst den Gutschein, dann mich, um mit ihren Ausführungen fortzufahren: »Nur die Gestalt ist schön; wenn man sie küsst, duftet sie nicht.«

Ich schließe mich ihrem formstabilen Lächeln an und folge ihr, nachdem sie sich wortlos umgedreht und mich nur mit einem kurzen Wink aufgefordert hat, ihr zu folgen.

In einem kargen Raum, dezent dekoriert mit rötlichen Organzavorhängen, einem Buddha auf der Fensterbank und einer dampfenden Schale als Zimmerbrunnen, breitet sie auf einem mittig platzierten Futonbett ein großes Handtuch aus. Ein frisch angezündetes Räucherstäbchen stopft das Loch in der Hand des heiligen Michelinmännchens.

Nangpan Schuster-Lehmann – der Name der Thaidame steht handgeschrieben auf einem kleinen, windschiefen Button an ihrem Kragen. Entweder ist Herr Schuster-Lehmann Stammgast in thailändischen Touristenhochburgen oder Katalogbesteller.

Egal, Hauptsache – Frau Nangpan Schuster-Lehmann ist glücklich verheiratet und beherrscht ihr Handwerk.

Die Masseurin deutet mir an, mich auf die Liege zu legen. Anstelle von »Legen Sie sich bitte bäuchlings hin, damit ich Sie von Ihren Verspannungen befreien kann« sagt sie nur: »Die Gefühle einer Frau schwanken hin und her wie die Tropfen auf dem Blatt der Boon-Pflanze.«

Ohne mich auch nur angefasst zu haben, scheint diese Frau mich komplett zu durchschauen. Es ist wahr. Meine Gefühle schwanken hin und her, und zwar nicht nur wie die Tropfen auf diesem Gestrüpp, sondern wie ein Tretboot in Seenot. Aber ich bin in letzter Zeit auch durch stürmische Gewässer gesegelt – ganz ohne Segelschein. Da kann es durchaus mal passieren, dass man einen Spritzer abbekommt, der sich als Träne im Augenlid sammelt. Im Grunde hatte ich ja wirklich keine Ahnung, was mich in diesem Job erwartet. Und ich hatte noch weniger eine Idee davon, wie sich alles entwickeln würde. Trotz allem bin ich auf dem richtigen Weg, auf dem Weg zu mir selbst. Ich habe die Chance, Dinge zu sehen, die ich sonst niemals zu sehen bekommen würde. Ich kann mir ein Bild machen von den Dingen, die zwischen Ehebett und Swingerclub, Hörsaal und Bordell, Hausfrau und Pornostar passieren. Und das Beste daran: Ich habe die Wahl, selbst zu entscheiden, was von alledem mir gefällt und auf was ich gut verzichten kann. Niemals hätte ich so viel in so kurzer Zeit erlebt, wenn ich an der Uni hocken geblieben wäre. Ich bin gerade dabei, meinen eigenen Weg zu finden, aber nur weil ich mich auf die Suche gemacht habe. Und tatsächlich habe ich das Gefühl, vorher viel verpasst zu haben und endlich einen Eindruck von dem zu bekommen, was alles möglich ist. Auch wenn Enttäuschungen natürlich nicht ausbleiben, glaube ich, mehr bei mir angekommen zu sein, seit ich über den Tellerrand geschaut und meine Moral über Bord geworfen habe. Es ist ja nicht so, dass ich jetzt frei von jeglichen Verspannungen wäre, das wird auch meine Masseurin bestätigen. Aber ich bin auf dem besten Wege, mich zu entkrampfen. Ich denke, es ist noch ein wenig Luft nach oben. Doch auch wenn die Freiheit über den Wolken wohl grenzenlos ist, will ich meine Grenzen kennenlernen, um sie dann ein bisschen auszuweiten – aber auch zu respektieren. Das Wichtigste dabei ist: Ich muss wissen, was ich will. Und wenn ich das nicht weiß, muss ich es eben herausfinden …

*

Frau Schuster-Lehmann kniet sich über mich und fängt an, meine Schultern zu massieren. Oh, das tut gut. Die Frau hat warme Hände und einen harten Griff, den ich dem zierlichen Persönchen niemals zugetraut hätte. Meine verspannte Muskulatur kann leichte Gewalt durchaus vertragen. Sogar Frau Schuster-Lehmann, die sicher schon einige Körper unter sich hatte, lässt in Anbetracht meines verhärteten Rückens ein leises Zischen durch ihre Zähne hören.

Nach dem Zischen folgt ein fast ermahnendes: »Versuche nie, den Rüssel des Elefanten zu tragen.«

Ob ich nicht zu schwer heben sollte?

Als sie sich an meinen Armen zu schaffen macht und die Dehnungsfähigkeit meiner Handgelenke testet, indem sie mir den Unteram langzieht, kommt ein neuer, wahrscheinlich sehr weiser Spruch: »Sucht Mann eine Frau, so gibt man ihm den Rat: Wenn man einen Elefanten kauft, guckt man auf den Schwanz. Wenn man heiratet, guckt man auf die Mutter, um sicher zu sein, besser noch auf die Großmutter …«

Langsam beschleicht mich das Gefühl, sie könne anhand meiner Körperspannung auch meine inneren Verkrampfungen erkennen.

Mit den Fingern tastet sie jeden einzelnen meiner Halswirbel ab. An einem schmerzempfindlichen Knötchen, das in meinem Nacken mit Sicherheit nichts zu suchen hat, reibt sie besonders hartnäckig. »Reite nicht auf einem Elefanten, um Heuschrecken zu fangen.«

Diese frittierten in Mode gekommenen Heuschrecken würde ich sowieso nicht essen. Proteine hin oder her. Über Mineralienmangel kann sich mein Körper nicht beschweren. Die aufdringlichen Fettpölsterchen bunkern jeden Nährstoff in ihren und somit leider auch meinen Zellen.

»Der Reiz des Kochlöffels bewegt den Ehemann zur ewigen Liebe.« Vom Essen hatte ich es auch gerade – ob Frau Schuster-Lehmann Gedanken lesen kann?

Stören würde es mich nicht, nur sollte sie ihre Tipps, Motivationen oder gut gemeinten Ratschläge dann doch bitte etwas unmissverständlicher formulieren. Aber ich möchte die gute Frau nicht mit geistiger Bürokratie in ihren mentalen Stärkungsweisheiten unterbrechen.

Letzte Sorgenschwaden verflüchtigen sich dank eines Trommelfeuers aus Handkantenschlägen. Und das soll gesund sein? Ich habe mehr Schmerzen als vorher.

Trotzdem fühle ich eine angenehme Wärme, die sich kribbelnd ihren Weg selbst in entlegenste Körperteile bahnt, die bei der Thaimassage berührungslos geblieben sind. Ich fühle mich fast ein bisschen schwerelos, als ich mich von dem Futon erhebe. Frau Schuster-Lehmann lächelt mich mit zusammengekniffenen Augen an.

Auf meinem Weg nach draußen warte ich vergeblich auf einen vielversprechenden Abschiedsgruß, irgendwas nach dem Motto: »Der Lotus blüht für dich, auch wenn die Sonne nicht zu sehen ist.« Aber Frau Schuster-Lehmann reagiert nicht, verabschiedet mich nur mit einer kleinen Verbeugung.

Ich bin entspannt.

33

Rückgaberecht

»Was heißt, Sie können das nicht zurücknehmen, nur weil der Preiszettel abgerissen ist? Weil ich das Kleid angeblich schon getragen habe? Also wissen Sie. Wenn ich Reibach machen wollte, hätte ich das Kleid auch mit Etikett angezogen, dann wäre mein Preis gleich bekannt.«

Energisch schüttelt die Verkäuferin den Kopf, steckt den Stofffetzen zurück in die Tüte und hält sie mir demonstrativ vor die Nase. Ich werfe ihr ein letztes aufsässiges »Aber …« entgegen.

»Was gibt es denn für ein Problem?«

Erschrocken drehe ich mich um: »Du?«

»Sag mal, du treulose Tomate, warum rufst du denn nicht zurück. Ich hab dir den AB vollgequatscht und du meldest dich nicht. Was ist denn los?«

Ich versuche, die Tüte unauffällig hinter mir zu verstecken, aber Christina hat sie schon entdeckt. »Zeig doch mal, was du dir Schönes gekauft hast!«

Neugierig versucht sie, nach der Tüte zu greifen. Bevor sie sie erhaschen kann, fällt mir die Verkäuferin in den Rücken: »Sie würden doch auch kein Kleidungsstück zurücknehmen, an dem das Preisschild fehlt, oder?«

Als ob Christina wie eine aussieht, die sich um Rückgaberechte schert.

»Warum willst du denn das Kleid umtauschen – das hat doch perfekt gepasst?«, fragt mich Christina verdutzt.

Es wundert mich, dass sie so ruhig bleibt und mir bisher noch keine Standpauke gehalten hat.

»Das Outfit ist … es ist nicht so gut angekommen«, formuliere ich zaghaft eine Ausrede.

»Wovon redest du nur? Nicht gut angekommen! Du hast eingeschlagen wie eine Bombe!«

So kann man das Szenario auch beschreiben. Ich ducke mich, um das erwartete Donnerwetter über mich ergehen zu lassen.

Christina zieht mich am Ärmel von der Kasse weg, hinter der die blöde Verkäuferin schon ihre Ohren gespitzt hat.

Mit gedämpfter Stimme tuschelt sie verschwörerisch: »Robert war hellauf begeistert. Er möchte nur noch dich als Gesellschafterin buchen, kein anderes Mädchen mehr, auch mich nicht.« Christina scheint das ja nicht sonderlich zu bedauern.

»Und er hat sogar noch einen Bonus gezahlt.«

Begeistert? Buchen? Bonus? Ich verstehe gar nichts mehr.

Kann ein Bonus auch negativ behaftet sein und etwa eine Rückzahlungsforderung enthalten? Ratlos starre ich Christina an, die mich an den Schultern packt und schüttelt.

»Hast du gehört? Was guckst du denn so komisch? Ich hab dir doch gesagt, wir kriegen das hin. Du bist eine Wucht, die Männer lieben dich – merkst du es endlich!«

Ich bin sprachlos. Sinnvolle Sätze sind aus meinem Gehirn gewichen und ein Schwarm Bienen hat sich darin eingenistet. Biene Majas Rache. Mir schwirrt der Kopf.

Erst langsam komme ich zur Besinnung und realisiere, dass ich mich – wie auch immer – richtig gut verkauft habe, im wahrsten Sinne des Wortes.

Christina interpretiert meine Wortlosigkeit als stille Freude.

»Na ja, freuen kannst du dich ja auch noch später, aber feiern müssen wir das – mit Champagner und allem Drum und Dran. Ich gebe einen aus. Und ein paar süße Jungs heuer ich auch noch an. Und dann musst du mir unbedingt erzählen, wie du Robert um den Finger gewickelt hast. Siehst du, jetzt kannst *du* mir gute Tipps geben, wie ich die Männer um den Verstand bringe.«

Als Christina meine noch leicht gelähmte Erscheinung Richtung Ausgang schiebt, fragt sie leise: »Hatte ich dir eigentlich gesagt, dass Robert auf Schmerzen steht?«

34

Der Partyschreck

Klotzen, nicht kleckern« ist sowohl die Devise, was die Einrichtung der exklusiven Dachwohnung betrifft, als auch das Motto der Bewirtung. Nur das opulente Buffet schafft es, meine Aufmerksamkeit von den minimalistisch geprägten Designermöbeln auf die akkurat angeordneten Häppchen zu lenken. Lachs küsst Kaviar, sowohl auf blassen Toastbrotscheiben als auch auf perfekt angerichteten Sushivarianten. Frischer geht's nicht. Christina hat sich nicht lumpen lassen, die Delikatessen bei ihrem Lieblingsjapaner bestellt und den Sohn Nippons gleich mit. Alles original. Die rote Sonne ziert das weiße Stirnband des Sushimeisters, der mit seinem kleinen Hackebeil den frischen Fisch malträtiert. Typisch Asiaten, sie haben es eben gelernt, immer höflich, zurückhaltend und schweigsam Harakiri zu machen.

In Christinas Stammbaum mangelt es eindeutig an asiatischen Vorfahren, so geschwätzig, wie sie heute Abend ist. Ich sollte froh darüber sein, dass sie mir fast jeden der geladenen Gäste persönlich vorstellt, insbesondere ihre »netten Jungs«, die sich als echte Männer entpuppen. Das erspart mir lästigen Erstkontakt-Small-Talk.

Eigentlich bin ich kein großer Fan von Partys. Aber auf diese habe ich mich nach all dem Stress der letzten Tage und Wochen doch gefreut. Endlich mal ganz normale Leute und keine Psychopathen oder Spinner.

Die Mehrzahl derer, die sich zu der illustren Partyschar zählen dürfen, wirkt geschniegelt und gestriegelt in perfekt sitzenden Designer-Anzügen. Nicht unbedingt mein Geschmack. Genauso wenig wie Christinas Freundinnen. Zu viel Rot auf den Lippen, zu viel Busen und zu wenig um die Hüften. Ich meine damit natürlich das Outfit. Die Röckchen, mit denen sie den Männern den Kopf verdrehen, trage ich als Gürtel. Aber egal! Jede, wie sie kann. Die Musik ist gut und ich ertappe mich, wie ich mit meinem Glas Sekt in der Hand anfange, im Takt des Beats zu wippen.

»Du bist aber eine süße Tanzmaus«, werde ich platt von der Seite angebaggert. Sebastian ist Zahnarzt und selbst sein bester Werbeträger. Die Zähne sind weißer als weiß und strahlen mit seinem blütenreinen Armanihemd um die Wette.

»Ich dachte, ich würde Christinas Freundinnen alle kennen. Doch ich kann mich nicht erinnern, dich ...«

» ... wir sind erst seit Kurzem befreundet«, kläre ich Sebastian auf und hoffe inständig, dass sich die kommende Konversation nicht nur aufs Bleichen, Bohren und Zähneziehen beschränkt.

»Dann kennst du sonst keinen hier?«

Ich schüttele den Kopf.

»Alles Verrückte hier!«

Ungläubig und fragend betrachte ich Sebastian.

»Wirklich! Kein Witz!« Sein Kopf zeigt zum anderen Ende der Wohnung.

Mein Blick bleibt an einem großgewachsenen Mann mit Schnauzbart hängen. Wie ein rolliger Kater schleicht er sich ganz dicht an den Stühlen und Tischen vorbei, als würde er magnetisch von ihnen angezogen. Hingebungsvoll streicht er über die Oberfläche des schwarz lackierten Sideboards und lächelt dabei so zufrieden, als hätte er soeben eine Gehaltserhöhung bekommen. Ungeachtet der anderen Partygäste reibt er sein Gesicht verzückt an dem Sofakissen, bevor er es zwischen seine Beine steckt, um es auch gleich wieder fallen zu lassen. Ertappt schaut er sich um und trifft meinen Blick. Er lächelt mich höflich an, nur für eine Sekunde. Dann hat etwas anderes sein Interesse geweckt. Ein einsamer schwerer Sessel. Gierig betrachtet er den kubischen Körper. Dann …

»Siehst du das?«, frage ich entsetzt. »Treibt der es gerade mit der Sessellehne?«

»Wo die Liebe hinfällt. Wie ich schon sagte … alles Verrückte«, bestätigt Sebastian gelassen, was mich nicht minder erschreckt. »Siehst du den älteren Herrn da drüben im Flur?«

Mit roter Fliege und schwarzer Hornbrille macht der Mann einen äußerst seriösen Eindruck und ich kann auf den ersten Blick nichts Ungewöhnliches an ihm feststellen.

»Und? Was ist mit dem? Sieht nett aus!«

Verheißungsvoll raunt Sebastian mir zu: »Wart's ab. Du wirst es gleich sehen …«

Aufgeregt rutsche ich auf der Couch hin und her, den Old Daddy fest im Visier. Ein mir bekanntes Geräusch – 12-Zentimeter-Stilettos aus der neuen Prada-Kollektion klackern schnellen Schrittes über den frisch polierten Mamorboden Richtung Toilette, vorbei an meinem Observationssubjekt. Angespannt weitet er seinen Hemdkragen. Deutlich sind kleine Schweißperlen auf seiner Stirn zu sehen, sein Brustkorb hebt sich verdächtig schnell im Sekundentakt. Eine unbekannte Schöne schließt die WC-Tür.

»Pass auf! Gleich ist es so weit!«, tuschelt Sebastian. Die Spannung ist nicht mehr auszuhalten. Dann plötzlich bückt sich der fiese Spanner und presst sein Auge an das Schlüsselloch. Seine rechte Hand lässt erahnen, welches Solo er in seiner Hose spielt. Mittlerweile hängt sein Ohr wie angenagelt an der Tür.

»Wie pervers ist das denn?«, zischt es mir zwischen den Zähnen heraus.

»Wenn alle Bächlein fließen und alle Lüftchen wehen«, murmelt Sebastian vor sich hin. »Der alte Karl-Heinz ist noch ein echter Genießer der alten Schule.«

»Aber … aber da muss man doch was unternehmen«, gebe ich mich kämpferisch. »Einer muss dem Mädel helfen.«

»Wieso?« Sebastian zuckt gelangweilt mit den Schultern. »Dafür wird sie doch bezahlt!«

»Wie bitte?«

Das aufgetakelte Blondchen bekommt Cash, dafür, dass sie sich beim Pinkeln beobachten und belauschen lässt? Mit einem Schluck leere ich das Sektglas und halte es Sebastian demonstrativ unter die Nase. Ich brauche Nachschub, und zwar reichlich.

Aufmerksam betrachte ich einen Gast nach dem anderen – ganz genau. Erst jetzt bemerke ich, dass eine der anwesenden »Damen« alles andere als schwanzlos ist. Ihren, oder besser seinen, Lover scheint das nicht im Geringsten zu stören, so wie er ihn anhimmelt. Verständlich! Neidvoll muss ich eingestehen, dass das Make-up wirklich perfekt ist.

Weniger perfekt sitzt hingegen die Hose eines Enddreißigers. Vermutlich leidet er unter Blasenschwäche … oder er steht auf Windeln.

»Komm an Muttis Brust!« Lauthals stolziert eine Vollbusige auf den Hosenscheißer zu. Mit leuchtenden Augen vergräbt er sein glatt rasiertes Gesicht in ihrem üppigen Dekolleté.

»Ich glaube, ich bin im falschen Film«, resümiere ich geschockt.

»Ist doch die ganze Zeit mein Reden.«

Ich schaue Sebastian an. Entsetzt rücke ich von ihm ab. »Und was für einen Tick hast du?«

»Och … nichts Besonderes. Ich würde dich aber gerne tanzen sehen – nackt!«

»Du hast ja einen Knall! Du kannst sehen, wie sich mein kleiner, süßer Arsch zum Buffet bewegt, und das war es.«

Verärgert stürme ich auf die kulinarischen Köstlichkeiten zu und schiebe mir nervös ein Nigiri-Sushi mit Lachsauflage in den Mund.

»Schmeckt's?«

Ich schrecke hoch und erblicke einen jungen Mann, mit dem Christina vor geraumer Zeit noch intensiv getuschelt hat. Da man mit vollem Mund nicht redet, nicke ich nur und hoffe inständig, dass meine aufgeplusterten Backen den eigentlich ganz nett aussehenden Gast nicht verschrecken. Es gibt doch für den ersten Eindruck nichts Schlimmeres, als beim Kauen beobachtet zu werden.

»Geht's wieder? Soll ich klopfen, ich meine auf den Rücken?«

Röchelnd und prustend halte ich mir die Hand vor den Mund. Ein Reiskorn hat sich in meine Luftröhre verirrt. Ich spüre förmlich, wie mir das Blut in den Kopf steigt und mein Gesicht in einen Pavianarsch verwandelt. Gepaart mit frei fliegenden halb zerkauten Fischstückchen, habe ich meinen ersten Eindruck bravourös versemmelt. Doch den Mann, der sich mir als Georg vorstellt, scheint nichts zu erschüttern. Fürsorglich entsorgt er meine vollgespuckte Serviette, um Minuten darauf mit zwei Gläsern Sekt zurückzukommen.

Im Gegensatz zu mir kann Georg seinen ersten durchweg positiven Eindruck im Laufe des Abends leider nicht halten. Wie kann man nur so unverblümt sein Singledasein als Warnbanner vor sich her tragen? Georg sucht eine Frau und findet keine. Wen wundert's? Die emanzipatorischen Tugenden der deutschen Frauen liegen ihm gar nicht. Für ihn muss die perfekte Partnerin kleine Füße und einen großen Hintern haben. Auch wenn ich Letzteres annähernd erfülle, lebe ich auf zu großem Fuß, um mir die Zehen nicht am Herd anzustoßen.

Georg hatte mal eine Russin als Freundin. Die war ideal, wie er sagt. Und er hat es geliebt, dass sie ihn ausgenommen hat wie eine Weihnachtsgans. Jedes Mal, wenn sie seine Kreditkarte zum Glühen brachte, wäre ihm einer dabei abgegangen. Er meint das wohl ironisch? Nur leider war er dann irgendwann pleite und die Russin weg. Jetzt sucht er eine neue Frau, die vor seinen Augen das Geld zum Fenster rausschmeißt, ihn ausnutzt und um seine Existenz bringt. Während er spricht, glänzen seine Augen wie eine schleimige Forelle. Vielleicht hat er zu viel getrunken und redet deshalb so einen Unsinn? Fragt sich überhaupt, was der Anhänger osteuropäischer Tugenden eigentlich von mir will? Hat er denn meine großen Füße nicht gesehen?

Demonstrativ schaue ich nach unten und wippe mit den Zehen, in der Hoffnung, dass er meinem Blick folgt. Doch das Einzige, was folgt, ist ein Anflug von Benommenheit. Plötzlich sehe ich vier Füße anstatt zwei, seine nicht mitgezählt. Der Boden unter mir neigt sich bedenklich in die Tiefe. Ich stütze mich am Buffettisch ab oder besser gesagt in der Mitternachtstorte. Puh, ist mir übel. Meine Gedanken trüben sich. Der Japaner. Das Sushi. Der Fisch. Der rohe Fisch. Oh mein Gott, ich habe eine Fischvergiftung! Oder der Super-GAU: Ich habe ein Häppchen mit Kugelfisch erwischt, und zwar mit schlecht zubereitetem Kugelfisch – ich bin dem Tod geweiht. Mit letzter Kraft hebe ich meinen plötzlich tonnenschweren Kopf an und sehe nur noch verschwommen in eine grinsende Fratze. Ein letztes Wort löst sich von meiner saharagleichen Zunge: »Fschschschsch …«

Eine sagenhafte Illusion nimmt Besitz von meinem schwächelnden Bewusstsein. Auf der schmalen Bühne zwischen Leben und Tod nehme ich ein vernebeltes Schauspiel wahr. Was man nicht alles träumt, wenn man gerade dabei ist, an einer Fischvergiftung zu sterben. Gerechnet hätte ich ja noch mit einem weißen Licht, das mich herzlich willkommen heißt in einer neuen Welt ohne irdische Belange und Belanglosigkeiten. Doch anstelle eines hellen Schimmers sticht ein roter Strahl durch das Dickicht der Zwischenebene. Bewaffnete mutierte Ameisenbären entern den

Raum. Die Gäste wuseln angsterfüllt wie kleine schwarze Tierchen über den Boden. Sie können nicht entkommen. Die nuschelnden Eindringlinge nehmen sie gefangen. Einer der stärksten von ihnen, wahrscheinlich der Anführer, pirscht sich an mich heran. Ich bin wie angewachsen, kann mich nicht bewegen. Mir ist, als würde ein rotes Auge unter seiner Maske blinken, bevor es erlischt und ich vollends der Gegenwart entrücke.

35

Rummel im Kopf

Blut pocht in den Adern. Ein Körper, gebaut aus Eisen, presst sich der Erde entgegen. Die Anziehungskraft ist stärker geworden. Ein Jahrmarktkarussell mit bunten Pferden und historischen Kutschen dreht sich viel zu schnell. Es hebt ab, löst sich Staub aufwirbelnd vom Sandboden und schleudert gegen meine Schädeldecke. Jemand hat meinen Kopf für einen Spottpreis an einen Schausteller vermietet. Das schmerzt. Ohne zu wissen, ob ich auf dem Bauch oder auf dem Rücken liege, versuche ich, einen Blick nach draußen zu wagen durch die bleiernen Hautvorhänge, die auf meine Augäpfel drücken. Es fällt mir schwer. Mehr als ein leichtes Zucken ist nicht drin. Ich probiere es noch mal und noch mal und endlich schaffe ich es, meine Augen einen Schlitz weit zu öffnen. Ich sehe nichts – außer einer weißen Wand, die mir jemand direkt vor die Nase hält. Ich blinzele mich aus meiner Benommenheit, wodurch sich schleichend verwischte Konturen in einem schwammigen Bild abzeichnen.

Aus dem Weiß, das mich in seiner Reinheit blendet, erhebt sich ein Schatten und schiebt sich in mein begrenztes Sichtfeld. Bedrohlich nah schwebt er über mir wie eine dunkle Gewitterwolke. Dicke Regentropfen prasseln gegen meine Wangen und klopfen mich in einen annähernd wachen Zustand.

»Johanna? Hallo! Johanna! Hörst du mich?« Die Gewitterwolke kann sprechen. Damit ist sie mir gegenüber glatt im Vorteil. Sprechen? Das fällt mir gar nicht ein. Wie soll man auch reden, wenn einem die Zunge wie mit Pattex fixiert am Gaumen festklebt? Brummen geht.

»Johanna, wach auf! Komm, mach schon!«

Falls ich jemals wieder meine alten Fähigkeiten zurückerlangen sollte, werde ich dieser aufdringlichen Wettererscheinung mit einem heißen Fön den Garaus machen.

Ums Aufwachen bemüht, winde ich meinen Kopf hin und her, bis ich endlich merke, dass mir jemand auf die Backen schlägt und Durchblutung in meine leblosen Wangen bringt, als wollte er mir sagen ›stirb langsam‹.

Ich erkenne harmonische Züge, die ein besonders attraktives Gesicht zeichnen. Es ist ein Mann, und was für einer. Jetzt ist es raus, Gott ist keine Frau, sondern ein echter Kerl. Ich muss im Paradies sein.

»Johanna, erkennst du mich? Ich bin es. Nils!«

Was für eine irdische Erscheinung. Vielleicht bin ich doch noch nicht im Paradies, obwohl ich mich mit ihm an meiner Seite selbst auf einer Müllhalde so fühlen würde wie im Garten Eden.

Angestrengt schaue ich mich um. Alles erinnert mich an ein Zimmer in einem Krankenhaus. Seit wann sind in einer Klinik Haustiere erlaubt? Mein brutaler Kater gehört auf die Quarantänestation oder ausgewildert.

Ja, ich erkenne Nils, der neben meinem Bett steht, sich über mich beugt und meine Stirn streichelt. Ich muss immer noch fantasieren.

Ich will etwas sagen. Fragen, was los ist, aber es formt sich nur ein heiseres mit Spucke versetztes Stöhnen.

»Ruh dich aus. Ich bin heilfroh, dass dir nicht mehr passiert ist.« Nils schnauft erleichtert.

Für meinen Geschmack ist genug passiert, auch wenn ich nicht genau weiß, was eigentlich geschehen ist. In meinem Gehirn klafft eine riesige Lücke. Ich weiß gar nichts. Das Letzte, woran ich mich schmerzhaft erinnern kann, ist eine rote Sonne. Vielleicht war ich ja im Urlaub? Es wäre schön, wenn mich mal jemand aufklären könnte. Anscheinend funktioniert meine wortlose Kommunikation immer noch tadellos.

Nils beginnt mit einer haarsträubenden Zusammenfassung. Es geht um wilde Partys und abstruse Fetische. Männer, die auf Plüschtiere stehen, andere, die objektophil sind, sich also an Gegenständen wie Möbeln ergötzen, wiederum andere, die geil werden, wenn Frauen ihnen Gebrauchsanweisungen vorlesen, sie finanziell ausnutzen oder als lebendes Bügelbrett benutzen. Anscheinend gibt es nichts, was es nicht gibt. Und mittendrin: Christina als Drahtzieherin.

»Einer von ihnen mit dem Decknamen Sebastian aber ist der Schlimmste von allen. Deshalb wird er auch gesucht.«

Sebastian, der Name schallt in meinem Kopf wie in einem leeren Raum. Nils fährt fort: »Er täuscht einen harmlosen Nackttanzfetisch vor, dabei betäubt er seine Opfer mit K.-o.-Tropfen. Nicht weil er ihnen etwas antun will. Nein, er befriedigt sich daran, sie danach zu retten, ihnen die Wangen zu tätscheln, Mund-zu-Mund-Beatmung zu machen und Händchen zu halten.«

Die Polizei sei Christina schon seit geraumer Zeit auf der Spur. Ein anonymer Anrufer habe ihnen den Tipp gegeben, dass bei ihr wieder eine Party des anonymen Extrem-Fetisch-Zirkels stattfindet.

»Du glaubst gar nicht, was ich für einen Schreck bekommen habe, als ich dich schwankend am Buffet gesehen habe, mit der Hand in der Torte.«

Ich weiß nicht, was es genau war, das meinen Verstand während der nervenaufreibenden Story wieder zum Leben erweckt hat. Der Schock, in die perversen Machenschaften von Wichsern und Windelträgern verwickelt worden zu sein. Die Enttäuschung, dass mein naives Vertrauen gegenüber meiner neuen »Freundin« Christina schändlich ausgenutzt wurde. Oder die fast schon wieder zur Benommenheit führende Glückseligkeit, von Nils, meinem Helden, gerettet worden zu sein. Romantischer geht's ja wohl kaum.

Mittlerweile hat sich der Rummel in meinem Kopf für einen anderen Schauplatz entschieden. Eine voll besetzte Achterbahn saust durch meine Stirnhöhlen.

Um nicht aus dem Sitz geschleudert zu werden, halte ich mich an der Metallstange des Krankenhausbettes fest. Heiser murmele ich eine Frage in den Raum: »Wie …, woher, wer wusste, dass ich, die Party?«

Auch wenn meine Sinne noch eine Runde auf dem Wetzstein vertragen können, sind sie scharf genug, um zu erkennen, dass Nils diese Frage mehr als unangenehm ist. Er windet sich, bevor er eine hanebüchene Antwort findet: »Also gut. Du hast mir doch von deinem Abenteuer in Hamburg erzählt. Da habe ich bereits befürchtet, dass es sich nur um diesen Fetischring handeln kann.«

Ich wundere mich, warum Nils es vorzieht, lieber den kleinen, toten Bildschirm des Fernsehers an der Wand zu mustern, als mir in die Augen zu schauen. Ich tippe seine Hand an, damit er fortfährt.

»Na ja, wir haben das überprüft und als es sich wirklich um Christina Manteuffels Organisation gehandelt hat, sind wir davon ausgegangen, dass sie noch mal Kontakt mit dir aufnimmt. Dann haben wir dich sporadisch beschattet.«

Oh, er hat sich Sorgen um mich gemacht und mir Personenschutz besorgt, wie süß!

»Wir mussten sie diesmal unbedingt kriegen. Das verstehst du doch, oder? Ich wollte nicht, dass dir etwas passiert. Und es tut mir auch unendlich leid, dass ich nicht früher gekommen bin, um dich zu retten.« Nils tätschelt meine Wange.

Moment mal. Rechtzeitig. Gerettet. Mir dämmert's. Von wegen Personenschutz. Die haben mich knallhart als Lockvogel benutzt und mein Unwohlsein, ja, sogar die Zerstörung meiner körperlichen Unversehrtheit in Kauf genommen. Warum hat er mich nicht eingeweiht, mich vorgewarnt? Dann wäre ich gar nicht auf der Party erschienen und hätte mir eine schmerzhafte Erfahrung gespart.

Leider fehlt mir noch die Kraft in den Armen, sonst würde ich Nils mit dem Infusionsschlauch erwürgen.

Aber um den Schwesternknopf zu drücken, dafür reicht es. Der Weißkittel sorgt für die Entfernung einer stattlichen Menge an überflüssigem Muskelgewebe und Herzlosigkeit aus meinem Zimmer.

36

Bitte folgen!

Konfetti aus Umzugskartons zu machen ist ganz schön kraftraubend, aber mindestens genauso befriedigend. Wenn ich meine neu gewonnene Partyphobie dank psychologischer Telefonseelsorge überstanden habe, wird das Umzugskartonkonfetti der Kracher auf der nächsten Fete.

Es hilft alles nichts. Wahrscheinlich liegt es an der Aufregung der letzten Tage, dass mir immer wieder unkontrolliert kleine Rinnsale am Kinn hängen bleiben. Ich sitze im Flur inmitten meiner selbst gemachten Pappefetzen wie ein Kaninchen in seiner Käfigstreu.

Das allabendliche Wummern an der Wohnungstür habe ich seit Tagen erfolgreich ignoriert. Meine Lust, mich Nils' stereotypen Mitleidsbekundungen und Entschuldigungstiraden auszusetzen, ist gering.

Ich fühle mich ein bisschen, als hätte mich meine beste Freundin mit meinem Freund betrogen. Auch wenn ich Christina nicht unbedingt als meine beste Freundin bezeichnet hätte, fühlt es sich trotzdem so an. In der Rangfolge der schlechten Gefühle wetteifern Einsamkeit und Enttäuschung, Selbstmitleid und Selbstverletzung um den ersten Platz. Wie konnte ich nur so naiv sein und auf Christinas Machenschaften hereinfallen? Da hat mich wohl mal wieder mein Realitätssinn verlassen und romantischem Idealismus Platz gemacht. Ich habe mich mitreißen lassen von den Avancen meiner Mentorin in Sachen erotischer Experimente. Vielleicht hätte ich sogar Verständnis dafür gezeigt, was sie so treibt oder treiben lässt, wenn sie mir offen davon erzählt und mich nicht mit hineingezogen hätte.

Sie hat mich einfach kaltblütig für ihre Zwecke missbraucht. So fühlt es sich also an, wenn man verraten und verkauft wird: ziemlich beschissen. Meine eigene Dämlichkeit schmerzt zusätzlich, als würde ich das Messer in der Wunde selbst noch einmal umdrehen.

Auch wenn sie tatsächlich daran interessiert wäre, mich um Entschuldigung zu bitten, könnte ich ihr erst einmal nicht verzeihen. Vermutlich sind diese Gedanken auch schon wieder reinste Verschwendung. Wenn ihr etwas an mir liegen würde, hätte sie sich ja melden können, aber das hat sie nicht getan. Das sagt wohl alles …

Und wieder höre ich das Ticken des Stromrelais der Hausflurlampe. Langsam zähle ich die Sekunden herunter, bis das Licht erlischt, gemeinsam mit dem erneuten Klopfversuch von Nils. Ich bewundere mich für meine Standfestigkeit, die allerdings mein Nervenkostüm zu einem hauchzarten Netz ausdünnt. Ich lechze nach Anti-Aggressions-Nahrung.

Mein Schokoladenvorrat ist in den letzten Tagen bedrohlich geschrumpft. Mir steht der Sinn nach Herzhaftem. Ich bestelle mir eine Pizza mit Salami, Champignons, scharfen Peperoni, doppelt Käse und dreifach Knoblauch – in den nächsten Wochen oder Monaten werde ich sowieso nicht in die Verlegenheit kommen, jemanden zu küssen.

Vielleicht komme ich so wenigstens an ein eigenes Büro, auch wenn ich mich gerade nicht über unser Großraumklima im Verlag beschweren kann. Mittlerweile genieße ich die neidischen Blicke von Barbara Brenner, wenn Herr Hartlieb mich für meine Geschichten lobt und ihr selbst nur ein mitleidiges Lächeln spendiert. Ich kann ja auch nichts dafür, dass sie Probleme mit Männern hat und schon seit Ewigkeiten keinen Sex mehr. Ich habe mein Schicksal schließlich auch selbst in die Hand genommen und versucht, meinen Männermangel und ein vorherrschendes Sex-Defizit in ein Guthaben auf meinem Koituskonto umzuwandeln.

Auch wenn ich momentan mental nicht unbedingt von Glücksgefühlen übermannt werde, bin ich doch ein bisschen stolz darauf, mir in dem kalten Wasser, in das ich mit diesem Job gesprungen bin, ein Seepferdchen ergattert zu haben, wenn nicht sogar den Freischwimmer. Und es hat sich gelohnt, ich bin reicher geworden an Erfahrungen und auch mein normales Konto zeigt ein Plus. Als Student hatte ich nicht mal eine EC-Karte. Ich bin angekommen im »normalen« Leben, mit seinen Höhen und Tiefen, die allerdings momentan eher privater Natur sind. Nur wer wagt, gewinnt, manchmal das große Los, manchmal eben eine Niete. Aber wer gar nicht erst spielt, hat bereits verloren.

*

Eine goldene Fettspur in Salamischeibenform zeichnet sich auf dem Pappdeckel ab. Hoffentlich suppt das Öl nicht durch und versaut mir die Fußmatten. Bevor ich mit meiner Aufmunterungspizza wieder in mein Auto steige, gönne ich mir gleich vor Ort zwei saftige Stücke, solange sie noch verlockend heiß sind. Wie ein Verdächtiger schaue ich mich schnell um, ob auf dem Parkplatz der Pizzeria Spanner lauern, die meine Maßlosigkeit und meinen schnoddrigen Aufzug kopfschüttelnd verurteilen. BH-los, nur mit einem Tanktop über ausgeleierten Jeans und Flipflops ziehe ich es vor, nicht auch noch beim heimlichen Frustfuttern erwischt zu werden.

Womöglich habe ich wegen meiner kläglichen Erscheinung auch den Piccolo zu meiner Single-Bestellung geschenkt bekommen.

Die kann's gebrauchen, werden sich die Schmalzlocken gedacht haben. Und ob ich die Trostbrause gebrauchen kann! In einem Zug leere ich die kleine Flasche. Puh, das drückt in der Speiseröhre. Die Kohlensäure flüchtet wieder aus meinem Magen und konzentriert sich zu kleinen schaumgekrönten Rülpsern.

Auf der Heimfahrt gebe ich etwas mehr Gas als erlaubt, schließlich habe ich heiße Ware an Bord. Ein Polizeiwagen überholt mich auf der rechten Spur – die brauchen sich wohl an gar keine Verkehrsregeln zu halten. Und ihre Leuchtreklame haben sie auch noch an.

Bitte folgen leuchtet dort, wo andere ihre mit Häkelmützchen getarnte Klorolle platziert haben.

Na, wen haben die grünen Männchen denn jetzt im Visier? Ein Blick in den Rückspiegel macht mich mit einem Schlag nüchtern. Hinter mir ist sonst weit und breit keiner. Die meinen doch nicht etwa mich? Aber das hektische und weniger freundliche Winken der rot leuchtenden Kelle lässt keine Zweifel zu – die Staatsgewalt hat Gesprächsbedarf!

Wie schnell geht Sekt ins Blut? Ich hoffe, dass der Fettgehalt der Pizza jegliche Alkoholmoleküle absorbiert hat. Wenn ich jetzt auch noch meinen Führerschein verliere, dann, ja dann ...

Ich hätte gut Lust, mir den Kopf am Lenkrad anzuschlagen. Aber das würde erst recht den Verdacht auf meinen alkoholisierten Zustand lenken.

Nachdem wir das Stadtschild passiert haben, fange ich an, mich zu wundern. Wo bringt man eine vermeintliche Promillesünderin im Schlepptau wohl hin? Auf die Polizeistation, in die nächste Entzugsklinik, oder setzen sie mich direkt an der nächsten Autobahnraststätte aus, damit ich barfuß im Büßertanktop nach Hause laufen darf?

Was passiert eigentlich, wenn man sich der Aufforderung der Polizei widersetzt? Noch bevor ich an einen möglichen Fluchtversuch denken kann, muss ich auf die Bremse treten, um einen Auffahrunfall mit der Polizei zu verhindern. Warum drosseln die auch ohne Vorwarnung das Tempo? Wir biegen in eine fast leere Parkbucht ein. Mir wird ganz mulmig zumute. Was haben die vor? An dieser Stelle gibt es nichts, außer ab und an einen Wanderzirkus. Das einzige parkende Gefährt auf dem ganzen Platz ist ein silberner Caravan. Je näher wir dem blechernen Riesen-Ei kommen, desto mehr wird mir Angst und Bange, dass ich wiederholt das zweifelhafte Glück hatte, einen Sekt mit wahrnehmungsverändernden Substanzen zu schlucken.

Der Polizeiwagen hält. Zwei Männer steigen aus. Sie kommen auf meinen Wagen zu. Ich drücke den Türknopf in seine Mulde. Keiner der beiden Männer trägt eine Uniform.

Einer stellt sich vor meine Motorhaube, der andere klopft gegen meine Scheibe. Der Fensterklopfer kommt mir bekannt vor. Widerwillig kurbele ich die Scheibe einen Fingerbreit herunter.

»Hallo Johanna, ich bin Tom Pflümli. Herzlich willkommen in meiner Sendung *Liebe ist alles, wenn du nur fest daran glaubst und dir kein anderer dazwischenfunkt*!

Es hat also nicht geholfen, den auffälligen nackten Amor am Campinganhänger zu ignorieren. Ich muss unweigerlich daran denken, wie ich früher einiges dafür gegeben hätte – außer meinen Führerschein –, um Tom Pflümli persönlich zu treffen. Diesen Traum von Schwiegersohn. Den Charmebolzen par excellence. Den Sympathieträger der Nation.

Aber in diesem Moment, genau in diesem tragisch erfüllten Moment, in meiner desolaten Verfassung, in abgerissenen Klamotten, in denen ich normalerweise nicht mal freiwillig den Müll runterbringen würde, mit Haaren, triefend und farbgleich wie extra natives Olivenöl, wünsche ich mir nur eins: K.-o.-Tropfen.

37

Caravan of Love

»Würdest du jetzt bitte aussteigen, Johanna!« Toms Ansage ähnelt einem Befehl, was daran liegen mag, dass ich mich über eine halbe Stunde lang erfolgreich geweigert habe, meine Wagentür zu öffnen.

Alle professionell einstudierten, abrufbaren Ausdrücke wie Mitleid, Bedauern und sanftes Belächeln sind aus seinem Antlitz gewichen. Grimmig verschränkt er die Arme vor der Brust und versucht es ein letztes Mal mit leicht weinerlichem Unterton: »Bitte, Mädel, überleg es dir gut. In dem Caravan sitzt ein Mann, der auf dich wartet und alle Hebel in Bewegung gesetzt hat, um dich von seiner Liebe zu überzeugen. Und du willst nicht mal aussteigen. Das finde ich wirklich unfair von dir!« Knopfdruck und Schmolllippe. Tom Pflümli hat es echt drauf. Ich aber auch.

»Ich komme nur raus, wenn ihr die Kamera ausmacht. Ansonsten Rückwärtsgang und ab die Luzie.«

Tom starrt mich fassungslos an. »Ich weiß wirklich nicht, was der Kerl an einer renitenten Person wie dir findet. Komm, Henry, pack die Kamera weg, das ist aussichtslos.« Schulterzuckend verstaut Henry sich und sein Aufnahmegerät wieder im Wagen.

»Und versteckte Kameras?«, hake ich nach, gebe aber angesichts der bedrohlichen Rotfärbung von Toms Wangen lieber nach.

*

»Wer ist es denn?«, frage ich Tom auf dem Weg zu dem silbernen Caravan, von dem uns nur noch wenige Herzschlag erhöhende Schritte trennen.

»Sag mal, kennst du denn meine Show nicht?«

»'türlich, und ich habe immer davon geträumt, dass mich auch mal ein Mann überrascht!«, versuche ich das Verhältnis zwischen uns zu verbessern.

»Ach, wirklich?« Tom bleibt abrupt stehen und reibt sich die Stirn.

»Nur heute nicht«, füge ich ergänzend hinzu.

Der Moderator verdreht die Augen. »Okay, vergiss es, ich sag dir, wie's geht. Du gehst jetzt da rein und ich bete für den armen Kerl, dass er es sich doch noch mal anders überlegt hat.«

Tom öffnet die Tür. »Also, bitte!«

Ich betrete den Caravan über drei Stufen.

»Das Ding ist ja leer!« Grenzenlose Bestürzung lässt mich schwanken.

Tom freut sich diebisch und sagt: »Veräppelt! Tja, hättest du besser aufgepasst, wüsstest du, dass ich nur ein Video für dich habe.« Er steigt die Stufen zu mir hoch und drückt mich in die Ecke mit der Sitzbank.

»Bist du bereit?«

»Willst du mich denn gar nicht fragen, ob ich eine Vermutung habe, wer sich hinter der Videobotschaft verstecken könnte?«

Tom mustert mich, als wäre es ein Ding der Unmöglichkeit, dass sich mehr als nur ein Mann um mich bemüht.

»Okay, also, was glaubst du, wer könnte es sein?«

»Kermit der Frosch vielleicht?«

Tom haut sich die Fernbedienung gegen den Kopf. »Ich wusste es. Du bist ein hoffnungsloser Fall. Sag nichts mehr, hier ist dein Froschkönig!«

Der erste Moment, wenn das Video auf dem Bildschirm flattert, ist der schlimmste. Hoffen und Bangen wechseln sich in Rekordgeschwindigkeit ab, bis sich ein klares und eindeutiges Bild auf der Flimmerkiste abzeichnet und den Ton der Liebesbotschaft hörbar macht.

»Liebe Johanna, du ahnst es, ich bin kein Mann der großen Worte. Ich will nur sagen, bitte verzeih mir meine Schwächen und genieße meine Stärken. Du hast mich tief beeindruckt und ich glaube, es ist ernster geworden, als ich gedacht hätte. Ich möchte dich nie wieder loslassen. Ich hoffe, du weißt, wie schwer es mir fällt, mich hier als Liebestrottel zu outen. Aber was tut man nicht alles für die Frau, die man liebt …«

Tom Pflümli schwankt mit dem Kopf und schiebt mir einen Umschlag herüber. »Schau da mal rein, Mädel.«

Ich öffne das adresslose Kuvert und streue den Inhalt auf den weißen Campingtisch. Ein Puzzle. Und mit jedem Teil, das sich an ein anderes fügt, wird mir klar, dass auch ich endlich das passende Gegenstück gefunden habe, was Tom Pflümli auf seine unverfälscht natürliche Art zusammenfasst: »Ein Ticket nach Kanada? Und das zerreißt der Kerl einfach? Jetzt sag nicht, deinetwegen …?«

*

»Kanada also. Warum hast du mir nichts davon gesagt?«

»Ich hab's ja versucht, aber du warst so niedergeschlagen nach deinem Abenteuer in Hamburg, dass ich dir nicht noch mehr zumuten wollte. Also habe ich lieber geschwiegen.«

»Was wolltest du da überhaupt?«

»Na, Fetischisten gibt es überall …«, grinst er schelmisch.

»Aber Schweigen ist keine Lösung. Das solltest du dir merken, wenn du mit mir zusammen sein willst.«

Nils nickt schweigend.

»Sonst muss ich dich leider bestrafen.«

»Mich bestrafen?« Er wiederholt meine Worte, während ich in mein Schlafzimmer gehe, um mich auszurüsten. Von dort rufe ich ihm zu: »Wolltest du nicht ein unartiges Mädchen?«

Schnell schlüpfe ich in meine Aufmachung und schnappe mir mein wichtigstes Utensil …

»Wow!«, stößt Nils anerkennend hervor, als ich gestylt in meinem Dominakleidchen wieder im Wohnzimmer auftauche.

»Was hast du denn vor?«

Grinsend zaubere ich eine lange Peitsche hinter meinem Rücken hervor und schwinge sie bedrohlich in der Luft.

»Ich will dir zeigen, wer in unserer Beziehung trotz kurzem Röckchen die Hosen anhat, mein Liebling …«

DIE AUTORIN

JANA WINSCHEK studierte Jura, bevor sie sich dafür entschied, lieber die Gesetze der Erotik zu ergründen. Als Redakteurin blickte sie hinter die Kulissen der Sex-Branche und entlarvte so manche Klischees. Inzwischen hat sie sich als Journalistin und Autorin auch auf nicht-erotischem Gebiet etabliert. Mit dem ANAIS-Roman »Moralverkehr« legt sie ihr humorvolles Debüt vor.

Jana Winschek
MORALVERKEHR
Erotischer Roman

ANAIS Band 36
ISBN 978-3-86265-235-8

ANAIS ist ein Label des Berliner Schwarzkopf & Schwarzkopf Verlages.

Lektorat: Maren Konrad
Coverfoto: © Irene Lamprakou/gettyimages.com
Illustrationen im Textteil: S. 7, 34, 78, 120, 162, 213, 253, 279: Ron Chapple/Thinkstock/gettyimages.com; S. 23, 52, 102, 144, 188, 238, 267: Valua Vitaly/gettyimages.com; alle anderen: Robert Klein/gettyimages.com